アクセル・ワールド 26
裂天の征服者
川原 礫
イラスト／HIMA
デザイン／ビィピィ

京《キョウ》武《ブ》智《トモ》周《チカ》
白樺の森学園の中等部三年生。
生徒会会長。
小《コ》清《シ》水《ミズ》理《リ》生《オウ》
白樺の森学園の中等部三年生。
生徒会副会長。
越《コシ》賀《カ》莟《ツボミ》
《オシラトリ・ユニヴァース》の幹部集団、
《七連矮星（セブン・ドワーフス）》の第三位。
デュエルアバターは《ローズ・ミレディー》。

鷺《サギ》洲《ス》あいり
私立エテルナ女子学院の中等科三年生。
生徒会副会長。
ユーホルト七々子《ナナコ》
私立エテルナ女子学院の中等科一年生。
生徒会書記。

シルバー・クロウ
新生《ネガ・ネビュラス》に所属していたが、
現在は《オシラトリ・ユニヴァース》のメンバー。
加速世界で唯一の《飛行能力》を持つ。

プラチナム・キャバリアー
《七連矮星（セブン・ドワーフス）》の第一位。
《はにかみ屋（バッシュフル）》、
《破壊者（バッシャー）》とも呼ばれる。
アイボリー・タワー
《白の王》ホワイト・コスモスの全権代理人。
《七連矮星》の第四位。

黒《クロ》雪《ユキ》姫《ヒメ》
新生《ネガ・ネビュラス》のレギオンマスター。
梅郷中学校副生徒会長。
デュエルアバターは《ブラック・ロータス》。

ハルユキ
中学内格差《スクールカースト》最底辺の少年。
デュエルアバターは《シルバー・クロウ》。

≪加速世界≫のレギオン領土MAP Ver.4.0

私立エテルナ女子学院

港区第三エリアにある小中高一貫の女子校。通称《ルナ女》。百三十年もの歴史を持つ名門校にして、オシラトリ・ユニヴァースの本拠地でもあり、ローズ・ミレディー（越賀莟）をはじめ、オシラトリ・ユニヴァースの中核メンバーの多くが在籍している。《加速研究会》のアジトでもある。

終焉神テスカトリポカ

《太陽神インティ》内部から出現した、百メートルを超える巨人型超級エネミー。攻撃手段は、右手から放つ重力波《第五の月(トシュカトル)》、左手から放つ紅蓮の炎《第九の月(ミカイルイトントリ)》、レベル・ドレインが確認されている。白の王によれば、その力は四聖と四神全ての合計を上回るという。

アクセル・ワールド 26
裂天の征服者

川原 礫
イラスト／HIMA
デザイン／ビィピィ

■黒雪姫（クロユキヒメ）＝梅郷中学の副生徒会長。《カムラ》の研究者であった両親により生み出された《マシンチャイルド》で、何者かの魂を脳に上書きされている。デュエルアバターは《黒の王》ブラック・ロータス。
■ハルユキ＝有田春雪（アリタ・ハルユキ）。梅郷中学二年。《親》である黒雪姫のもと、幾多の強敵との戦いを経てハイランカーの仲間入りを果たす。デュエルアバターは『シルバー・クロウ』。
■チユリ＝倉嶋千百合（クラシマ・チユリ）。ハルユキの幼馴染。バーストリンカーとしては極めて稀な時間遡行能力を持ち、黒のレギオンのヒーラーとして活躍する。デュエルアバターは『ライム・ベル』
■タクム＝黛拓武（マユズミ・タクム）。ハルユキ、チユリとは幼少期からの知り合い。レベル７を目前にして、テスカトリポカのレベル・ドレインによりレベル４に下がってしまう。デュエルアバターは『シアン・パイル』。
■フーコ＝倉崎楓子（クラサキ・フウコ）。《四元素（エレメンツ）》の一人で、《風》を司る。ハルユキに《心意》システムを授けた。デュエルアバターは『スカイ・レイカー』。
■ういうい＝四埜宮謡（シノミヤ・ウタイ）。《四元素（エレメンツ）》の一人で、《火》を司る。松乃木学園初等部四年生。高度な解呪コマンド《浄化》を扱う。デュエルアバターは『アーダー・メイデン』。
■セントレア・セントリー＝鈴川瀬利（スズカワ・セリ）。三代目クロム・ディザスターにして、加速世界最強の一角。ハルユキに《オメガ流合切剣》を伝授する。
■ローズ・ミレディー＝越賀莟（コシカ・ツボミ）。白のレギオンの幹部集団《七色矮星（セブン・ドワーフス）》の第三位だが、若宮恵を助けるため、ハルユキと一時共闘を行う。
■アイボリー・タワー＝本明不明。《七色矮星（セブン・ドワーフス）》の第四位にして、白の王の全権代理。《加速研究会》の副会長、ブラック・バイスの正体でもある。
■グラファイト・エッジ＝本名不明。旧《ネガ・ネビュラス》に所属していたバーストリンカー。《四元素（エレメンツ）》の一人。いまだその正体は謎に包まれている。
■ホワイト・コスモス＝本名不明。《儚き永遠（トランジェント・エタニティ）》の名を持つ、白のレギオン《オシラトリ・ユニヴァース》のレギオンマスター。黒雪姫の姉であり、彼女の《親》でもある。

■ニューロリンカー＝脳と量子無線接続し、映像や音声など、あらゆる五感をサポートする携帯端末。
■ブレイン・バースト 2039＝《試行（トライアル）ナンバー２》。黒雪姫からハルユキに転送された、ニューロリンカー内のアプリケーション。対戦格闘ゲームとエネミー狩りをメインコンテンツとする。
■アクセル・アサルト 2038＝《試行（トライアル）ナンバー１》。対人戦メインの高速シューティング。ブレイン・バーストとは別の加速世界だが、過剰な闘争に満たされたために滅んだという。
■コスモス・クリプト 2040＝《試行（トライアル）ナンバー３》。対エネミー戦メインのハック・アンド・スラッシュ。ブレイン・バーストとは別の加速世界だが、過剰な融和に満たされたために滅んだという。
■デュエルアバター＝ブレイン・バースト内で対戦する際に操るプレイヤーの仮想体。
■軍団＝レギオン。複数のデュエルアバターで形成される、占領エリア拡大と利権確保を目的とする集団のこと。主要なレギオンは７つあり、それぞれ《純色の七王》がレギオンマスターを担っている。
■通常対戦フィールド＝ブレイン・バーストのノーマルバトル（１対１格闘）を行うフィールドのこと。現実さながらのスペックを持つが、システムはあくまで一昔前の格闘ゲームレベルのもの。
■無制限中立フィールド＝レベル４以上のデュエルアバターのみが許可されるハイ・プレイヤー向けのフィールド。《通常対戦フィールド》とは段違いのゲームシステムが構築されており、その自由度は次世代ＶＲＭＭＯにも全くひけを取らない。

■運動命令系＝アバターを制御するために扱うシステム。通常はすべてこのシステムによってアバターは操作される。
■イメージ制御系＝自身が強く想像（イメージ）することによってアバターを操作するシステム。通常の《運動命令系》とはメカニズムが大きく異なり、扱えるものはごく少数。《心意》システムの要諦。
■心意（インカーネイト）システム＝ブレイン・バースト・プログラムのイメージ制御系に干渉し、ゲームの枠を超えた現象を引き起こす技術。《事象の上書き（オーバーライド）》とも言う。

■ＩＳＳキット＝ＩＳモード練習（スタディ）キットの略。ＩＳモードとは《インカーネイト・システム・モード》のことで、このキットを使えば、どんなデュエルアバターでも《心意システム》が使用可能となる。使用中は、アバターのいずれかの部位に赤い《眼》が張り付き、《心意》の象徴である《過剰光（オーバーレイ）》が、黒いオーラとして放出される。

■《七の神器（セブン・アークス）》＝《加速世界》に７つある、最強の強化外装群のこと。内訳は、大剣《ジ・インパルス》、錫杖《ザ・テンペスト》、大盾《ザ・ストライフ》、宝冠・王笏《ザ・ルミナリー》、直刀《ジ・インフィニティ》、全身鎧《ザ・ディスティニー》、形状不明《ザ・フラクチュエーティング・ライト》。

■《心傷殻》＝デュエルアバターの礎となる《幼少期の傷》、その心の傷を包む殻のこと。その殻が並外れて強固で分厚い子供が、メタルカラーのデュエルアバターを生み出すという。

■《人造メタルカラー》＝対象者の心の傷から自然に生まれる特性ではなく、第三者によって《心傷殻》をより厚くさせ、人為的に誕生させたメタルカラーアバターのこと。

■《無限ＥＫ》＝無限エネミーキルの略。無制限中立フィールドに於いて、強力なエネミーによって対象のアバターが死亡し、一定時間経過後再び復活してもまたそのエネミーに殺される、その無限地獄に陥ってしまうこと。

accel World 26

デュエルアバター&エネミーリスト

黒のレギオン:ネガ・ネビュラス
暫定マスター:ブラック・ロータス(黒雪姫)
暫定サブマスター:スカーレット・レイン(上月由仁子)
四元素(エレメンツ)
- 風:スカイ・レイカー(倉崎楓子)
- 火:アーダー・メイデン(四埜宮謡)
- 水:アクア・カレント(氷見あきら)

ライム・ベル(倉嶋千百合)
シアン・パイル(黛 拓武)
シルバー・クロウ(有田春雪)
ショコラ・パペッター(奈胡志帆子)
ミント・ミトン(三登聖実)
プラム・フリッパー(由留木結芽)
マゼンタ・シザー(小田切累)
トリリード・テトラオキサイド
セントリア・セントリー(鈴川瀬利)
三獣士(トリプレックス)
- 第一位:ブラッド・レパード(掛居美早)
- 第二位:カシス・ムース
- 第三位:シスル・ポーキュパイン

ブレイズ・ハート
ピーチ・パラソル
オーカー・プリズン
マスタード・サルティシド
ラベンダー・ダウナー
アイオダイン・ステライザー
アッシュ・ローラー(日下部綸)
ブッシュ・ウータン
オリーブ・グラブ
(グレート・ウォールから一時移籍中)

青のレギオン:レオニーズ
マスター:ブルー・ナイト
二剣(デュアリス)
- コバルト・ブレード(高野内琴)
- マンガン・ブレード(高野内雪)

フロスト・ホーン
トルマリン・シェル
セルリアン・ランナー

緑のレギオン:グレート・ウォール
マスター:グリーン・グランデ
六層装甲(シックス・アーマー)
- 第一席:グラファイト・エッジ
- 第二席:ビリジアン・デクリオン
- 第三席:アイアン・パウンド
- 第四席:リグナム・バイタ
- 第五席:サンタン・シェイファー
- 第六席:???

ジェイド・ジェイラー

黄のレギオン:クリプト・コズミック・サーカス
マスター:イエロー・レディオ
レモン・ピエレット
サックス・ローダー

紫のレギオン:オーロラ・オーバル
マスター:パープル・ソーン
アスター・ヴァイン

白のレギオン:オシラトリ・ユニヴァース
マスター:ホワイト・コスモス
七色矮星(セブン・ドワーフス)
- 第一位:プラチナム・キャバリアー
- 第二位:スノー・フェアリー
- 第三位:ローズ・ミレディー(越賀 莟)
- 第四位:アイボリー・タワー
- 第五位:???
- 第六位:サイプレス・リーパー
- 第七位:グレイシャー・ビヒモス

シャドウ・クローカー
オーキッド・オラクル(若宮 恵)

加速研究会
ブラック・バイス
アルゴン・アレイ
ダスク・テイカー(能美征二)
ラスト・ジグソー
サルファ・ポット
ウルフラム・サーベラス(災禍の鎧マークII)

演算武術研究部
アルミナム・バルキリー(千明ちあき)
オレンジ・ラプター(祝 優子)
バイオレット・ダンサー(来摩胡桃)
アイリス・アリス(リーリャ・ウサチョヴァ)

所属不明
アボカド・アボイダ
ニッケル・ドール
サンド・ダクト
クリムゾン・キングボルト
ラグーン・ドルフィン(安里琉花)
コーラル・メロウ(糸洲真魚)
ブリキ・ライター

エネミー

四 聖
大天使メタトロン(芝公園地下大迷宮)
大日霊アマテラス(東京駅地下迷宮)
暁光姫ウシャス
太霊后シーワンムー

《四方門》の四神
東門:セイリュウ
西門:ビャッコ
南門:スザク
北門:ゲンブ

《八神の社》の八神
???

最上位ビーイング
女神ニュクス(代々木公園地下大迷宮)
巫祖公主パリ
暴風王ルドラ

神獣級エネミー
太陽神インティ(終焉神テスカトリポカ)

1

【HERE COMES A NEW CHALLENGER!!】

真紅《しんく》の炎《ほのお》をまとうその文字列を、ハルユキは冷静に一瞥《いちべつ》した。

対戦前の昂《たか》ぶりを感じないわけではないが、頭の芯《しん》は氷柱《つらら》のように冷えている。フラットな感情と思考を保ちながら、対戦ステージへの転送を待つ。

文字列が燃《も》え尽《つ》きると、落下感が訪《おとず》れる。無限の暗闇《くらやみ》の中を落ちていくハルユキの両足が、硬《かた》い平面に触《ふ》れる。直後、暗転していた視界が明度と彩度《さいど》を取《と》り戻《もど》す。

《乱入》された時、ハルユキは梅郷中学校《うめさとちゅうがっこう》に登校するために青梅街道《おうめかいどう》を歩いていた。だから、眼前に出現した風景も、おおまかな地形はそのままだ。しかし道路の舗装《ほそう》は無残にひび割れ、左右に立ち並ぶ雑居ビルやマンションも、猛火《もうか》に晒《さら》されたかのように焼《や》け焦《こ》げている。そして現実世界では真っ青に晴れていたはずの空を覆《おお》うのは、渦巻《うずま》きながら流れる黄色い砂塵《さじん》。

これは自然系火属性下位の《焦土《しょうど》》ステージだ。

瞬時《しゅんじ》にそこまで把握《はあく》したハルユキは、視界中央にオーバーレイ表示されたガイドカーソルに視線を合わせた。薄《うす》い水色の三角形は、南西を指したまま小刻みに振動《しんどう》している。対戦相手は一直線に距離《きょり》を詰《つ》めてきているようだが、カーソルの色合いからするとコンタクトまではもう少し時間がかかるだろう。

最後に、視界右上を見やる。体力ゲージのすぐ下に表示されている敵のアバターネームは、【Ｚｅｌｋｏｖａ Ｖｅｒｇｅｒ】。どちらも中学校で学習する単語ではないが、ハルユキは意味を理解できた。ゼルコバが樹木の欅《けやき》、バージャーが番人。すなわち《欅《けやき》の番人》……だが、欅《けやき》の木を守る者という意味ではなく、当人の属性が欅《けやき》なのだ。

ゼルコバ・バージャーとは初対戦なのにハルユキがそこまで知っているのは、たまたまではない。ここ数日、東京近郊《きんこう》で活動するバーストリンカーの情報を暗記するべく、日夜奮闘《ふんとう》してきた成果だ。

もちろんいままでも同様の努力をしなかったわけではないが、その対象は主に七大――いやネガ・ネビュラスを除いた六大レギオンの所属メンバーに限られていた。しかし今回は、中小レギオンやフリーのバーストリンカーも暗記対象に含《ふく》めている。総数は約千人にも及《およ》ぶので、数学の公式や歴史の年号と並行して憶《おぼ》えるのは簡単ではないが、いまは弱音を吐《は》ける立場でも状況《じょうきょう》でもない。

とりあえず、今日までにどうにか名前と所属、特徴《とくちょう》を暗記した五百人弱の中に、ゼルコバ・バージャーが含《ふく》まれていたのは幸先《さいさき》がいい。ゼルコバは杉並区《すぎなみく》の西側に隣接《りんせつ》する三鷹市《みたかし》を拠点《きょてん》とする小規模レギオン《ギャラントホークス》のメンバーで、南西から現れたということは、たぶん京王井《けいおうい》の頭線《かしらせん》に乗って杉並第三エリアまで遠征《えんせい》――というほど遠くないが――してきたのだろう。

お隣《となり》さんなのにいままで対戦する機会がなかったのは、単純にハルユキが対戦目的で三鷹に行かなかったのと、ネガ・ネビュラスの領土である杉並エリア内では乱入拒否《きょひ》特権に守られていたからだ。

しかし、三日前の七月二十四日に、その権利は剝奪《はくだつ》された。

一瞬《いっしゅん》、過去に遡《さかのぼ》りかけた思考を引《ひ》き戻《もど》す。いまは目の前の戦いに集中しなくては。

ゼルコバ・バージャーは男性型《M》で、レベルは6。ハルユキのシルバー・クロウも6なので、《同レベル同ポテンシャルの原則》に照らせばデュエルアバターの能力に大きな違《ちが》いはない。勝敗は、バーストリンカー自身の知識と経験、洞察力《どうさつりょく》と判断力、そしてインスピレーションによって決まる。

敵は相変わらず一直線に接近し続けている。ビルや住宅が密集する杉並第三エリアでそれができるのは、焦土《しょうど》ステージの建物の大半が床《ゆか》と柱だけの骸骨《がいこつ》状態なのと、焼け残った壁《かべ》も見た目よりずっと脆《もろ》いからだ。重量級アバターなら突進《とっしん》するだけでほとんどの壁《かべ》を粉砕《ふんさい》できるし、同時に必殺技《ひっさつわざ》ゲージも溜《た》められる。

しかしシルバー・クロウは金属色《メタルカラー》でありながら軽量級なので、ただ走るだけでは厚めの壁《かべ》はぶち抜けない。必殺技《ひっさつわざ》ゲージを溜《た》めるには、パンチやキックで壊《こわ》せそうな壁《かべ》を壊《こわ》していくしかないが——。

そこまで考えたハルユキは、ちらりと視線を上向けた。

鉄骨剝《む》き出しのビル群の屋上には、視界に入るだけでも七、八人の観戦者《ギャラリー》が陣取《じんど》っている。彼らの中には、ゼルコバとハルユキの対戦が終わったら乱入してくるつもりの者もいるだろう。シルバー・クロウのスペックはとっくに丸裸《まるはだか》だが、戦闘《せんとう》開始前の準備行動《ルーティーン》まで見せてやる義理はない。

再びガイドカーソルに目を戻《もど》すと、水色がかなり鮮明《せんめい》になってきている。ゼルコバとの距離《きょり》は残り五百メートルと見当をつけ、ハルユキは青梅街道《おうめかいどう》を西に走り始めた。

すぐに、行く手に大きめの交差点が見えてくる。直進すれば梅郷中学校《うめさとちゅうがっこう》の校門に辿《たど》り着《つ》くが、対戦ステージで登校しても意味がない。地形を熟知している場所に敵を誘《さそ》い込むのは効果的な作戦ではあるものの、リアル割れの危険も伴《ともな》う。

ハルユキは交差点を左折して五日市街道《いつかいちかいどう》に入ると、走るスピードを上げた。

少し進んでから適当な道路を左折すれば、左手の住宅街を破壊《はかい》しながら突進中《とっしんちゅう》のゼルコバの背後に回り込める。だが向こうも当然、ハルユキが自分の後ろを取ろうとしていると気付き、ルートを修正してくるはずだ。

ハルユキの視界に浮《う》かぶガイドカーソルが、少しだけ回転速度を増す。ゼルコバが進路を左に変えたのだ。同時にハルユキも左にターンし、住宅街の細い路地へと進入した。その動きもカーソルによってゼルコバに伝わったはずだが、そこに罠《わな》を仕掛《しか》ける余地がある。

焦土《しょうど》ステージの建物は全て焼《や》け跡《あと》だが、壁《かべ》や塀《へい》もそれなりに残っているので密な住宅街では視線が通らない。対戦者はガイドカーソルの微妙《びみょう》な動きだけを頼《たよ》りに敵の位置と動きを予測し、先手を取ろうとするのだが、集中しすぎると一つの基本的なルールを忘れてしまう。

ガイドカーソルは平面上を三百六十度回転するだけで、上下の高さには対応していないのだ。

「……よっ！」

少し路地を進んだところで、ハルユキは小さな掛《か》け声《ごえ》とともに地面を蹴《け》った。半壊《はんかい》した塀《へい》と黒焦《くろこ》げになった庭木を足場にして、二階建ての民家の屋根に飛び移る。ここで一瞬《いっしゅん》でも止まってしまうとゼルコバに仕掛《しか》けを気取《けど》られる可能性があるので、それまでと同じスピードで、立ち並ぶ民家の屋根から屋根へとジャンプしていく。

他の、建造物がしっかりしているステージなら《屋根渡《わた》り》は定番の移動テクニックだが、焦土《しょうど》ステージでは難易度が跳《は》ね上がる。鉄筋コンクリートのビルやマンションなら焼《や》け焦《こ》げた屋上面も簡単には壊《こわ》れないが、民家の屋根は厚めの段ボールほどの強度しかなく、超軽量級のアバターでも容易に踏《ふ》み抜いてしまう。

なのに、ハルユキが落下せずに飛び移っていけるのは、新たな師匠《ししょう》、ではなく《師範《しはん》》から与《あた》えられた超《ちょう》ハイレベルな課題のおかげだった。

水面を右足で踏《ふ》み、その足が沈《しず》む前に左足を出す。それを繰《く》り返《かえ》すことで、水の上を連続で十歩進む。どう考えても無理でしょ、と言いたくなる課題だが、師範《しはん》はずっと昔に成《な》し遂《と》げ、沈《しず》むことなく水面を歩ける《サーフェス・ウォーク》アビリティを会得《えとく》したらしい。

ここ数日、ハルユキは寝る前に無制限中立フィールドへダイブして、水系ステージだったらそこかしこにある適当な水面で、そうでない時はお寺の池や小学校のプールで水歩きの修練を続けてきた。内部時間の累計《るいけい》はもう二ヶ月近くにもなるのに、最高記録はまだたったの五歩。正直、馬鹿な真似《まね》をしているという気がしなくもないが、ここまでやって投げ出すのはもっと馬鹿馬鹿しい。

課題の十歩を達成するにはあと一年や二年かかりそうだが、現時点でも得たものはあった。いつの間にか、《自分の重さを殺す技術》がかなり向上していたのだ。砂粒《すなつぶ》すら沈《しず》んでしまう水面に比べれば、焦土《しょうど》ステージの焼《や》け焦《こ》げた屋根も分厚い鉄板のようなものだ。

自分でも奇妙《きみょう》に感じるふわん、ふわんとしたアクションで、密集する民家の屋根伝いに疾駆《しっく》すること三十秒。前方左側で乾《かわ》いた破壊音《はかいおん》が轟《とどろ》き、黄色っぽい土煙《つちけむり》が舞《ま》い上がるのが見えた。ゼルコバが建物の壁《かべ》を粉砕《ふんさい》したのだ。

いまのオブジェクト破壊《はかい》で彼の必殺技《ひっさつわざ》ゲージは満タンになった。このままハルユキの背後か側面を衝《つ》き、先制攻撃《こうげき》で大技《おおわざ》を当てる——まだ三十メートルは離《はな》れているのに、そんな気迫《きはく》がビリビリと伝わってくる。

もちろん、ゼルコバもシルバー・クロウの飛行アビリティについてはしっかり予習してきているはずだ。最高速度や限界高度、そして《必殺技《ひっさつわざ》ゲージがなければ飛べない》という制限についても。

対戦が始まってからしばらくの間は空からの急襲《きゅうしゅう》を常に意識していただろうが、ハルユキが敢《あ》えてゲージを溜《た》めずに接近してきたことと、平面しか指さないガイドカーソル頼《だよ》りの状況《じょうきょう》が上への警戒《けいかい》をゼルコバの頭から消したはずだ……と信じ、ハルユキはひときわ脆《もろ》そうな屋根をふわりと蹴《け》って跳躍《ちょうやく》した。

視界からカーソルが消える。近接距離《きより》。

「《キュービック・スケルチャー》‼」

すぐ左側の民家の壁越《かべご》しにパワフルな叫《さけ》び声《ごえ》が響《ひび》き、ゼルコバの必殺技《ひっさつわざ》ゲージが半分消えた。

直後、コンクリートの壁《かべ》が粉々に砕《くだ》け散る。

砂埃《すなぼこり》の中から轟然《ごうぜん》と撃《う》ち出されたのは、半ば透《す》き通《とお》った巨大《きょだい》な握《にぎ》り拳《こぶし》だった。ほぼ立方体に近いフォルムの、縦横五十センチはあろうかという拳《こぶし》は、ハルユキの真下を凄《すさ》まじいスピードで通過し、小さな庭を横切って隣《となり》の家の壁《かべ》をも粉砕《ふんさい》した。

ガイドカーソルだけを目安に、視線の通らない屋内から放ったにしては見事な照準精度だ。もしハルユキが地面を移動していたら、いまの必殺技《ひっさつわざ》をまともに喰《く》らって体力ゲージを半分は削《けず》られただろう。《立方体の押し潰すもの《キユービック・スケルチヤー》》という技名《わざめい》は事前情報にあったが、やはり想像と実際に見るとでは迫力《はくりょく》が違《ちが》う。

しかし、対戦は単純な技比《わざくら》べ、力比べ以前に《読み》と《騙《だま》し》の勝負だ。

いっそう頭の芯《しん》が冷えていくのを感じながら、ハルユキは壁《かべ》に開いた大穴の中に飛び込んだ。まだ砂埃《すなぼこり》エフェクトは消えていないが、その中に立つ大柄《おおがら》なシルエットがはっきりと見える。右拳《みぎこぶし》を大きく突き出した格好のゼルコバは、技後硬直《ぎごこうちょく》を課せられてあとコンマ数秒は動けない。敵の目の前に着地するや、無防備に伸ばされた右腕《みぎうで》を両手で捕《と》らえ、一本背負いの要領で思い切り放り投げる。

先の必殺技《ひっさつわざ》で開いた壁《かべ》の穴《あな》をさらに拡《ひろ》げつつ吹《ふ》き飛《と》んだゼルコバは、庭の真ん中に背中から落下し、潰《つぶ》れたような声を出した。

「ングッ……」

ほとんどの地形オブジェクトが脆弱《ぜいじゃく》な焦土《しょうど》ステージだが、地面は数少ない例外だ。原則的に破壊《はかい》不能なので、ある意味ではどんな武器より重くて硬《かた》い。それゆえ、ゼルコバ・バージャーのような特殊装甲《とくしゅそうこう》タイプのアバターには、生半《なまなか》な打撃技《だげきわざ》よりも投《な》げ技《わざ》のほうが効果的な場合が多い。

とは言え、さすがに背負い投げ一発では勝負を決めるほどのダメージは与《あた》えられなかった。すぐさま跳《は》ね起《お》きたゼルコバは、十五パーセントほど減った体力ゲージを気にする様子もなくビシッと身構え、朗々とした低音で叫《さけ》んだ。

「なかなかやりますね、シルバー・クロウ！　ゲージがないのに上から来るとは予想できませんでしたよ！」

口調は丁寧《ていねい》だが、ハルユキに敬意を示しているわけではなく、黄の王イエロー・レディオと同様のキャラ作りだろう。

予想できなかったんじゃなくて、させなかったんだけどね……という返しは脳内に止《とど》めて、ハルユキは壁《かべ》の穴《あな》から屋外に出ながら応じた。

「そっちも、壁越《かべご》しなのに正確な照準だったね」

「…………」

想定外の反応だったのか、毒気を抜かれたように黙《だま》り込むゼルコバ・バージャーの立ち姿を、ハルユキは改めて注視した。

暗記していた情報どおり、かなりの大型デュエルアバターだが鈍重《どんじゅう》さは感じない。肩《かた》や胸、手足の要所は四角い重装甲《じゅうそうこう》に覆《おお》われているものの、内部のアバター素体はシアン・パイルよりいくらか細身に見える。

装甲《そうこう》の色は赤みがかった茶色で、光沢感《こうたくかん》は控《ひか》えめ。ゼルコバ・バージャー最大の特徴《とくちょう》であるあの木質装甲《もくしつそうこう》は、斬撃《ざんげき》、打撃《だげき》、実体弾《じったいだん》を含《ふく》む貫通攻撃《かんつうこうげき》に高い耐性《たいせい》を持っているらしい。木だけあって炎《ほのお》には弱いようだが、ハルユキは火炎《かえん》属性の武器も技《わざ》も持っていないし、ステージにも火の気はない。

炎《ほのお》以外の有効な攻撃《こうげき》は、投《な》げ技《わざ》と極《き》め技《わざ》。しかしさっきの一本背負いで、ゼルコバも投げを警戒《けいかい》しているだろう。極《き》め技《わざ》も、まず敵を摑《つか》まなくてはならないのは投《な》げ技《わざ》と一緒《いっしょ》だ。そしていにしえの時代より対戦型格闘ゲーム《カクゲー》の投《な》げ技《わざ》は、狙《ねら》っていることを察知されてしまえば容易には決まらない。

ゆえにハルユキは自分から距離《きょり》を詰《つ》めようとせず、構えすら取らずに立ち続けた。

乱入者の名前を見た時点で、恐《おそ》らくこういう展開になるだろうと予想していたのだ。だから多少強引《ごういん》にファーストアタックを取りにいった。ハルユキがゲージ残量で上回っている限り、ゼルコバは摑《つか》まれるリスクを覚悟《かくご》で攻《せ》めてくるしかない。

膠着《こうちゃく》状態が十秒ほど続いた時、どこか上のほうから焦《じ》れたような声が降ってきた。

「オーイ、いつまでお見合いしてんだよー」

「やる気ねーなら降参《リザイン》しろや！」

周囲の高い建物に自動転送されてきたギャラリーの野次だ。

声色《こわいろ》や口調に聞き覚えはない。目の前のゼルコバ・バージャーと同じく、《超速の翼《スピードスター》》改め《裏切り者《ビトレイヤー》》シルバー・クロウに勝利して名を上げようと遠征《えんせい》してきた、中小レギオン所属のバーストリンカーたちだろう。

身構えるゼルコバの重心が、わずかに揺《ゆ》らいだ。無遠慮《ぶえんりょ》な野次に集中力を乱されたようだ。レベルは同じ6だが、バーストポイント稼《かせ》ぎはエネミー狩《が》りがメインで、対戦の経験はさほど豊富ではないのかもしれない。

と感じた時にはもう、ハルユキは前に出ていた。

走るでもなく歩くでもない、地面を滑《すべ》るような移動。師範《しはん》ことセントレア・セントリーの、異様なまでにぬるりとした《動》と《静》の狭間《はざま》の歩法《ほほう》にはまだまだ遠く及《およ》ばないが、水歩きの修練に打ち込んだおかげで無駄《むだ》な動きはかなり削《そ》ぎ落《お》とせた気がする。

「おおっ！」

ゼルコバがそんな声を上げながら右ストレートパンチを打とうとした時にはもう、ハルユキは距離《きょり》を詰《つ》め終《お》えていた。

残り体力で上回っているのだから、ゼルコバが攻《せ》めてくるのをじっくり待つこともできた。しかしいまのハルユキは、機を捉《とら》えたら体が自動的に反応するモードに入っている。あれこれ考えるのは接敵するまで、そこからは流れに身を任せるのみ。

ゼルコバの左胸を、右手で無造作にドンと突く。巨体《きょたい》がぐらりと傾《かたむ》き、バランスを取ろうとした左腕《ひだりうで》がハルユキの目の前で空気を掻《か》く。

すかさずその腕《うで》を両手で摑《つか》み、内向きに回す。関節の可動域いっぱいまで捻《ひね》った瞬間《しゅんかん》、先の一本背負いで溜《た》まった必殺技《ひっさつわざ》ゲージを消費して、背中の翼《つばさ》を一秒だけフルパワーで振動《しんどう》させる。

鍛《きた》え上げた飛行アビリティの推進力が、ゼルコバの左肩《ひだりかた》関節にそのまま伝わった。

ビギィッ！　というおぞましい音が響《ひび》く。どれほど強靱《きょうじん》な装甲《そうこう》も、アバター素体そのものを攻撃《こうげき》する極《き》め技《わざ》は防げない。そして素体の強度は、体格の大小にほとんど影響《えいきょう》されない。

打撃技《だげきわざ》である《空中連続攻撃《エアリアル・コンボ》》を応用したハルユキの立ち関節技《かんせつわざ》が、ゼルコバ・バージャーの逞《たくま》しい左腕《ひだりうで》を根元から引きちぎった。

「ぐうっ……！」

ゼルコバは低く呻《うめ》きながら、よろよろと後ずさった。

通常対戦ステージの被弾《ひだん》痛覚は、無制限中立フィールドの半分——ではあるものの、さすがに部位欠損ダメージの痛みを無視するのは難しい。しかし無視できなければ、相手に追撃《ついげき》して下さいと言うようなものだ。

ハルユキはねじり取った左腕《ひだりうで》を投げ捨てると、再び距離《きょり》を詰《つ》めた。

ゼルコバが、バックジャンプで間合いを取ろうとする。だが重量級アバターゆえ、跳《と》ぶにも一瞬《いっしゅん》の溜《た》め動作が必要になる。

横に揃《そろ》った両足を、ローキックで思い切り払《はら》う。蹴《け》りによるダメージは微々《びび》たるものだが、片腕《かたうで》を失ったせいで重心が安定しないゼルコバは、半回転するほどの勢いでひっくり返った。再び背中から地面に叩《たた》き付《つ》けられ、ゲージがいくらか削《けず》れる。

追い打ちはいかようにも可能だったが、ハルユキは敢《あ》えて後ろに下がった。

シルバー・クロウの体力ゲージはまだフル状態。いっぽうゼルコバ・バージャーは、早くも半分を割り込んでいる。

ここまでの攻防《こうぼう》は、ハルユキが圧倒《あっとう》していると言っていいだろう。その理由が対戦経験の差であることは、ゼルコバももう解《わか》っているはずだ。

もちろんハルユキもバーストリンカーになって九ヶ月と少しの、ようやく新米《ニュービー》を卒業したかどうかというミドルランカーだ。しかし加速研究会、そして白のレギオンとの抗争《こうそう》が激化してからの、加速世界にその名を轟《とどろ》かす猛者《もさ》中《ちゅう》の猛者《もさ》たちとの戦いが、ハルユキに膨大《ぼうだい》な経験値を加算した。

《略奪者《ブランダラー》》ダスク・テイカー。

《四眼の分析者《クアッドアイズ・アナリスト》》アルゴン・アレイ。

《拘束者《リストリクター》》ブラック・バイス。

《くしゃみ屋《スニージー》》グレイシャー・ビヒモス。

《怒りんぼ《グランピー》》ローズ・ミレディー。

《眠り屋《スリーピー》》スノー・フェアリー。

《はにかみ屋《バッシュフル》》プラチナム・キャバリアー。

そして、白の王たる《儚き永遠《トランジエント・エタニティ》》ホワイト・コスモス——。

彼ら彼女らとの戦い全てが、ポイント全損させられてもまったく不思議はない文字どおりの死闘《しとう》だった。明確に勝利したと言えるのは対《たい》ダスク・テイカー戦だけで、あとは敗走か良くて引き分け。白の王に至っては直接戦うことさえできずに敗れてしまったが、数々の極限状況《じょうきょう》を潜《くぐ》り抜けてきたおかげで、少なくとも同格相手の通常対戦では緊張《きんちょう》のあまり浮《う》き足《あし》だつということはほぼなくなった。

　自分が冷静だと、ゼルコバ・バージャーが入れ込みすぎているのは一目で解《わか》る。負けん気が悪いというわけではないが、勝ちたいという気持ちが強すぎるとそれが動きに滲《にじ》み出て、対戦相手に先読みを許してしまう。

　たぶん、前に僕と戦ったハイランカーの人たちも、こんなふうに感じていたんだろうな……などと思ってしまってから、ハルユキは気持ちを引《ひ》き締《し》めた。自信と慢心《まんしん》は紙一重、強者たちの仲間入りをしたつもりになるなど、内部時間で十年早い。

　ハルユキが庭の反対側まで下がると、ゼルコバはようやく追い打ちが来ないと確信したのか、左肩《ひだりかた》の破損部から赤いダメージ・エフェクトを零《こぼ》しながら立ち上がった。

　無骨なフェイスマスクの奥《おく》から、怒《いか》りのこもった視線を放ちながら——。

「……降参《リザイン》しろ、とでも言いたそうですね」

　押し殺されたその声に、ハルユキは肩《かた》をすくめつつ答えた。

「そりゃまあ、そうしてくれれば助かるけど……」

「さっきから何なんですか、その態度は！」

　ゼルコバが、残った右拳《みぎこぶし》を傍《かたわ》らの石柱に叩《たた》き付《つ》ける。あっけなく粉砕《ふんさい》された石柱の破片《はへん》が、狭《せま》い庭に飛び散る。飛礫《つぶて》の一割ほどはゼルコバ自身に当たったが、まるで意に介《かい》さずに新たな怒声《どせい》を迸《ほとばし》らせる。

「いま無制限フィールドがあのテスカトリポカのおかげでどうなってるか、あなたも知らないわけじゃないでしょう！　エネミー狩《が》りができなくて困ってるレギオンがたくさんあるのに、全ての元凶《げんきょう》のオシラトリ・ユニヴァースに寝返った裏切り者のあなたが、そんなふうに人格者ぶるのは死ぬほどムカつくんですよ！」

なかなかに痛烈《つうれつ》な罵倒《ばとう》だったが、言葉の刃《やいば》がハルユキの心を覆《おお》う殻《から》を穿《うが》つことはなかった。この数日で同じようなことを、十回以上も言われているからだ。

「別に人格者ぶってるつもりはないよ、楽に勝てるならそのほうがいいってだけで」

フラットな口調でそう答えると、ゼルコバの全身から放射される怒《いか》りのオーラがさらに濃《こ》くなった。

何か仕掛《しか》けてきそうだ、と直感しつつもハルユキは構えも取らずに立ち続けた。ゼルコバの必殺技《ひっさつわざ》ゲージは、大ダメージを受けたせいで再びフルチャージされている。敗色濃厚《のうこう》な状況《じょうきょう》を覆《くつがえ》す手段があるなら見てみたい。

ハルユキのそんな思考を、ゼルコバも察したようだった。

見たいなら見せてやる、と言わんがばかりに右手を高々と掲《かか》げる。間合いは約八メートル、必殺技《ひっさつわざ》かアビリティを使わなければ届かない距離《きょり》だが、暗記した情報には拘束系《こうそくけい》アビリティは含《ふく》まれていなかったし、必殺技《ひっさつわざ》だとしてもハルユキに性能を把握《はあく》されている《キュービック・スケルチャー》をもう一度撃《う》ったりはしないだろう。

そもそもブレイン・バーストの攻撃型必殺技《こうげきがたひっさつわざ》は、遠隔《えんかく》にせよ近接にせよ単体でぶっ放してもそう簡単にはヒットしない。不意打ちするか、通常技《つうじょうわざ》とのコンボに組み込むか、何らかの手段で相手の回避《かいひ》能力を削《そ》いでから出すのが基本だ。

ゼルコバもレベル6なのだから、そんなことはよく解《わか》っているはず。つまり、この状況《じょうきょう》から撃《う》ってもヒットさせられる目算があるのだ。それが必殺技《ひっさつわざ》の性能なのか、本人の工夫《くふう》なのかは見てみないと解《わか》らない。

工夫《くふう》のほうだといいな、と思いながらハルユキは技《わざ》の発動を待った。

ゼルコバ・バージャーが、掲《かか》げた右手の五指をまっすぐに伸ばし、そのまま勢いよく地面に突き立てた。

「《コーニック・スマイター》!!」

暗記した情報にはない技名《わざめい》。ずっと隠《かく》していた奥《おく》の手《て》か、最近身につけたのか。

ゼルコバの右手が赤く輝《かがや》いた。だが必殺技《ひっさつわざ》ゲージは減らない。

まさか心意技《しんいわざ》……と緊張《きんちょう》した、その時。両足の裏にかすかな振動《しんどう》を感じ、ハルユキは反射的に右へ跳《と》んだ。

直後、ようやくゼルコバの必殺技《ひっさつわざ》ゲージが減少し、同時に地面から鋭《するど》く尖《とが》ったものが猛烈《もうれつ》なスピードで突き出した。

長さ一メートル半、根元の直径が十五センチほどの、円錐形《えんすいがた》の杭《くい》だ。ゼルコバの装甲《そうこう》と同じ色をしたそれはいかにも硬《かた》そうで、直感でジャンプしなかったらいまごろシルバー・クロウは股間《こかん》から頭まで串刺《くしざ》しにされていただろう。

軌道《きどう》が見えない遠隔攻撃《えんかくこうげき》――直前のささやかな振動《しんどう》に気付けなければ、初見での回避《かいひ》はほぼ不可能だ。だが避《よ》けてしまったからには、ここで反撃《はんげき》しないのはさすがに侮辱行為《ぶじょくこうい》というものだろう。

見るべきものは見たし、終わらせよう。そう心を決めて、ハルユキはしゃがみ込んだままのゼルコバ目掛《めが》けてダッシュしようとした。

刹那《せつな》、気付く。ゼルコバの必殺技《ひっさつわざ》ゲージが、わずか十パーセントしか減っていない。すでに動き始めているので振動《しんどう》は感じなかったが、今度こそ勘《かん》だけに従って左へ跳《と》ぶ。雷鳴《らいめい》にも似た音とともに、ハルユキが寸前まで存在していた空間を二本目の杭《くい》が貫《つらぬ》いた。

ゼルコバの右手は指の付け根まで地面に刺さったままだし、ゲージはあと八割も残っている。ということは――。

着地するやいなや、全力で後方宙返り。目の前を三本目の杭《くい》が掠《かす》める。さらに宙返り。再び鼻先を杭《くい》が通過する。

次の宙返りで、五本目の杭《くい》がシルバー・クロウの背中をわずかに掠《かす》めた。

照準がどんどん正確になっているし、後ろには民家の壁《かべ》が迫《せま》っていてもう宙返りするためのスペースがない。《円錐形の打ち負かすもの《コーニック・スマイター》》という名前のこの必殺技《ひっさつわざ》は、恐《おそ》らくゼルコバが

視線その他で誘導《ゆうどう》しているのではなく、それ自体に自動追尾能力《じどうついび》があるのだろう。局地防衛にうってつけな、《番人《バージャー》》の名にふさわしい高性能な技《わざ》だ。必殺技《ひっさつわざ》ゲージの減少ペースからして、杭《くい》の総数は十本。残り五本をこの狭《せま》い庭で全て避《よ》けるのは不可能。

瞬時《しゅんじ》にそう判断したハルユキは、続く一瞬《いっしゅん》で選択肢《せんたくし》を三つ捻《ひね》り出し、それぞれ検討した。

まず思いつくのは空に逃げる手だが、背中の翼《つばさ》を広げ、振動《しんどう》させ、推進力を生み出すまでのわずかな隙《すき》を狙《ねら》い撃《う》たれる危険がある。

二つ目は、貫手《ぬきて》で杭《くい》を迎撃《げいげき》する方法。鋭利《えいり》な杭《くい》の先端《せんたん》、極小の一点を貫《つらぬ》ければ破壊《はかい》できるという確信があるが、一ミリでも狙《ねら》いが狂《くる》えば逆に手を粉砕《ふんさい》されるだろう。

そして三つ目は――少しばかり躊躇《ためら》われる手段だが、成功の確率は最も高い。対戦を速《すみ》やかに決着させるためにも、これを選ぶべきだろう。

時間がスローになっていく超加速感覚の中、三回目の宙返りから着地する寸前に、ハルユキは短く念じた。

――《合《ごう》》。

視界全体が波紋《はもん》のように揺《ゆ》らぐ。意識が拡散し、空に溶《と》ける。

ズガン!!

という音を轟《とどろ》かせて、六本目の杭《くい》が伸び上がった。

しかしその場所は、ハルユキの着地地点から三メートルも離《はな》れた、庭の真ん中だった。

「ハアッ⁉」

ゼルコバが驚愕《きょうがく》の叫《さけ》び声《ごえ》を上げる。無理もない、狂《くる》うはずのない自動照準が盛大《せいだい》に狂《くる》ったのだから。

ハルユキが使った《合《ごう》》なる技《わざ》は、セントレア・セントリーから伝授されたオメガ流合切剣《りゅうがっさいけん》の一つ目の奥義《おうぎ》だ。自分の意識から出力される信号を完全に遮断《しゃだん》することで、BBシステム――別名メイン・ビジュアライザーの未来予測機能を誤動作させ、対戦相手のみならずシステムの知覚からも己《おのれ》を消し去る。自動追尾型《じどうついびがた》の必殺技《ひっさつわざ》は追尾《ついび》できなくなるし、ゼルコバ・バージャー自身も目の前にいるハルユキを一瞬《いっしゅん》見失ったはずだ。

《合《ごう》》は心意技《しんいわざ》ではないが、「厳密に言えば」という但《ただ》し書《が》きがつく。師範《しはん》セントリー曰《いわ》く、高強度のイマジネーションによって事象を上書《オーバーライド》きする心意技《しんいわざ》と、あらゆるイマジネーションを断《た》つ《合《ごう》》はまったく逆のロジックに立脚《りっきゃく》しているということだが、どちらもBBシステムのイメージ制御系《せいぎょけい》を利用する点は同じなので、ハルユキとしては《合《ごう》》にも多少の心意《しんい》っぽさを感じざるを得ない。

しかしよく考えると、全てのバーストリンカーにとってイメージ力は必要不可欠なものだ。自分のアバターをどう動かすかという刹那《せつな》の選択《せんたく》にも、どういうふうに成長したいのかという長期的ビジョンにも、明瞭《めいりょう》なイメージが求められる。ハルユキが取り組んでいる水歩きだって、突《つ》き詰《つ》めれば《自分の重さをゼロにする》というイメージ力の訓練なのだ。

通常技《つうじょうわざ》と心意技《しんいわざ》の境界は実のところ曖昧《あいまい》であり、線を引くなら赤の王スカーレット・レインが口にしていた定義に従うしかない。すなわち、《心意技《しんいわざ》は光る》。

いわゆる心意技《しんいわざ》の過剰光《オーバーレイ》は、使用者のイマジネーションがBBシステムのイメージ制御系《せいぎょけい》を通過する際、溢《あふ》れた過剰《かじょう》な信号をシステムがエフェクト光として処理した結果だ。イメージの出力をゼロにする《合《ごう》》は当然ながら光らない。ゆえに心意技《しんいわざ》ではない。

セントリーも主張していたその線引きに従って《コーニック・スマイター》の追尾《ついび》を外したハルユキは、着地するや全力で地面を蹴《け》った。

背中の翼《つばさ》も使ってフルパワーで加速し、唖然《あぜん》とした様子のゼルコバ・バージャーに肉薄《にくはく》する。

ゼルコバもすぐに驚《おどろ》きから醒《さ》めたが、地面に突き刺さったままの右手を引き抜く気配はない。いや、恐《おそ》らく杭《くい》をヒットさせるかゲージを使い切るかするまで抜けないのだ。性能からして、それくらいの制約があっても不思議はない。

ゼルコバの右腕《みぎうで》を左腕《ひだりうで》同様にもぎ取るつもりだったが、地面に固定されていては不可能だ。ならばいっそ。

瞬時《しゅんじ》に方針を変更《へんこう》したハルユキは、そのまま単に突進《とっしん》すると、ゼルコバの目の前でジャンプした。

ふわりと滞空《たいくう》するハルユキ目掛《めが》けて、自動追尾《じどうついび》を再開した《コーニック・スマイター》の杭《くい》が地面から猛然《もうぜん》と撃《う》ち上げられた。だが鋭《するど》く尖《とが》った先端《せんたん》は、ハルユキの足先まであと一センチ届かず——。

代わりに、真下でうずくまるゼルコバ・バージャーの体を、装甲《そうこう》の薄《うす》い下腹からうなじまで無慈悲《むじひ》に貫《つらぬ》いた。

残り五割以下だった体力ゲージが吹《ふ》き飛《と》び、赤茶色の巨体《きょたい》は一瞬《いっしゅん》収縮してから無数の破片《はへん》となって砕《くだ》け散《ち》った。

2

ゼルコバ・バージャーに続いて乱入してきたミドルランカー三人も危なげなく撃破《げきは》すると、ハルユキは新たな挑戦者《ちょうせんしゃ》をしばらく待ってから、今朝は終わりと判断してニューロリンカーのグローバル接続を切った。

かつての黒雪姫《クロユキヒメ》のように、二十四時間切断しっぱなしにしておけば賞金稼《バウンティ・ハンター》ぎ気取りの連中に乱入されることはない。しかしハルユキは、自宅と学校にいる時以外は基本的に接続をオンにしている。むしろ、マッチング・リストに名前がある可能性が高い時間帯を、自分から広めているくらいだ。

おかげで、毎日の対戦回数は最低十回、多ければ二十回にも達する。夕方、自宅に帰りつく頃《ころ》にはもうへとへとだが、たとえ路上でぶっ倒《たお》れることになろうとも、乱入を拒否《きょひ》するつもりはない。それがいまの自分に課せられた責務だと思うからだ。

ふう、と軽く息を吐《は》き、空を仰《あお》ぐ。まだ午前十時なのに日差しは街を焼《や》き焦《こ》がさんばかりで、今日も暑くなりそうだな……と思った途端《とたん》に汗《あせ》が噴《ふ》き出す。

コットンパイルのハンカチで額を拭《ぬぐ》うと、ハルユキは再び歩き始めた。

通学路の残り三百メートルを、なるべく日陰《ひかげ》に入ったまま踏破《とうは》し、歩道の左側に現れた校門をくぐる。すかさず梅郷中《うめさとちゅう》のローカルネットに接続し、ほっとひと息。グローバル・ネットと比べると機能は大幅《おおはば》に制限されるが、それでも心細さはかなり緩和《かんわ》される。

前庭の正面に見える昇降口《しょうこうぐち》ではなく、右手へと向かう。真夏でも薄暗《うすぐら》い通路を歩いていくと、第二校舎とコンクリートの塀《へい》に挟《はさ》まれたスペースに設置された小屋が見えてくる。

貴重な天然木をふんだんに使った、しっかりとした造りだが居住者は人間ではない。小屋の前面はステンレスの金網《かなあみ》になっていて、そこから中を覗《のぞ》き込みながら、ハルユキは小声で挨拶《あいさつ》した。

「おっすホウ、今日も暑いな」

するると、小屋の真ん中に設置された止まり木の上で、灰色の鳥が瞼《まぶた》を持ち上げた。ハルユキが委員長を務める梅郷中飼育委員会で世話をしている唯一《ゆいいつ》の動物、アフリカオオコノハズクのホウだ。

まだ飼い始めて一ヶ月と少しだが、最近はハルユキが挨拶《あいさつ》すると猫《ねこ》っぽい声で返事をしたり、機嫌《きげん》がいい時は止まり木から飛び立って、小屋の中を二、三周してくれる……はずなのに、今日のホウはオレンジ色の目でハルユキを一瞥《いちべつ》しただけで、すぐに瞼《まぶた》を閉じてしまった。

フクロウの中では暑さに強い種類のはずだが、さすがに連日の酷暑《こくしょ》でバテ気味なのだろうか。金網《かなあみ》の上にはひさしがあって直射日光は入らないし、水浴び用のバードバスも用意してあるが、今日はほぼ無風なので熱がこもっているのかもしれない。

「ちょっと待ってな、ミストシャワーしてやるから」

　そう声を掛《か》けると、ハルユキは用具置き場に向かった。多機能ノズルつきのホースを出し、小屋の脇《わき》にある水栓《すいせん》につなぐ。掃除《そうじ》中《ちゅう》に偶然《ぐうぜん》判明したのだが、ホウはミスト状態の水をかけてもらうのも好きらしく、最近はホースを見ただけで催促《さいそく》するほどだ。

　ノズル先端《せんたん》のダイヤルを回してミストのマークに合わせ、試《ため》しに散水レバーを握《にぎ》り込んで、ちゃんと霧状《きりじょう》の水が出るのを確認《かくにん》した、その時。

　仮想デスクトップの下側にチャットウインドウが開き、桜色のフォントで瞬時《しゅんじ》に文章が綴《つづ》られた。

【UI＞　こんにちは、有田《アリタ》さん】

　反射的に振り向きかけたハルユキは、「おっと」と呟《つぶや》きながらレバーを離《はな》した。以前、似たような状況《じょうきょう》で思い切り水を浴びせかけてしまったので、同じ過《あやま》ちを繰《く》り返《かえ》すわけにはいかない。

　改めて体を反転させ、チャットの送信者に挨拶《あいさつ》する。

「こんにちは、四埜宮《シノミヤ》さん」

　立っていたのは、梅郷中学校飼育委員会の《超《ちょう》委員長》こと四埜宮謡《ウタイ》。プリントTシャツにショートパンツという夏休みの小学生っぽさ溢《あふ》れる出《い》で立《た》ちだが、加速世界では《緋色弾頭《テスタロッサ》》の二つ名で恐《おそ》れられる真のハイランカーである。

　長弓《フレイム・コーラー》を握《にぎ》れば鬼神《きじん》の如《ごと》き強さなのに、どんな時も優《やさ》しくハルユキを導いてくれる、かけがえのない先輩《せんぱい》——だったのだが、同じレギオンのメンバーであるという最大の繋《つな》がりは三日前に消滅《しょうめつ》してしまった。

そう考えた途端《とたん》、胸の真ん中に鋭《するど》い痛みが走る。しかし表には出すまいと、ハルユキは笑顔《えがお》で言葉を続けようとした。

「いま、ホウにミストシャワーしてあげるところだったんだ。四埜宮《シノミヤ》さんも一緒《いっしょ》に……」

だが、最後まで言い終えることはできなかった。謡《ウタイ》が右手に提《さ》げていたバッグを落とすや、勢いよくハルユキにぶつかってきたからだ。倍以上の体重差があるのに、危《あや》うくひっくり返りそうになるほどのタックルをどうにか受け止め、うわずった声で問《と》い質《ただ》す。

「ど、ど、どうしたの四埜宮さん⁉」

すると謡は、ハルユキのまんまるぽよーんな体に右手でしがみつきながら、左手だけでホロキーボードを叩《たた》いた。

【UI> 有田《アリタ》さん、もう無茶な対戦はやめて下さい】

「え…………」

唖然《あぜん》とするハルユキを、潤《うる》んだ大きな瞳《ひとみ》で見上げながら、謡は超高速タイピングを続ける。

【UI> 先ほどの対戦、見せて頂きました。見事な戦いぶりでしたが、あのような勝ち方を続けていたら、有田さんに反感を持つ人が増えるばかりなのです】

「えと……」

どう答えたものか一瞬《いっしゅん》考えてから、ハルユキは小声で訊《たず》ねた。

「四埜宮さん、観戦してたの？　ぜんぜん気付かなかったよ」

【ＵＩ＞　ダミーアバターを使いましたから】

「あ、ああ、そうだったんだ……」

ダミーアバターとは、正体を隠《かく》してギャラリーに入りたい時に設定する、デュエルアバターとは異なる姿の観戦専用アバターのことだ。確かに、ネガ・ネビュラス《四元素《エレメンツ》》の一人たるアーダー・メイデンがあの場にいたら、他のギャラリーから面倒《めんどう》な絡《から》み方《かた》をされても不思議はない。しかし、なぜそこまでして観戦に入ったのか。

というハルユキの途惑《とまど》いを察したらしく、謡が先回りして答えた。

【ＵＩ＞　噂《うわさ》になっているのです。有田さんが毎日、何十回も対戦していて、なのにたったの一回も負けていないと。勝利を追求するのが悪いとは言いません。でも、もっと大切なことがあるのです。それは対戦を】

文章がそこまで綴《つづ》られた瞬間《しゅんかん》、ハルユキは我知らず呟《つぶや》いていた。

「楽しむこと」

それは、ハルユキ自身がずっと心に抱《いだ》いてきた主義《イズム》であり、誰《だれ》かの前で口にしたことだって何度もある。

謡は密着させていた体を少しだけ離《はな》すと、深く頷《うなず》いた。

【ＵＩ＞　そのとおりです。でも、今日の有田《アリタ》さんはぜんぜん楽しそうじゃありませんでした。四戦全て圧勝でしたが、私の目には、まるで自分にヘイトを集めるために対戦しているように見えたのです】

深い憂惧《ゆうぐ》を湛《たた》える謡《ウタイ》の瞳《ひとみ》をほんの一瞬《いっしゅん》だけ見返してから、ハルユキは視線を右下に逸《そ》らし、言った。

「……そうだよ、僕はそのために対戦を受けてるんだ」

途端《とたん》、謡は左手を少しだけ持ち上げたが、一文字もタイプせずに力なく垂らした。

ハルユキのシャツを掴《つか》んでいた右手も、ゆっくりと離《はな》れる。心の底から敬慕《けいぼ》する四埜宮《シノミヤ》謡に、かつてないほど悲しそうな顔をさせてしまったことに忸怩《じくじ》としながら、ハルユキは説明を続けた。

「終焉神《しゅうえんしん》テスカトリポカが、いま加速世界を大混乱させてることは四埜宮さんも知ってるよね。エネミーをポイントの供給源にしてた中小レギオンは、たった三日で大きな影響《えいきょう》を受けてる。彼らの反感は、いまは一連の出来事の黒幕だったオシラトリ・ユニヴァースに集中してるけど、いずれはテスカトリポカを放置してる六大レギオンにも不満が向けられると思う」

【ＵＩ＞　私たちは、放置したくてそうしているわけではないのです】

謡が両手を使った神速のタイピングで割り込んだ。

ハルユキはこくりと頷《うなず》き、都心方面の空を見上げながら言った。

「うん、あれをどうにかできるものならとっくにしてるよね。六大レギオンの総力を結集してもどうにもならないことが解《わか》ってるから、手出しできないだけで……」

視線を謡に戻《もど》し、続ける。

「でも、中小レギオンのバーストリンカーたちは、加速世界で発生した問題は六大レギオンが解決するのが当たり前だと思ってる。クロム・ディザスター事件の時も、ISSキット事件の時もそうだったみたいにね。このままエネミー狩《が》りができない状態が続いたら、王はどうして動かないんだって声が中小レギオンから出てくるよ。そうなれば、六大レギオンのメンバーも当然反発するだろうし……」

ハルユキが予想している未来図の剣呑《けんのん》さを、謡も理解したようだった。幼い顔に、先刻までとは別種の懸念《けねん》が浮《う》かぶ。

【UI＞　ネットで言い合いをする程度ならいいですが、乱入したりされたりの小競《こぜ》り合《あ》いが始まったら、どこまでエスカレートするか解《わか》らないのです】

「僕もそう思う。大レギオンって言っても、いちばん大きいグレート・ウォールでも百人程度で、絶対的な人数は中小レギオンのメンバーや無所属バーストリンカーのほうが多い。本格的な抗争《こうそう》になれば、六大レギオンも無傷じゃ済まないよ。中小レギオンにだって、すごく強い人がいっぱいいるから……」

ハルユキの言葉に、謡は無言で頷《うなず》く。

先ほど謡《ウタイ》は、ハルユキが毎日何十回も対戦しながら一敗もしていないと言った。それは事実だが、危なかったことは何度もある。今日のゼルコバ・バージャー戦だって、奥の手《おくのて》の《合《ごう》》を使わなければ負けていたかもしれない。あのレベルの使い手が立て続けに乱入してきたら、六大レギオンの中堅《ちゅうけん》クラスでも後《おく》れを取ることはあるだろうし、中小レギオンが選抜《せんばつ》チームを組んで領土戦に乗り出してくれば、六大レギオンの支配エリアが失陥《しっかん》することだってないとは言えない。

その先はもう、血で血を洗う全面戦争だ。状況《じょうきょう》が落ち着くまでに何人のバーストリンカーがポイント全損するか想像もできない。

謡も同じことを考えたのだろう、しばらく目を伏《ふ》せていたが、やがて両手を持ち上げ、毅然《きぜん》と宙を叩《たた》いた。

【UI＞ だとしても、有田《アリタ》さんだけが中小レギオンの不満の受け皿になる理由はないのです。全ての責任は白の王とオシラトリ・ユニヴァースにあるのですから、グローバル接続を切って、文句があるなら杉並《すぎなみ》じゃなく港区《みなとく》第三エリアに行けと宣言しても、誰《だれ》からも誹《そし》られるいわれはないのです！】

まったくもって正しい主張だ。

確かに、白のレギオンの本拠地《ほんきょち》たる私立エテルナ女子学院がある港区第三エリアはちょうど一週間前、七月二十日の領土戦でネガ・ネビュラスの支配地域となり、総数三十人前後と推測されるオシラトリメンバーの乱入拒否《きょひ》特権は剝奪《はくだつ》された。

とはいえ、ハルユキと違《ちが》って彼らはグローバル接続を切っているようなので港区第三エリアに乗り込んでも乱入はできないが、たった一人だけ例外が存在する。レギオンマスターである、白の王ホワイト・コスモスその人だ。

白の王は領土を失った直後からずっと、自分の名前をマッチングリストに載《の》せ続《つづ》けている。スカイ・レイカー／倉崎楓子《クラサキフウコ》はその理由を「六王、ことに黒の王ブラック・ロータスへの挑発《ちょうはつ》」だと予想していた。実際のところは不明だが、ともかく現在はあらゆるバーストリンカーが、かつては姿を見ることさえ叶《かな》わなかった白の王と、望めば自由に対戦できる状態なのだ。

実際、興味本位や武勇伝目当てで乱入した者もそれなりにいるらしい。しかしその全員が、コスモス本人と対峙《たいじ》する前に、怪物めいた大型アバターに襲《おそ》われて即死《そくし》したという。通常対戦ステージにエネミーがいるはずがないし、ましてやタッグ戦でもないのにレギオンメンバーが護衛についているわけもない。恐《おそ》らくショコラ・パペッターの必殺技《ひっさつわざ》《パペット・メイク》や、ビリジアン・デクリオンの《緑玉の軍団兵《ビリダイン・リージョナリー》》のような自動人形を生み出す能力だと思われるが、詳細《しょうさい》は不明だ。

また、幹部集団である《七連矮星《セブン・ドワーフス》》の名前もたまにリストに出現するという噂《うわさ》もあるが、彼らは一騎当千《いっきとうせん》の猛者《もさ》揃《ぞろ》いだ。手練《てだれ》のハイランカーでもなければ、不満をぶつける間もなく蹴散《けち》らされてしまうだろう。

そのような状況《じょうきょう》ゆえ、仮にゼルコバ・バージャーたちが港区《みなとく》第三エリアに遠征《えんせい》したところでオシラトリのメンバーに直接文句を言うのは不可能に近い。それでもハルユキは、謡《ウタイ》の視線をしっかりと受け止め、言った。

「……ありがとう、メイさん」

リアルネームではなくアバターネーム由来の愛称《あいしょう》で呼びかけると、小さな肩《かた》にそっと右手を置く。

「レギメンじゃなくなっても、そうやって気《き》に掛《か》けてくれるのはとっても嬉《うれ》しいよ。……でも、太陽神インティを斬《き》って、その中に封印《ふういん》されていたテスカトリポカを復活させたのは僕だし、白の王に拉致《らち》されて、いまの状況《じょうきょう》へと至るきっかけを作ったのも僕なんだ。中小レギオンのメンバーたちは僕に不満をぶつける権利があるし、それで少しでもガス抜きになるなら、乱入を拒否《きょひ》するわけにはいかないよなって……」

【UI＞ 気《き》に掛《か》けるに決まっているのです!!】

ホロキーボードなのにばちばちとタイプ音が聞こえそうな勢いでそう打ち込むと、謡は再びハルユキに飛びついてきた。

見開いた瞳《ひとみ》に大粒《おおつぶ》の涙《なみだ》を溜《た》め、言葉を絞《しぼ》り出そうとするかのように唇《くちびる》をわななかせてから、十本の指を閃《ひらめ》かせる。

【UI＞ システム上はレギオンメンバーじゃなくなったとしても、私たちの絆《きずな》までが消えるわけではありません！　そもそも、クーさんがネガ・ネビュラスを脱退《だったい》したのはローねえたちを助けるためですし、もっと遡《さかのぼ》ればインティを斬《き》ったのは五人の王を助けるためです。なのに、クーさん一人が裏切り者扱《あつか》いされて、毎日何十回も乱入され続けるなんて、私は】

その先はもう文章にできなかったのか、謡は両手でハルユキのシャツをしっかり握《にぎ》り締《し》め、額を胸に強く押し当てた。

無音の嗚咽《おえつ》を感じた途端《とたん》、ハルユキも両目がじわりと熱くなるのを感じた。だがここで泣くわけにはいかない。全ては、自らの意思で選んだことなのだ。

小刻みに震《ふる》える華奢《きやしや》な背中を抱《だ》き締《し》める代わりに、優《やさ》しくぽんぽんと叩《たた》きながらハルユキは言った。

「心配かけてごめんなさい、メイさん。でも、本当に無理はしてないんだ。確かに、対戦を楽しむ余裕《よゆう》はないかもしれないけど……でも、レイカー師匠《ししょう》やセントリー師範《しはん》の修業《しゅぎょう》に比べれば、一日二、三十回の対戦なんてどうってことないよ。待ち受け状態にしてるのは登下校の時だけだし、ほとんどが初対戦の人たちだから色々と気付かされることもあるし……それに」

少しだけおどけた口調で続ける。

「僕たちはバーストリンカーなんだから、とにかくひたすら対戦あるのみ、でしょ？」

それを聞いても、謡はなかなか顔を上げようとしなかったが、やがて一歩下がるとショートパンツのポケットからハンカチを出し、目許《めもと》を拭《ぬぐ》った。

俯《うつむ》いたまま、すうはあと深呼吸してからようやくハルユキを見る。赤らんだ両目を二、三度瞬《しばた》かせると、口許《くちもと》に淡《あわ》い笑《え》みを浮《う》かべ、軽《かろ》やかに左手の指を躍《おど》らせる。

【UI＞ その言い方だとなんだか、もう私と対戦しても勝てると思っているように聞こえるのです】

「え、ええ⁉」

ハルユキは仰天《ぎょうてん》すると、両手と顔を互《たが》い違《ちが》いに振り動かした。

「そ、そ、そんなこと、これっぽっちも思ってないよ！ 今日の対戦を見てたなら、ぜんぜんそんなレベルじゃないこと、メイさんだって解《わか》ってるでしょ！」

つっかえながら必死に反論すると、謡《ウタイ》はくすくすと笑ってから、もう一度息を吐《は》いた。

表情を改め、少しだけ緩《ゆる》やかな指使いでタイプする。

【UI＞ 有田《アリタ》さんのお考えはわかりました。無理はしないと約束して下さるなら、これ以上対戦をやめろとは言いません。でも、あと一つだけお願いがあるのです】

そこで一拍置《いっぱくお》くと、じっとハルユキを見詰《みつ》め──。

【UI＞ いちど、ローねえには会って下さいませんか】

「………………」

ハルユキは、すぐには答えられなかった。

謡が《ローねえ》と呼ぶのはもちろん、ネガ・ネビュラス頭首、黒の王ブラック・ロータス

——黒雪姫《クロユキヒメ》のことだ。

三日前の夜、壊滅的《かいめつてき》な失敗に終わったシルバー・クロウ救出作戦のあと、ハルユキはダイブチャットで仲間たちに事の顚末《てんまつ》を説明した。

その場にはもちろん黒雪姫もいたのだが、ミーティングが終わった七月二十五日の零時《れいじ》過ぎから現在まで、ハルユキは連絡《れんらく》を取っていないし黒雪姫からもコンタクトはない。

ちゃんと話をしないと、と思ってはいるのだ。しかし何をどう話せばいいのか。ハルユキは、自分を地獄《じごく》から救い出してくれた恩人であり、BBプログラムを与《あた》えてくれた《親》であり、永遠の忠誠を誓《ちか》った剣の主である黒雪姫を裏切ってネガ・ネビュラスから脱退《だったい》し、オシラトリ・ユニヴァースに移籍《いせき》してしまったのだから。

そうしなければ、ハルユキを救出するために危険な任務に志願してくれたシアン・パイル、トリリード・テトラオキサイド、ラベンダー・ダウナー、グラファイト・エッジ、セントレア・セントリー、そして大天使メタトロンの六人は、神器《じんき》《ザ・ルミナリー》の支配力から解き放たれたテスカトリポカによって皆殺《みなごろ》しにされていただろう。

いや、単に死ぬだけなら、ポイントをいくらか失うだけで復活できる可能性がある。しかしテスカトリポカは四神セイリュウと同じレベル・ドレイン能力を持っていて、実際にシアン・パイルはレベル6からレベル4までダウンさせられてしまった。

さらに、メタトロンはバーストリンカーと違《ちが》って、ポイントが残っている限り蘇生《そせい》できるというわけではない。厳密には、無制限中立フィールドに《変遷《へんせん》》が起きればエネミーとしてのメタトロンは芝公園地下迷宮《しばこうえんちかめいきゅう》の最深部で復活するのだが、それは記憶《きおく》も思考もリセットされた、まったく別の個体だ。

ゆえにあの時、ハルユキは白の王に全てを差し出して慈悲《じひ》を乞《こ》うしかなかった。唯一《ゆいいつ》テスカトリポカを止められる可能性があった彼女に頭《こうべ》を垂れ、六人の命と引《ひ》き換《か》えに忠誠を誓《ちか》う以外の選択肢《せんたくし》はなかったのだ。黒雪姫《クロユキヒメ》もそれは理解してくれているだろうが、納得《なっとく》し、受け入れられるかどうかは別問題だ。

正直、黒雪姫がハルユキの選択《せんたく》をどう受け止めているのかは解《わか》らない。しかし事実として、あれから三日——正確には六十時間が経過しても連絡《れんらく》は来ていないのだから、黒雪姫もいまはまだハルユキと話をできる状態ではないのだと推測せざるを得ない。

というようなことを、謡《ウタイ》にどう説明したものかハルユキは悩《なや》んだ。

しかし、口を開くより先に、耳が新たな音を捉《とら》えた。裏庭の砂利《じゃり》をざくざくと踏《ふ》む足音と、軽《かろ》やかな鼻歌。

慌《あわ》てて謡から一歩離《はな》れつつ、俯《うつむ》けていた顔を上げる。近づいてくるのは、学校指定の体操服を着た女子生徒だった。幸い、仮想デスクトップを見ながら歩いているせいで、ハルユキたちの様子には気付いていないようだ。

謡の頬《ほお》がすでに乾《かわ》いていることをちらりと確認《かくにん》してから、ハルユキは女子生徒に声をかけた。

「井関《イゼキ》さん、ながら歩きしてると危ないよ」

すると、女子生徒――井関玲那《レイナ》は、デスクトップから顔を上げてニマッと笑った。

「へーキへーキ、あたしプロだし」

「何のプロなの……」

ハルユキの突っ込みを澄《す》まし顔《がお》で受け流し、玲那は謡に挨拶《あいさつ》した。

「こんにちは、謡っち。そのシャツかわいーね」

【UI＞ ありがとうございます、ばあやと一緒《いっしょ》に買いにいったのです】

謡ははにかむように肩《かた》をすぼめると、小さな鳥のシルエットが縦横三つずつプリントされたTシャツの裾《すそ》を両手で摑《つか》んだ。

謡と同年代の妹がいるらしい玲那は、しばし愛おしそうな微笑《ほほえ》みを浮《う》かべてから、ようやくハルユキに視線を移動させた。

瞬間《しゅんかん》、何かを感じたかのように笑《え》みを薄《うす》れさせる。しかしすぐにいつもの悪戯《いたずら》っぽい表情に戻《もど》ると、体操服の襟《えり》ぐりをぱたぱたさせながら言った。

「つーかイインチョ、この暑さマジヤベーっしょ。夏休み中くらい、ウチらも私服で来ていいことにしよーぜー」

「はぁ!? む、無理だよそんなの！」

「超《ちょう》イインチョだけ違《ちが》う服じゃかわいそーだし！」

という強引《ごういん》すぎる反論に、ハルユキは咳払《せきばら》いしてから理詰《りづ》めで答えた。

「えーと、四埜宮《シノミヤ》さんの入構許可証は梅郷中《うめさとちゅう》と松乃木学園《まつのぎがくえん》の共同学習プログラムを利用してるんだけど、プログラムの規約には相手校を訪問する際の服装の指定がないんだよ。でも僕らは、夏休み中だろうと登校する時は制服か体操服か部活のユニフォーム以外ダメっていう校則があるから……」

「カッタイなぁ〜〜」

と口を尖《とが》らせてから、玲那《レイナ》は右手の指をパチーンと鳴らした。

「そーだ、だったらウチらもユニフォーム作ればいいっしょ！」

「はぁぁ⁉」

「体操服、厚手でムレるしさー。もっと通気性と速乾性《そっかんせい》がある生地《きじ》で、ウルかわなデザインにして……」

「う、うるかわ……」

恐《おそ》らく《ウルトラかわいい》の略であろう語句を繰《く》り返《かえ》してから、ハルユキは救いを求めるべく左横を見た。しかし超《ちょう》委員長たる謡《ウタイ》はにこにこしているだけで、キーボードを打つ様子はない。

「い……いや、委員会にユニフォームとかないでしょ」

我ながら面白《おもしろ》みのない応手だと思いつつそう答えると、玲那は小さく首を傾《かたむ》け、

「いいと思うけどなー」

とだけ言ってから足許《あしもと》を見た。そこには、先ほど謡が落としたトートバッグが直立している。

それを拾い上げ、飼育小屋に顔を向ける。

「ま、早いとこ掃除《そうじ》しよーよ。ホウがお腹《なか》空かせてるし」

「……そうだね」

ハルユキが頷《うなず》くと、謡も【そうしましょう！】と同意した。

夏休み中は交互《こうご》にホウの世話を受け持つという協定に従えば、今日は玲那の当番日になる。しかし結局ハルユキはほぼ毎日、玲那も三日に二日は登校しているので、もう二人とも相手が自分の当番日に姿を現しても何も言わなくなってしまった。

三人で手早く小屋の掃除《そうじ》とバードバスの水替《みずが》えを済ませ、お楽しみの餌《えさ》やりタイムに入る。ホウの餌《えさ》は、ウズラやネズミの肉を小さくカットしたものか、生きたコオロギやミルワームで、購入《こうにゅう》と下準備は謡に任せてしまっている。しかし飼い始めた頃《ころ》は謡の手からしか食べなかったホウが、最近はハルユキや玲那が与《あた》える餌《えさ》も、機嫌《きげん》がいい時だけだが食べてくれるようになった。

今日は多少元気がない様子だったので無理かと思ったのだが、謡の左腕《ひだりうで》に止まったホウは、玲那がピンセットで挟《はさ》んで差し出すウズラ肉を勢いよく次々と呑《の》み込んだ。五切れ食べさせたところで交代し、ハルユキが同じように肉片《にくへん》をホウの口許《くちもと》に近づけた、その途端《とたん》——。

「ジイッ！」

ホウがいきなり翼《つばさ》を大きく広げ、威嚇《いかく》するような声を発したので、ハルユキはびっくりして右手のピンセットを取り落としてしまった。

しかし謡《ウタイ》は慌《あわ》てず、右手でホウの顔を覆《おお》った。視界を遮《さえぎ》られたホウは、それでも何度か翼《つばさ》を打ち鳴らしたが、すぐにおとなしくなった。

打ち解けたはずのホウの反応に衝撃《しょうげき》を受けつつも、ハルユキは十数分前、小屋の金網《かなあみ》越しに挨拶《あいさつ》した時のことを思い出した。ホウが止まり木から飛び立つどころか、鳴き声すら上げずにすぐ目を閉じてしまったのは、暑さで元気がなかったからではなくハルユキを警戒《けいかい》したから、だったのだろうか。

「……僕、ホウに何かしたかな……」

少なからずショックを受けつつそう呟《つぶや》くと、謡ではなく玲那《レイナ》が思わぬことを言った。

「あ……あたしも、実はちょっと……」

「ええ⁉」

「やー、別にイインチョに何かされたってワケじゃないんだけどさ。ここ最近のイインチョ、なんてゆーか……」

そこで言葉を途切《とぎ》れさせた玲那の顔には、今日初めてハルユキを見た時と同じ気遣《きづか》わしげな表情が浮《う》かんでいる。

玲那がハルユキの変化、もしくは変調を感じたなら、その原因は一つしか思い当たらない。ネガ・ネビュラスから脱退《だったい》し、仇敵《きゅうてき》たるオシラトリ・ユニヴァースへ移籍《いせき》せざるを得なかったこと。自分では精神状態を制御《せいぎょ》できているつもりだったが、謡や玲那を心配させただけでなくホウまで警戒《けいかい》させてしまったからには、三日前に受けた衝撃《しょうげき》と未来への不安を完全には押さえ込めていないのだろう。

「……ごめん、井関《イゼキ》さん。少し前に、ちょっとショックなことがあって……僕がいつもと違《ちが》うなら、たぶんそのせいかも……」

「ショックなことってー？」

「え……と……」

玲那は本気で心配してくれているのだろうから、口先で誤魔化《ごまか》さずにきちんと説明したい。しかしブレイン・バーストに関わる事柄《ことがら》を、バーストリンカーではない玲那に明かすわけにはいかない。

一秒かけて懸命《けんめい》に考えてから、ハルユキは答えた。

「……大切な人を、裏切っちゃったんだ。命の恩人って言ってもいいくらいの、すごくすごく大切な人を……」

「だったら謝《あやま》るっきゃないっしょ」

という玲那《レイナ》の言葉があまりにもまっすぐすぎて、しばし絶句してしまう。

それができれば苦労しないんだよ……という脳内の繰《く》り言《ごと》までも見抜いているかのように、玲那は ハルユキの目を覗《のぞ》き込んでくる。

確かに、謝《あやま》るしかないのだ。先刻謡《ウタイ》も言っていたが、とにもかくにも黒雪姫《クロユキヒメ》に直接会って、心から謝罪する。そうしなければ、ハルユキの胸にわだかまり続けているものは決して消えないだろう。

それは、痛いほど解《わか》っているのだが――。

押《お》し黙《だま》るハルユキの肩《かた》を、軽く叩《たた》いてから玲那は言った。

「そーゆーのって、時間が経《た》てば経《た》つほど難しくなっちゃうもんだしさ。あれこれ悩《なや》む前に、えいって動いちゃったほうがいいよ……とかエラソーなこと言えるほど、あたしも人間関係が上手じゃないけど」

ニッと笑うと、腰《こし》を屈《かが》めてハルユキが落としたピンセットと肉片《にくへん》を拾う。

「……あ、ごめん、ありがとう」

我に返ったハルユキは慌《あわ》てて礼を言ったが、手を差し出しはしなかった。たぶん、いまのハルユキが何度試《ため》しても、ホウは以前のように餌《えさ》を食べてはくれないだろう。

汚《よご》れてしまった肉片《にくへん》だけ受け取り、二人に「外の掃除《そうじ》してるね」と声を掛《か》けて、ハルユキは小屋を出た。

ゴミ箱に肉片《にくへん》を捨て、水道で手を洗ってから、濡《ぬ》れた両手を見詰《みつ》める。仮想デスクトップとホロキーボードにしか触《さわ》ったことのないようなぷくぷくした手指《てゆび》だが、それでも毎日のようにホウキやモップを握《にぎ》っているうちに、皮膚《ひふ》がいくらか厚くなってきた気がする。

この手と同じように、内面も変わった――変われたと思っていた。バーストリンカーとして数多《あまた》の死闘《しとう》、激闘《げきとう》を乗《の》り越《こ》えてきたことで、少しは胸を張って歩けるようになったはずだった。でも、結局は張りぼての鎧《よろい》を着込んで強くなったつもりでいただけなのだろうか。虚勢《きょせい》で塗《ぬ》り固めた殻《から》を全て剝《む》いたら、そこには昔と同じ自分が膝《ひざ》を抱《かか》えているだけなのだろうか……。

濡《ぬ》れたままの手を下ろし、用具入れに向かう。その途中《とちゅう》でふと思い立ち、飼育小屋の西側にあるコンクリート塀《べい》のほうへ進路を変える。

塀《へい》の根元には、横幅《よこはば》八十センチほどもある花壇《かだん》が設《しつら》えられている。自然石を丁寧《ていねい》に積んだ立派な造りだが、いまは花どころか草一本生えていない。

ハルユキは花壇《かだん》の前にしゃがみ込み、黒々とした土を仔細《しさい》に眺《なが》めた。雑草の芽が出ていたら、かわいそうだが引き抜かねばならない。左端《ひだりはし》からチェックしていって真ん中に差《さ》し掛《か》かった時、小指の爪《つめ》より小さな緑色の葉っぱが一枚、ちょろりと顔を出しているのに気付いた。

風で種が飛んできたのか、それとも最初から土に紛《まぎ》れていたのか……と思いながら、その葉っぱを摘《つ》み取ろうとしたハルユキは、寸前で手を引っ込めた。

「あっ……」

思わず声を上げてから、葉っぱに顔を近づける。少しだけ艶《つや》のある楕円形《だえんけい》の単葉《たんよう》は、草ではなく木のものに見える。五秒ほどもまじまじと凝視《ぎょうし》してから、勢いよく立ち上がる。

胸を塞《ふさ》ぐものをいっとき忘れ、ハルユキはダッシュで飼育小屋に引き返した。

金網《かなあみ》から覗《のぞ》き込むと、ちょうど謡《ウタイ》と玲那《レイナ》がホウの餌《えさ》やりを終えたところだった。二人が出てくるのを待って、小声で呼びかける。

「し、四埜宮《シノミヤ》さん、発芽したかも！」

途端《とたん》、謡は「えっ！」という形に口を開けた。何度か瞬《まばた》きしてから、花壇《かだん》目指して駆《か》け出す。ハルユキと玲那も追いかける。

膝《ひざ》に手を当てて屈《かが》み込み、小さな芽をためつすがめつした謡は、振り向いてホロキーボードを叩《たた》いた。

【UI＞ 間違《まちが》いありません、ネットに上がっている写真と同じ形なのです！】

「だ……だよね！」

深々と頷《うなず》いたハルユキの隣《となり》で、玲那が「発芽って何のことー？」と首を傾《かし》げる。そう言えば、玲那はあの時いなかったのだと遅《おそ》まきながら気付き、早口で説明する。

「えと……四日前かな、四埜宮さんと一緒《いっしょ》に、この花壇《かだん》にさくらんぼの種を植えたんだ。正直、芽は出ないと思ってたんだけど……」

「へーっ！　楽しそうなことやってんじゃん、あたしも誘《さそ》ってよー！」

玲那にバシッと背中を叩《たた》かれ、へどもどするハルユキに代わって、謡が答えた。

【UI＞　ごめんなさい井関《イゼキ》さん、秘密にしていたわけではないのです。良かったら、この芽の世話を手伝って頂けますか？】

「もっちろんだし！」

即座《そくざ》にそう叫《さけ》んだ玲那は、両手を伸ばすと謡の頭をわしゃわしゃ撫《な》でた。仲良くじゃれ合う二人と、陽光を受けて緑色の宝石のように輝《かがや》く新芽を見ているうちに、ハルユキは胸を塞《ふさ》ぐ氷がほんの少しだけ溶《と》け出すのを感じていた。


さくらんぼの芽に水を与《あた》え、飼育小屋の掃除《そうじ》も念入りに終わらせると、時刻は十一時五十分になった。

いつもならこれで委員会活動は終了《しゅうりょう》だが、今日はもう一つ大きなイベントが予定されている。ハルユキは謡と玲那を裏庭に残し、いったん前庭へと戻《もど》った。

待ち合わせ場所の校門に近づくにつれ、胃が縮こまるような感覚に襲《おそ》われる。ぐっと下腹に力を入れて不安を追《お》い払《はら》い、門柱の陰《かげ》に入ってメッセージアプリを起動しようとする。だが、その必要はなかった。

「おうハルユキ、来たぞー」

という声に顔を上げた途端《とたん》、鮮《あざ》やかな色彩《しきさい》が目に飛び込んでくる。

オーバーサイズのTシャツとキャンバス地のスニーカー、そしてツインテールに結《ゆ》った髪《かみ》の全てが燃えるような赤色。裾紐《すそひも》つきのハーフパンツと斜《なな》めがけしたサコッシュが黒系なのは、レギオンの合併状況《がっぺいじょうきょう》を表現している……わけでは、たぶんあるまい。

「や……やあニコ、暑い中わざわざ来てもらって悪かったね。でも一つい知らせが……」

そこまで言いかけたハルユキは、ニコこと上月由仁子《コウヅキユニコ》の右後方を歩く人影《ひとかげ》に気付いた途端《とたん》、ぽかんと口を開けてしまった。

同学年か少し下――中学二年生もしくは一年生の女子だと思われる。バーストリンカーになって以降、その年頃《としごろ》の女性と接する機会が急増したのだが、いまだかつて遭遇《そうぐう》したことのないタイプだ。

束感《たばかん》のあるショートレイヤーの髪《かみ》には細かく銀色のメッシュが入り、黒地のタンクトップはど派手なローズピンクのスプラッシュ柄《がら》。同じく黒のミニスカートにはめったやたらに金属のファスナーが縫《ぬ》い付《つ》けられ、この暑さなのに両手には黒の革手袋《かわてぶくろ》、足許《あしもと》は黒革《くろかわ》の厚底ブーツ。強《し》いて言えば日下部綸《クサカベリン》の通常アバターに似たファッションだが、生身だと圧《アツ》が違《ちが》う。

重そうな靴《くつ》をゴッツゴッツ鳴らしながら近づいてきた女子はハルユキの前で立ち止まると、黒いアイラインを引いた両目を一度瞬《しばた》かせ、

「おっす」

と意外に甘酸《あまず》っぱい響《ひび》きのある声で言った。

「………お、おっす」

どうにかそう答えながら、ダレコノヒト……と懸命《けんめい》に考える。正午に待ち合わせていたのはニコだけで、同行者がいるとは聞いていない。恐《おそ》らくはプロミネンスのメンバーなのだろうが、外見からはデュエルアバターがまるで連想できない。助け船を求めてニコを見ても、「当ててみな」とばかりにニヤニヤ笑うだけ。

幸いなのは、ニコの態度が以前とまったく変わらないことだ。直接会うのは三日ぶりだが、ハルユキのレギオン移籍《いせき》をまったく気にしていないかのよう——いや、そう振《ふ》る舞《ま》ってくれているのだろう。

ならばこちらが暗い顔をするわけにはいかない。普段《ふだん》どおりに！　と自分に言い聞かせてから、ハルユキはパンク女子に視線を戻《もど》した。しかしやはりアバターネームは出てこないし、いつまでもじろじろ眺《なが》めていたら怒《おこ》られそうだ。

「えと……リアルだと初めまして、ですよね？」

おずおずとそう言った途端《とたん》。

パンク女子は紫《むらさき》がかったラメ入りリップを塗《ぬ》った唇《くちびる》をにんまり綻《ほころ》ばせ、隣《となり》のニコに目を向けた。

「っしゃ、オレの勝ちだし」

「おいおいハルユキィィ〜〜〜〜」

語尾《ごび》を長々と伸ばしたニコは、つかつか歩み寄ってくるとハルユキの脇腹《わきばら》に連続チョップを見舞《みま》った。

「うぐ……勝ちってどういう……」

「決まってんだろ、賭《か》けてたんだよ。ハルユキがこいつの名前言えるかどうか」

「え、ええ⁉　無理に決まってるでしょ、リアルで会ったことない人の名前なんて言えるわけが……」

「会ってるし」

と割り込んだのは、にやにや笑いを浮《う》かべたままのパンク女子だった。

「あ……会ってるの？　どこで？」

唖然《あぜん》としつつ問い返すと、女子は無言で仮想デスクトップを操作し、最後にポンと人差し指を弾《はじ》いた。

途端《とたん》、ハルユキをいっそう驚《おどろ》かせる現象が起きた。女子の髪《かみ》を彩《いろど》っていた銀色のメッシュが、瞬時《しゅんじ》に全て消え去ったのだ。恐《おそ》らく最新のディスカラーリングパウダー……表面の微細《びさい》構造を変化させることで光の干渉《かんしょう》を制御《せいぎょ》するマイクロマシン顔料だと思われるが、まだ民生用は発売されたばかりで、とんでもなく高価だったはずだ。

「す……凄《すご》いね、それ他の色にも……」

変えられるの？　という質問をハルユキは呑《の》み込んだ。黒一色のショートレイヤーに変化、いや変身したパンク女子の顔に、いまさらながら既視感《きしかん》を覚えたからだ。ゴスメイクのせいで素顔《すがお》を想像しづらいが、身長からブーツの厚底ぶんを引き、パンクファッションをセーラー服に変えれば――。

「あっ……も、もしかして、ポッキーさん？」

恐《おそ》る恐《おそ》る確認《かくにん》すると、女子はおもむろに右手を持ち上げ、顔の横でピースサインを作った。

ポッキーというのは、プロミネンス《三獣士《トリプレックス》》の一人、シスル・ポーキュパインの愛称《あいしょう》だ。

確かにハルユキは先週の土曜日、オシラトリ・ユニヴァースの本拠地《ほんきょち》たる港区《みなとく》第三エリアへの遠征《えんせい》のおりに現実世界《こちらがわ》でシスルと対面している。しかしあの時のシスルは制服を着ていたし、もちろんノーメイクで髪《かみ》にメッシュも入っていなかった。ハルユキが決戦を前に緊張《きんちょう》していたせいもあって、「元気ですばしっこそうな人」という印象しか残っていない。

はたしてシスルは、ニコとの賭《か》けに勝つために、わざわざディスカラーリングパウダーまで使って変装してきたのか、それともこれが普段《ふだん》の姿なのか。思わずそんなことを考えてしまってから、ハルユキは急いで右手を差し出した。

「し、失礼しました。僕、有田春雪《アリタハルユキ》です。梅郷中《うめさとちゅう》にようこそ」

するとシスルは笑《え》みを消し、どこか困ったような顔でハルユキの手を見た。

考えてみれば無理もない。加速世界では大レギオンの幹部を務めるベテランリンカーでも、現実世界では中学生の女の子なのだから、いきなり男子から握手《あくしゅ》を求められても困るだろう。

「あ、ご、ごめん」

急いで右手を引っ込めたが、シスルは顔を上げようとしない。ハルユキが固まっていると、ニコがすっと近づき、囁《ささや》いた。

「わりーな、ちょっと事情があってさ。握手《あくしゅ》はナシで頼《たの》む」

「も、もちろん。えと……じゃあ、行こうか」

ハルユキは仮想デスクトップを操作し、飼育委員長の権限で事前に申請《しんせい》しておいた見学用の入構許可証を二人に向けて送信した。これは謡《ウタイ》に発行されている許可証と違《ちが》って滞在《たいざい》可能時間に上限が設けられているし、見学者は所属校の制服かそれに準ずる服装をする必要があるが、夏休み中なので多少の融通《ゆうづう》は利《き》くだろう。

ニューロリンカーに入構許可証をセットしたニコとシスルを、裏庭の飼育小屋へと案内する。謡は一目でシスルが誰《だれ》だか解《わか》ったようだし、玲那《レイナ》とニコは先月末の文化祭の時に会っているが、玲那とシスルは初対面なのでハルユキが紹介《しょうかい》しなくてはならない。

「えと……こちら、飼育委員の井関《イゼキ》玲那さん。そんで、こちらが……」

そこまで言ってから、自分がシスルの学校どころか本名すら知らないことに気付く。やべっ！と慌《あわ》てたが、幸い当人が自分から名乗ってくれた。

「オレ、深谷《フカヤ》佳央《カオ》。ヨロシク、井関さん」

「よろしく。玲那でいーよ」

「そんじゃ、オレも佳央《カオ》で」

二人同時にニッと笑う。玲那《レイナ》はギャル系、シスル／佳央はパンク系と流派に違《ちが》いはあれど、どうやら何か通じ合うものがあったらしい。

笑《え》みを引っ込めた佳央は、奥《おく》の飼育小屋に視線を向けると、感心したように言った。

「スゲー立派な小屋だね、ワシやタカも飼えそうだし。けど、確かに真夏はちょーっと厳しいかも」

「だよねー。まだ七月なのにこの暑さだしさー」

「ホウに挨拶《あいさつ》していい？」

佳央の言葉に、玲那はちらりと謡《ウタイ》を見た。謡が即座《そくざ》に頷《うなず》くと、佳央は足音を抑《おさ》えながら小屋に近づき、金網《かなあみ》越しに覗《のぞ》き込んだ。ハルユキたちも、中が見える場所まで移動する。

「ホウ、ちーっす」

餌《えさ》をたっぷり食べたばかりのホウは、止まり木の上でうとうとまどろんでいる様子だったが、佳央が呼びかけると片目を開けた。やはり機嫌《きげん》や体調が悪いわけではないらしく、左右の翼《つばさ》をいっぱいに広げて挨拶《あいさつ》し、再び昼寝《ひるね》モードに戻《もど》る。

「おー、綺麗《きれい》なアフコノだし」

小声で感想を述べた佳央は、振り向いて続けた。

「オレんちで夏のあいだ預かる件、ウチはぜんぜんＯＫだけど、大事なのはホウが落ち着けるかどうかだからね。とりあえず一晩お泊《と》まりしてみて、どうするか決める感じでいい？」

【UI＞　もちろんなのです】

即座《そくざ》にそう答えると、謡はさらにホロキーボードを叩《たた》いた。

【UI＞　大変なお願いをしていることは、私たちも重々承知しています。仮にご無理ということになっても、どうぞお気兼《きが》ねなきようお願い致《いた》します】

「ういうい、相変わらずしっかりしすぎだし」

軽く苦笑《くしょう》してから、佳央はハルユキと玲那を見て言った。

「ホウはういういが運んでくれるってことだったけど、ハルユキと玲那もウチ来る？」

「え？　えーっと……」

ハルユキが口ごもっていると、先に玲那が答えた。

「誘《さそ》ってくれてありがと、佳央っち。けど、もうちょっとしたら妹を迎《むか》えに行かないとなんだよね」

「妹ちゃん、保育園？」

「んーん、幼稚園《ようちえん》の預かり保育。土曜だからお迎《むか》えがちょっと早いんだー」

「そっか、さすがに妹ちゃんも一緒《いっしょ》にってワケにはいかないよね」

「あはは、さすがにねー」

二人の会話を聞きながら、ハルユキはいささか後ろ向きな思考を巡《めぐ》らせていた。

玲那《レイナ》が行かないなら、佳央《カオ》の家を訪問するのは全員がバーストリンカーということになる。ホウの引《ひ》っ越《こ》しが一段落したら、ハルユキのレギオン移籍《いせき》が話題に上る可能性が高い。いつまでも逃げてはいられないが、いまはまだ落ち着いて話せる自信がない。

「んで、ク……じゃなくてハルはどーすんの？」

佳央に問われ、ハルユキは視線を落としつつ答えた。

「えと……僕も、このあとちょっと予定があって……。それと、今日はなんだか、僕がいるとホウが落ち着かないみたいだから……」

「なんだよ、来ねーのかよー」

と不満げに言ったのはニコだ。彼女とも三日間連絡《れんらく》できなかったので、どこかできちんと話をしなければ——と思いつつも、ぎこちない笑《え》みを浮《う》かべることしかできない。

幸いニコはすぐに不満顔をリセットし、軽く両手を叩《たた》いた。

「ま、用事があるんじゃしゃーねーな。けど、移動の準備くらい手伝えよ？」

「も、もちろん」

こくこく頷《うなず》くと、ハルユキはホウのキャリーケースを取り出すために用具入れへと走った。

謡《ウタイ》と佳央がホウのアンクレットに足紐《ジエス》と係留紐《リーシュ》を装着する作業をしているあいだに、ハルユキはニコを花壇《かだん》へと連れていった。

緑色に輝《かがや》くさくらんぼの新芽を見たニコは、飛び上がらんばかりの勢いでガッツポーズし、ハルユキと三回もハイタッチした——までは良かったが、その後いきなり心配モードに入り、枯《か》れるんじゃないか、虫や鳥に食べられるんじゃないかとあれこれ不安がったので、ハルユキは花壇《かだん》に防虫ネットを掛《か》けることとソーラー式監視《かんし》カメラを設置することを約束してどうにかなだめた。

小屋に戻《もど》ると、ちょうどホウがキャリーケースに収まったところだった。ハルユキと玲那はニコ、佳央、謡と一緒《いっしょ》に校門まで移動し、そこで三人を見送った。

ハルユキは、佳央が練馬《ねりま》区の住民であると思い込んでいたのだが、正しくは中野区《なかのく》らしい。考えてみれば中野区の北側、すなわち中野第一エリアは昔からプロミネンスの領土なのだから、そうであっても何の不思議もない。

「……行っちゃったねー」

謡たちの姿が青梅街道《おうめかいどう》の人通りに紛《まぎ》れて見えなくなると、玲那がぽつりと呟《つぶや》いた。

「うん……。ホウ、深谷《フカヤ》さんのお家《うち》を気に入ってくれるといいけど」

「だいじょぶじゃね？　佳央っち、いいコだったし」

「そう、だね」

そこには全面的に同意できる。

佳央——シスル・ポーキュパインは、最初にプロミネンスとネガ・ネビュラスの合併《がっぺい》計画を知らされた時、如実《にょじつ》に反対の意思を示したのだという。しかしニコの強い覚悟《かくご》を知ってからは、レギオンメンバーたちの説得に力を尽《つ》くしてくれたらしい。

なればこそ、彼女もハルユキの移籍《いせき》、いや裏切りに対して、内心では穏《おだ》やかならざる感情を抱《かか》えているだろう。なのに声にも表情にもあらわすことなく、ホウを預かるという大役を引き受けてくれた。

いまからニコたちに連絡《れんらく》して、やっぱり僕も行くと言うべきだろうか。そして自分の言葉できちんと何があったのか説明し、謝罪するべきだろうか。

刹那《せつな》の衝動《しょうどう》を、ハルユキはぐっと押し殺した。

たとえ千の言葉を連ねても、己《おのれ》の罪を償《つぐな》うにはまるで足りない。せめて、乱入してくる相手が一人もいなくなるまで戦い続けるくらいのことをしなくては、みんなに謝《あやま》る資格さえ得られない。

「イインチョ、また怖《こわ》い顔してるよ」

突然《とつぜん》そう言われ、ハルユキは瞬《まばた》きしてから隣《となり》を見た。

再び気遣《きづか》わしげな表情を浮《う》かべた玲那《レイナ》は、ちらりと周囲を見やってから、音量を落として続けた。

「……イインチョと、謡《ウタイ》っちゃニコっちゃ佳央《カオ》っち……あと、この前遊びにきた志帆子《シホコ》ちゃんとか綸《リン》ちゃんが、あたしの知らない何かで繋《つな》がってることはなんとなく解《わか》ってるよ。そんで、さっきイインチョが言ってた、大切な人を裏切っちゃったって話も、その何かに繋《つな》がってるんでしょ？」

「えっ………………」

ぽかんと口を開けてしまってから、ハルユキはどう答えたものか懸命《けんめい》に考えた。

飼育小屋を訪《おとず》れる面々には他校の生徒も少なからずいるので、何らかの関係性があるのだと思うほうが自然だ。それがフルダイブ型の対戦格闘《かくとう》ゲームだとまでは推測できないだろうが、玲那の口ぶりだと、あまりおおっぴらにされていない何かだということは察しているらしい。

このまま誤魔化《ごまか》し続けていると、あらぬ誤解を招く可能性もある。

――いっそ、井関《イゼキ》さんをブレイン・バーストに誘《さそ》ってみるのはどうだろう。

ふとそんな考えが浮《う》かんだが、いったん脳の奥底《おくそこ》へと押《お》し戻《もど》す。

玲那が、バーストリンカーになるための第一条件――生まれた直後からニューロリンカーを装着していること――を満たしているかどうか解《わか》らないし、そもそもゲームが好きだという保証もない。そして仮にその二つをクリアしても、いまの加速世界はビギナーが対戦を楽しめる場所とは言いがたい。

代わりにハルユキの口から出たのは、以前から考えていたことではあるものの、状況的《じょうきょうてき》にはいささか唐突《とうとつ》すぎる言葉だった。

「……あの、井関さん」

「ん？」

「僕と一緒《いっしょ》に、生徒会の役員選挙に出てみない？」

「はあぁ⁉」

素《す》っ頓狂《とんきょう》な声を上げた玲那《レイナ》は、両手を大きく振り動かしながら叫《さけ》んだ。

「い、いきなり何言い出すんだよイインチョ！　生徒会とか、どー考えてもあたしのガラじゃねーっしょ！」

「それ言ったら僕のガラでもないし……。えーと、C組のクラス委員長をやってる、生沢真優《イクザワマユウ》さんって知ってる？」

ハルユキの質問に、玲那はぱちくりと瞬《まばた》きしてから頷《うなず》いた。

「知ってるっちゃ知ってるけど……絡《から》んだことはほとんどないよ」

「そっか。実は、ちょっと前に生沢さんが、僕とタク……黛拓武《マユズミタクム》に、一緒《いっしょ》に立候補しようって声を掛《か》けてくれたんだ。でも、役員選挙は四人のチーム制だから、あと一人必要で……」

「だからって、あたしを誘《さそ》う必然性なさすぎだし。どー考えてももっと適任なヒトいるっしょ、倉嶋《クラシマ》ちゃんとかさ」

「あー……」

チームの四人目としてチユリを誘《さそ》うことを、いままでまったく考えなかったわけではない。

しかし。

「あいつはまったく興味なさそうだし、それに、生沢《イクザワ》さんに言われたんだ。チームメンバーは、仲がいい友達とかじゃなくて、生徒会のスタッフとして適任と思える人を選ぶべきだって……」

「だったらなおさら……」

　玲那が口にしかけた言葉を、軽《かろ》やかなチャイムの音が遮《さえぎ》った。学期中なら四時間目の終わりと昼休みの始まりを告げる喜びの鐘《かね》だが、夏休みのいまは単に十二時三十分を知らせる合成音でしかない。

　ニューロリンカー経由で聴覚《ちょうかく》に送り込まれてくるチャイムが鳴り終わると、玲那は「ん～～」と唸《うな》ってから言った。

「わり、あたしそろそろ着替《きが》えてイモート迎《むか》えにいかなきゃ。イインチョ、いまの話の続き、明日でいい？」

「もちろんいいけど、でも……」

　ハルユキが裏庭の方向に目を向けると、玲那もホウが引《ひ》っ越《こ》してしまったことを思い出したようだった。

「そか、明日っから当番ないんじゃん。えーっと、そんじゃ、夜にコールするわ。ひとまず、お疲《つか》れ！」

「う、うん、お疲《つか》れさま！」

　コールってボイスコールかな、ダイブコールかな……などと考えてしまうハルユキに向けてひらっと手を振り、玲那《レイナ》は昇降口《しょうこうぐち》へと走っていった。

校門脇《こうもんわき》に一人残されたハルユキは、細長く息を吐《は》き出し、石張《いしば》りの門柱に寄りかかった。

第一校舎の向こう側にある校庭からは、運動部の生徒たちの掛《か》け声《ごえ》がかすかに届いてくる。陸上部のチユリはトラックで練習中だろうし、八月中旬《ちゅうじゅん》に関東大会を控《ひか》えた剣道部《けんどうぶ》のタクムも武道場で稽古《けいこ》に励《はげ》んでいるだろう。とはいえ昼休みはあるはずだから、恐《おそ》らくいますぐに連絡《れんらく》すれば少しなら会える。

しかしハルユキは、両手をだらんとぶら下げたまま立《た》ち尽《つ》くし続けた。

タクムともチユリとも、テスカトリポカ攻略戦後《こうりゃくせんご》のミーティング以来まったく話していない。二人から一度メールはもらったが、「あとで連絡《れんらく》する」と返したきり放置してしまっている。合わせる顔がないという理由もあるが、もう一つ大きな問題があるからだ。

今日は土曜日──すなわち、加速世界で領土戦争が行われる日。

現在、オシラトリ・ユニヴァースの本拠地《ほんきょち》である港区《みなとく》第三エリアはネガ・ネビュラスの領土となっている。当然、オシラトリ側は奪還《だっかん》するべくベストメンバーで攻撃《こうげき》してくるはずだが、ネガ・ネビュラスが防衛するのか、あるいはその必要なしとして放棄《ほうき》するのかを、ハルユキは知らされていないし知るべきではない。なぜならいまやハルユキはオシラトリの一員であり、白の王や幹部たちにネガ・ネビュラスに関する情報を求められたら答えないわけにはいかないからだ。

その点では、オシラトリ側の動きも実に不気味だ。アドレスは教えてあるのに、この三日間、コンタクトが一切《いっさい》ないのだ。さっき十二時三十分のチャイムが鳴ったから、領土戦がスタートする午後四時まであと三時間半しかない。白の王はハルユキをスパイとして使うつもりなのだと思っていたが、領土戦の直前に情報を得ても作戦に反映できないのではないか。

という思考が、丸ごと筒抜《つつぬ》けになっていたかの如《ごと》く――。

ハルユキの視界に、メールの着信アイコンが点灯した。

「…………！」

息を呑《の》みつつ、アイコンの右側の発信者名を凝視《ぎょうし》する。アルファベットで【Sleepy】、すなわち《眠り屋《スリーピー》》。オシラトリ・ユニヴァースのスノー・フェアリーだ。

いまは学内ローカルネットにしか接続していないのに、どうやって外部からメールを……と戦慄《せんりつ》しながら、強張《こわば》る右手を持ち上げてアイコンを叩《たた》く。展開したウインドウに記されている文章は、たった一行。

【十二時四十分に迎《むか》えが行く】

簡潔すぎるメッセージの後ろに、タクシーの予約リンクが貼《は》ってある。タップすると周辺の地図が開き、車の移動ルートが青く光るラインで、到着《とうちゃく》予定位置が同色のマーカーで示される。現在、青梅街道《おうめかいどう》を西から東へと走行中――。

「げっ、もう来るじゃん！」

小声で叫《さけ》んでから、助けを求めて周囲を見回す。だが仲間の姿はない。そもそもハルユキはもうネガ・ネビュラスのメンバーではないのだから、フェアリーの指示にどう対処するのかは、自分だけで決めなくてはならない。

もう一度だけ校庭のほうを見やってから、ハルユキはくるりと体を翻《ひるがえ》し、校門の外へと駆《か》け出した。

3

校門から少し東に行ったところにある交差点で青梅街道《おうめかいどう》を渡《わた》り、道路の反対側に移動すると、ハルユキは指定された座標へと急いだ。

走りながら、ニューロリンカーをグローバルネットに繋《つな》ぐ。梅郷中《うめさとちゅう》の敷地《しきち》を出た時点で学内ローカルネットから切《き》り離《はな》されてしまったので、タクシーに乗るにはグローバル接続するしかない。誰《だれ》かに乱入される可能性はあるが、その時はその時だ。

歩道の一角に設けられたタクシー専用の停車スペースに、ハルユキだけに見えるホロタグが浮《う》かんでいる。表示されたタイムカウントは残り二十秒。幹線道路上の自動運転タクシーは、予約した乗客が指定場所にいないとそのまま走り去ってしまうので、本当にギリギリのタイミングだ。

「せめて五分前でしょ……」

思わず文句を言ってしまうハルユキだったが、目の前に滑《すべ》り込んできた車を見た途端《とたん》、唖然《あぜん》と顎《あご》を落とした。

自動運転タクシーには違《ちが》いないが、よく見かけるコンパクトな2シータータイプではなく、黒塗《くろぬ》りの大型ＳＵＶだ。別の人が予約した車両ではないかと左右を確認《かくにん》しても誰《だれ》もいないし、屋根の上にはしっかりホロタグが回転している。

　ＳＵＶは一センチの誤差もなくハルユキの目の前に停車し、助手席側のドアを開け放った。エアコンの涼気《りょうき》を感じながら覗《のぞ》き込むと、当然ながら運転席は無人で、ハンドルもインパネに格納されている。

　腹をくくって車内に滑《すべ》り込み、ふかふかの助手席に座《すわ》ってベルトを締《し》める。ドアが高級感のある音を響《ひび》かせて閉まると、フロントガラスに走行予定ルートと到着《とうちゃく》予想時刻が表示される。行き先は、港区《みなとく》白金《しろかね》四丁目の一角。

　地図は簡易的なもので建物名は記されていないが、目的地に何があるのかは調べずとも解《わか》る。ついに、現実世界でオシラトリ・ユニヴァースの本拠《ほんきょ》に乗り込む時が来たのだ。

　ウインカーのブザー音に続いて大出力のモーターが低く唸《うな》り、ＳＵＶは滑《なめ》らかに発車した。すぐに右側車線へ移り、流れに乗って走り始める。

　こうなったら、めったに乗れない高級車でのドライブを楽しもう。そう考えたハルユキは、シートに全身を預け、かすかに甘《あま》い香りのするひんやりとした空気を深々と肺に吸い込んだ。ゆっくりと息を吐《は》きながら、そう言えばアナウンス音声が流れないな……と不思議に思った、その時。

「こんにちは、クロウ」

「ひえあ⁉」

突然《とつぜん》背後から呼びかけられ、ハルユキは悲鳴を上げた。

しばし硬直《こうちょく》してから恐《おそ》る恐《おそ》る振り向き、シートバック越《ご》しに後部座席を覗《のぞ》き見る。

するとそこには、同年代と思われる女性が二人、並んで座《すわ》っていた。アナウンスがなかったのは、先客がいたかららしい。

後席は調光ウインドウの色を最大まで濃《こ》くしてあるので薄暗《うすぐら》く、強い日差しに慣れた目ではすぐには顔を認識《にんしき》できない。瞬《まばた》きを繰《く》り返《かえ》しながら懸命《けんめい》に目を凝《こ》らすと、ようやく二人が誰《だれ》なのか解《わか》った。

ハルユキの真後ろに座《すわ》っている、薄青《うすあお》いワンピースタイプの制服を着た小柄《こがら》な女子は越賀《コシカ》蒼《ツボミ》。オシラトリ・ユニヴァース《七連矮星《セブン・ドワーフス》》の第三位、《怒りんぼ《グランピー》》ことローズ・ミレディーだ。

先ほどの声は蒼のものだろう。

そして隣《となり》に座《すわ》る、ふんわりした感じのショートヘアの女子は――。

「うえーっ⁉　わ、若宮先輩《ワカミヤせんぱい》⁉」

またしても驚愕《きょうがく》の声を上げてしまうハルユキを、若宮恵《メグミ》はジトッとした目つきで一睨《ひとにら》みし、言った。

「うえーってことないでしょ、有田《アリタ》くん。そんなにわたしと会いたくなかった？」

「い、いいえ、そんなことはぜんぜん、まったく……ていうか、お体は大丈夫《だいじょうぶ》なんですか？」

思い切り首を横に振ってから恐《おそ》る恐《おそ》る訊《たず》ねると、恵は尖《とが》らせていた口に淡《あわ》い笑《え》みを浮《う》かべ、

頷《うなず》いた。

「うん、もうなんともないよ」

「そう、ですか……」

ほっと息を吐《は》く。

梅郷中《うめさとちゅう》生徒会で書記を務める若宮恵《ワカミヤメグミ》が、オーキッド・オラクルという名のバーストリンカーであることをハルユキが知ったのはほんの一週間前——先週の土曜に行われた、白のレギオンとの領土戦の最中だ。

オラクルは、ブラッド・レパード／掛居美早《カケイミハヤ》が「加速世界最高峰《さいこうほう》の技《わざ》」とまで賞した心意技《しんいわざ》《パラダイム・ブレイクダウン》によって、領土戦ステージを半径二キロもの広さで切り抜き、無制限中立フィールドへとシフトさせた。そうさせたのは白の王ホワイト・コスモスであり、オラクルが命令に従ったのは、彼女とミレディーの《親》であるサフラン・ブロッサムを蘇生《そせい》してあげるとコスモスに言われたからだ。

だがハルユキの口から、サフランをポイント全損させたのが白の王当人であると知らされたオラクルは、対《つい》となる心意技《しんいわざ》《パラダイム・レストレーション》で再び戦場を領土戦ステージに戻《もど》した。そのおかげでネガ・ネビュラスはオシラトリ・ユニヴァースに辛《から》くも勝利できたのだが、オラクルは大きな代償《だいしょう》を払《はら》うことになった。

実際に何があったのかは不明だが、オラクルは精神を自分のものではない加速用量子回路《ライトキューブ》に接続されて、現実世界の恵《メグミ》は昏睡状態《こんすいじょうたい》に陥《おちい》ってしまったのだ。

そのオラクルを、ハルユキと蕾《ツボミ》が無制限中立フィールドで発見、救出したのが今週の月曜日。世田谷区《せたがやく》にある大きな病院に入院していた恵が目覚めてからたった五日しか経《た》っていないが、こうして出歩けるくらいには回復したらしい。

それは大いに喜ばしいのだが、しかし――。

「………あの、越賀《コシカ》さん、若宮先輩《ワカミヤせんぱい》……お二人とも、このタクシーが、エテ……じゃなくてルナ女に向かってることは知ってるんですか……？」

助手席から限界まで体を捻《ひね》りつつ新たな質問を投げかけると、二人は同時に頷《うなず》いた。

「知らないわけないでしょ」

「ウインドウに行き先出てるよ」

蕾と恵の冷静な返事に、ハルユキは「知ってるならいいですけど……」と言いかけたがすぐに否定した。どう考えてもいいわけがない。

「いやいや、だったらなんで乗っちゃったんですか！　お二人とも、オシラトリを脱退《だったい》して、どこかの中規模レギオンに移籍《いせき》するんですよね⁉　いまルナ女に行ったらつるし上げを喰《く》らう……どころか、連続対戦でフルボッコにされちゃうんじゃ……」

「そんなんコレ一発で返《かえ》り討《う》ちよ」

びんっ！　と空中にデコピンを決めてから、蕾は表情を改めた。

「ま、単なるお喋《しゃべ》りじゃ済まないことくらいは私たちにも解《わか》ってるわ。でも、私もオッキーも、まだレギオンを抜けるって正式に伝えたわけじゃないのよ。さすがのコスモスも、根拠《こんきょ》のない制裁はできないでしょ」

「……………うぅ～～ん……」

素直《すなお》に同意はできず、ハルユキは限界まで首を傾《かたむ》けた。

「でも、相手はあのホワイト・コスモスなんですよ。道理が通じる相手だとは思えませんし、そもそも若宮先輩《せんぱい》は、先週の領土戦で勝手にステージを元に戻《もど》したことへの罰《ばつ》としてあんな目に遭《あ》わされてるわけで……また同じことをされる危険がないとは言えないんじゃ……？」

「そっか、まだきみにちゃんとお礼をしてなかったね」

そう言った恵は、シート上で背中を伸ばし、ぺこりと頭を下げた。

「有田《アリタ》くん、助けてくれてありがとう」

「い……いえ、ほとんど越賀さんの力ですから……」

ハルユキが肩《かた》をすぼめると、すかさず蒼が割り込んだ。

「私、過度な謙遜《けんそん》って好きじゃないから何も言わないわよ」

「い、いいですよ言わなくて。それで……話を戻《もど》しますけど、このままルナ女に乗り込んだら、若宮先輩《せんぱい》はまたサーベラスに憑依《ひょうい》させられてしまうのでは……と思うんですが……」

ウルフラム・サーベラスの名を口にした途端《とたん》、胸《むね》の奥《おく》がずきりと疼《うず》いたが、どうにか堪《こら》えて二人の答えを待つ。

恵《メグミ》は蕾《ツボミ》と一瞬《いっしゅん》だけ視線を交換《こうかん》してから、真顔で答えた。

「わたしも、ロジックを全て理解しているわけじゃないけど……コスモスの《反魂《はんごん》》能力は、メイン・ビジュアライザーへのアクセス権限と言《い》い換《か》えることができるわ」

「は……はい」

言われてみればそのとおりだ。

ホワイト・コスモスは、ブレイン・バースト中央サーバー、別名メイン・ビジュアライザーに存在する各バーストリンカーの加速用量子回路《ライトキューブ》に干渉《かんしょう》し、数多《あまた》の奇跡的《きせきてき》──いや悪魔的《あくまてき》現象を引き起こした。

初代赤の王、《銃匠《マスター・ガンスミス》》レッド・ライダーを蘇生《そせい》させてISSキットを大量に造らせたり、《略奪者《プランダラー》》ダスク・テイカーをウルフラム・サーベラスの右肩《みぎかた》アーマーに憑依《ひょうい》させて災禍《さいか》の鎧《よろい》マークⅡを生み出したり、そしてオーキッド・オラクルさえもサーベラスの中に閉じ込めて、《パラダイム・ブレイクダウン》の発動を強制したり──。それらの所業は恵の言うとおり、メイン・ビジュアライザーの直接操作によって引き起こされたのだろうとハルユキも思う。

しかしそれは、他のゲームに喩《たと》えれば、サーバーをハックして内部データを直接書《か》き換《か》えるようなものだ。BBシステムはこれまで、プレイヤーのチート行為《こうい》──かつてタクムが使ったバックドア・プログラムのような──を例外なく潰《つぶ》してきたのに、なぜ白の王のハッキングは見過ごしているのか。それともまさか《反魂《はんごん》》は、システムに与《あた》えられた正当な能力だとでも言うつもりなのか。

ハルユキの疑念と憤懣《ふんまん》を感じたかのか、恵は諭《さと》すような声で続けた。

「……でも、コスモスが力を及《およ》ぼせるのは、原則としてすでに全損退場してしまったバーストリンカーの量子回路だけなの。現役《げんえき》リンカーの回路は操作できないし、もしそれができるなら、とっくに王を五人殺してレベル10になっているはずでしょ？」

「あ……そ、そうですね……」

こくりと頷《うなず》いてから、ハルユキは急いで首を横に振った。

「で、でも！　若宮先輩《ワカミヤせんぱい》は、サーベラスに憑依《ひょうい》させられた時は現役扱《げんえきあつか》いだったわけですよね？　なら、どうして……？」

「原則には例外がつきものなのよ。ブレイン・バーストでは特に」

そう言ったのは荅だった。ハルユキが視線を向けると、荅は右目を隠《かく》している前髪《まえがみ》を払《はら》い、予想外の言葉を口にした。

「コマンドがあるの」

「コマンド？　って、ボイスコマンドのことですか？　バースト・アウトとか、フィジカル・バー……あぶねっ!!」

「ちょっ……バッカじゃないの!?」

「おっちょこちょいにも程《ほど》があるよ!!」

危《あや》うく無駄《むだ》に5ポイント浪費《ろうひ》するところだったハルユキに、二人が辛辣《しんらつ》な言葉を浴びせた。

深々とため息をつく蒼《ツボミ》に代わって、再び恵《メグミ》が口を開く。

「有田《アリタ》くんがいまうっかり発動しかけたＰＢ《フイジカル・バースト》はインスト画面にも載《の》ってる表コマンドだけど、ＰＦＢ《フイジカル・フル・バースト》みたいな裏コマンドもあって、その中には自分の量子回路のプロテクトを解除《リムーブ》するためのコマンドも存在するのよ。きみには文言は教えないけどね」

「し、知りたくないです」

ぶんぶんかぶりを振ってから、ハルユキは掠《かす》れ声《ごえ》で訊《たず》ねた。

「で、でも、どうしてそんなコマンドが……？」

「そこまでは解《わか》らない。でも、コスモスが……正確には《ドク》の奴《やつ》がわたしにそのコマンドを唱えさせて、量子回路の操作権限を奪《うば》ってしまったの」

「ドク……？」

聞き慣れない名前に首を傾《かし》げてから、それが《怒りんぼ《グランピー》》や《眠り屋《スリーピー》》と同じく、『白雪姫《しらゆきひめ》』に登場する七人のこびと《セブン・ドワーフス》の一人であることに気付く。確か日本語では《先生》と訳されていたはずだ。

「《先生《ドク》》ってもしかして、《七連矮星《セブン・ドワーフス》》の中で、その二つ名に似つかわしいバーストリンカーといえば——。

「正解」

嫌悪感《けんおかん》剝《む》き出しの表情で頷《うなず》くと、恵はシートバックに背中を預けた。

遅《おそ》まきながらハルユキは、恵が梅郷中《うめさとちゅう》の制服を着ていることに気付いた。真っ白なシャツの襟《えり》まで丁寧《ていねい》にアイロンが掛《か》かっているのは、さすが現役《げんえき》の生徒会役員と言うべきか……などと考えた途端《とたん》、去年の選挙についてあれこれ訊《き》きたくなるが、いまはそんな場合ではないのだと自制する。

「えっと、それはつまり、若宮先輩《ワカミヤせんぱい》の量子回路……ライトキューブは、まだ白の王の制御下《せいぎょか》にあるってことですよね？　だとすると、やっぱりルナ女に行くのは危険すぎると思うんですが……」

「プロテクト解除コマンドには三十分の時間制限があるの」

ハルユキの懸念《けねん》に、恵はそんな言葉を返してきた。一瞬《いっしゅん》「それならば」と安堵《あんど》しかけたが、すぐに新たな不安が湧《わ》き起《お》こる。

「時間制限があるって言ったのは誰《だれ》なんですか？　もしアイボリー・タワーなら……」

「安心して、《ドク》でもコスモスでもないから。無制限中立フィールドでわたしがコマンドを発声した時、三十分で効果が切れるっていうシステムメッセージが出たのよ」

「な、なるほど……」

今度こそ納得《なっとく》し、ハルユキは肩《かた》の力を抜いた。

しかし直後、一つの可能性に思い至り、再び後部空間に身を乗り出す。

「あの、若宮先輩《ワカミヤせんぱい》！」

「な……なあに？」

「その、先輩《せんぱい》がサーベラスに憑依《ひょうい》させられた時、当然その場に彼もいたわけですよね？」

「いたよ、もちろん」

「だったら先輩《せんぱい》は、彼が誰《だれ》だか知ってるんですか？　リアルネームとか、どこに住んでるのかとか……」

勢《いきお》い込むハルユキに、恵《メグミ》は小さくかぶりを振った。

「ううん。ウルフラム・サーベラスとはその時が初対面だったし、もちろんリアルでは一度も会ったことないから。彼、最初から最後まで、まったく喋《しゃべ》らなかったし……」

「……そう、ですか……。──越賀《コシカ》さんは……？」

一縷《いちる》の望みをかけて蕾《ツボミ》を見たが、答えは同じだった。

「私も、アバターネームしか知らないわ。加速研究会のメンバーとオシラトリのメンバーは、基本的には交流がないの」

「……そうですか、ありがとうございます……」

ぺこりと頭を下げた途端《とたん》、ずっと捻《ひね》り続けていた首に痛みを感じ、ハルユキはいったん体の向きを戻《もど》した。

人工スエードのシートに背中を預け、そっと息を吐《は》く。

黒雪姫《クロユキヒメ》たちによる四神ゲンブ攻略《こうりゃく》作戦の直前、ハルユキはハイエスト・レベルからサーベラスに呼びかけた。

絶対に君をそこから助ける。災禍《さいか》の鎧《よろい》マークⅡを浄化《じょうか》して、加速研究会の企《たくら》みを終わらせる。そうしたら、また対戦しよう――と。

その誓《ちか》いは必ず果たさなくてはならない。だがいまは、目の前の状況《じょうきょう》に集中するべきだ。

深呼吸で気持ちを落ち着けて、思考を先に進める。

とりあえず、恵の精神が再び囚《とら》われてしまう危険はなさそうだし、ハルユキと菩もプロテクト解除コマンドとやらを唱えない限り、同じ目に遭《あ》わされはしないだろう。しかし、となると、スノー・フェアリーはなぜ高額なタクシー料金を支払《しはら》ってまでこの三人をエテルナ女子学院に喚《よ》んだのか。そして菩と恵は、なぜ何か理由をつけて断らずに召喚《しょうかん》に応じたのか――。

……いや、それは僕も同じか。

声に出さずに呟《つぶや》くと、体の前に回していたボディバッグから保冷ボトルを引っ張り出して、よく冷えたスポーツドリンクを一口飲む。

ハルユキは、フェアリーがメールしてきた時は学校にいたのだから、委員会の活動中とでも言って逃げようと思えばそうできたはずだ。しかし、結局指示に従ってしまった。その理由は、ハルユキがオシラトリ・ユニヴァースの一員だからだ。愛着も忠節も連帯感も抱《いだ》いていないが、嘘《うそ》をついて呼び出しから逃げることはできないししたくない。レギオンメンバーというのは、そういうものなのだ。たぶん蕾《ツボミ》も、そして残酷極《ざんこくきわ》まる扱《あつか》いを受けた恵《メグミ》でさえも――。

俯《うつむ》けていた顔を上げてフロントウインドウを見ると、タクシーはいつの間にか杉並区《すぎなみく》を出て中野区《なかのく》に入っていた。一人だったら運転席に移動してドライバー気分を味わいたいところだが、さすがに蕾と恵の前でそんな子供っぽい真似《まね》はできない。車高の高いSUVならではの眺《なが》めを楽しむだけで我慢《がまん》しておこう、と考えた時。

「……そうだ、いまのうちに言っておくけど」

突然《とつぜん》後席から恵の声が聞こえ、ハルユキは再び振り向いた。

「有田《アリタ》くん、杉並に戻《もど》ったら、ちゃんと姫《ヒメ》と話しなさいよね」

「な、何でしょう？」

「え……」

硬直《こうちょく》するハルユキに、蕾からも追撃《ついげき》が浴びせられる。

「まったくだわ。帰ったらすぐ連絡《れんらく》すること、これ命令だからね」

「んな……こ、越賀《コシカ》さんに命令される筋合いはないと思うんですけど……」

ハルユキがぶちぶち文句を言った途端《とたん》。

「あなたが剣を強化するためのポイント、出してあげたのは誰《だれ》だったっけ？」

「むぐっ」

これには反論のしようもない。

太陽神インティを斬《き》るために、ハルユキは愛剣《あいけん》ルシード・ブレードに《炎熱《えんねつ》ダメージ無効》の強化を施《ほどこ》す必要があったのだが、鍛冶屋《かじや》NPCに提示された代価が凄《すさ》まじい額で、手持ちのポイントではまるで足りずにあたふたしていたら、蒼が全額支払《しはら》ってくれたのだ。

もちろんいつかちゃんと返すつもりだが、一ヶ月や二ヶ月エネミー狩《が》りに励《はげ》んだくらいでは到底《とうてい》追いつかないし、それ以前にゼルコバ・バージャーが言っていたとおり、いま無制限中立フィールドで狩《か》りをするのはリスクが高すぎる。耳を揃《そろ》えて返すには、まずテスカトリポカをどうにかする必要が……とそこまで考えてから、ふと気付く。

ここ数日は乱入待ちをするだけでインスト画面を見ていないのですっかり失念していたが、太陽神インティを撃破《げきは》した時に大量のポイントが加算されたはずだし、アイテムも三つか四つドロップした記憶《きおく》がある。仮にスーパースペシャルなレアアイテムが一つでも含《ふく》まれていれば、それを売って借金を返せるかもしれない。インティのドロップは攻略《こうりゃく》メンバー全員に分配するつもりだったが、蒼への返済に使うなら誰《だれ》も文句は言うまい。

いますぐアイテム欄《ストレージ》をチェックしたいが、非加速状態で確認《かくにん》できるのはデュエルアバターのステータスだけだ。しかし、ストレージを見るだけのために1ポイント消費して加速するのももったいない。

仮想デスクトップのBBアイコンを睨《にら》みながら逡巡《しゅんじゅん》していると、再び蒼の声が聞こえた。

「言っておくけどポイントは返さなくていいからね。その代わり、いまの命令を厳守するのよ、いいわね！」

「……わかりました」

やむなく頷《うなず》き、ハルユキはシートに深く体を沈《しず》めた。

口ぶりは辛辣《しんらつ》だが、蕾《ツボミ》と恵《メグミ》が心配してくれていることは伝わってくるし、それは謡《ウタイ》もニコも、他の仲間たちも同じだろう。ハルユキが黒雪姫《クロユキヒメ》への謝罪を先送りすればするほど、皆《みな》の憂苦《ゆうく》は増していく。

それは解《わか》っているのだ。痛いくらいに。

ウインカーを右に点滅《てんめつ》させ、SUVは青梅街道《おうめかいどう》から山手通《やまてどお》りに入った。土曜の昼だが道路は空いていて、ナビゲーションシステムはあと二十分で到着《とうちゃく》すると言っている。

一分でも早く着いて欲《ほ》しいという気持ちと、突発的渋滞《とっぱつてきじゅうたい》に巻《ま》き込まれて遅《おく》れて欲《ほ》しいという気持ちを両方抱《かか》えながら、ハルユキは前を走る車のテールを見詰《みつ》め続けた。昼食抜きになってしまったが、緊張《きんちょう》のせいか空腹はまったく感じない。

向かう先でどんな顔ぶれが待ち構えているのかは定《さだ》かでないが、少なくともメールを送ってきたスノー・フェアリーは確実にいるだろう。

──王さまのきまぐれもこまったものよね。もう、物語はさいごのページにちかづいているのに。

ハルユキと邂逅《かいこう》したハイエスト・レベルで、フェアリーはそんな言葉を口にした。

最後のページ。それは太陽神インティという殻《から》の中から終焉神《しゅうえんしん》テスカトリポカが解き放たれた、この状況《じょうきょう》を示しているのか。それとも、まだめくるべきページが残っているのだろうか。

タクシーは初台南《はつだいみなみ》のインターを通過し、山手通りの地下を走る首都高速中央環状線《ちゅうおうかんじょうせん》へと潜《もぐ》っていく。真夏の陽光は背後に遠ざかり、オレンジ色の人工光に取って代わられる。

「わたし、トンネル嫌《きら》い」

右斜《みぎなな》め後ろで、恵がぽつりと呟《つぶや》いた。


結局一度も渋滞《じゅうたい》に嵌《は》まることなく、タクシーは予想時刻ちょうどに目的地へ到着《とうちゃく》した。料金はフェアリーが前払《まえばら》いしてくれているので、そのまま降車する。途端《とたん》、焼け付くような日差しが襲《おそ》いかかってくる。

しかしハルユキは、暑さを忘れて立《た》ち尽《つ》くした。

歩道の奥《おく》にそびえ立つ白亜《はくあ》の校門は、重厚《じゅうこう》なアーチ型。左側の門柱には【エテルナ女子学院】とエッチングされた銘板《めいばん》が取り付けられ、右の門柱には【Aeterna Girls' School in Tokyo】という文字が浮《う》き彫《ぼ》りになっている。門の奥《おく》には、青々とした並木道が延びる。

敷地《しきち》が梅郷中《うめさとちゅう》より遥《はる》かに広いことは、かつて加速世界でこの学校を訪《おとず》れた時に確認済《かくにんず》みだが、あの時はブラック・バイスに拉致《らち》されたニコを救出するのに精一杯《せいいっぱい》で、景観を楽しむ余裕《よゆう》などなかった。初めて肉眼で見るルナ女の佇《たたず》まいは、学校ではなく名所旧跡《きゅうせき》か何かのようだ。

「ほら、行くわよ」

不意に左腕《ひだりうで》をつつかれ、ビクッとしてしまってから横を見る。

白いキャペリンハットを被《かぶ》った蕾《ツボミ》と、薄桃色《うすももいろ》の日傘《ひがさ》を差した恵《メグミ》は、暑さにうんざりしている様子だが緊張感《きんちょうかん》はない。ルナ女の生徒である蕾はまだ解《わか》るが、恵まで平然としているのは恐《おそ》るべき胆力《たんりょく》だ。

「えーと……このまま入って大丈夫《だいじょうぶ》なんですか？　許可証みたいなのは……？」

「フェアリーがうまいことやってるでしょ」

と言われれば信じるしかない。すたすた歩き始めた二人を追いかけ、石のアーチをくぐる。

途端《とたん》に警報が鳴《な》り響《ひび》き、警備ドローンがすっ飛んでくる——ということはなかった。超名門のお嬢様《じょうさま》学校なのだから万全《ばんぜん》のセキュリティ態勢が敷《し》かれているはずだが、そうと意識させないように色々工夫《くふう》してあるのだろう。そのつもりで周囲をチェックすると、たいていの学校ではあからさまに設置されているソーシャルカメラが、立ち木や照明灯に巧《たく》みに紛《まぎ》れ込ませてあることに気付く。

枝葉にすっぽり覆《おお》われた並木道に入ると、暑さが少しだけ和《やわ》らいだ。都心とは思えないほど賑《にぎ》やかなセミの鳴き声を聞きながら、右へ、左へと曲がりくねる石敷《いしじ》きの小道を二百メートル近くも歩いた時、ようやく前方が開けた。

中庭なのだろうが、梅郷中《うめさとちゅう》の校庭なみに広い。地面にはヨーロッパの広場を思わせる灰色のレンガが敷《し》き詰《つ》められ、右側と左側、そして正面奥《しょうめんおく》には純白の校舎がそびえる。古びてはいるが野暮《やぼ》ったさは欠片《かけら》もない建物は、校舎というより博物館めいた印象がある。夏休みだからか、生徒の姿はない。

中庭の入り口で立ち止まった茜が、建物を順に指差しながら言った。

「左のが本館、右のが中等科と高等科が入る中央校舎、奥《おく》のが初等科の校舎と聖堂」

「せ、聖堂……ですか」

「確か、一九二八年に建てられたんだったかな……」

「てことは……築百二十年⁉」

仰天《ぎょうてん》するハルユキを見て、恵がくすっと笑う。

「あとで時間あったら中も見たらいいよ。で……ミーティングはどこでやるの、ロージー？」

「いつものとこでしょ」

そう答えると、茜は右手の中央校舎へと歩き始めた。

四階建ての校舎は本館や初等科校舎に比べるとまだしも学校らしいが、高く突き出た中央棟《とう》の前面に巨大《きょだい》なステンドグラスがあしらわれていて、どこか宮殿《きゅうでん》のようにも思える。昇降口《しょうこうぐち》で来客用のスリッパに履《は》き替《か》えて、いよいよ建物の内部へ。いまどき珍《めずら》しい天然木のフローリング床《ゆか》はワックスで艶《つや》やかに磨《みが》き上げられ、花のような甘《あま》い香りが仄《ほの》かに漂《ただよ》っている。

残念ながら空調は効いていないが、まったくの無人なので当然といえば当然だ。

「こっち」

蕾《ツボミ》はハルユキに手招きすると、昇降口《しょうこうぐち》に隣接《りんせつ》する階段ホールへと向かった。ステンドグラス越《ご》しの陽光に照らされた階段を、三人並んでひたすら上る。少し息が切れてきた頃《ころ》、ようやく最上階に到達《とうたつ》する。

静まりかえった廊下《ろうか》を、北へと進む。左側の窓からは、広大な中庭が一望できる。

ほんの一ヶ月前、ハルユキは無制限中立フィールドのまさにこの場所で、アルゴン・アレイ、ブラック・バイス、そしてウルフラム・サーベラスを取り込んだ災禍《さいか》の鎧《よろい》マークⅡと戦った。もちろん現実世界の中庭には激闘《げきとう》の痕跡《こんせき》など欠片《かけら》も見いだせないが、耳を澄《す》ますと轟音《ごうおん》の残響《ざんきょう》がかすかに届いてくる気がする。

あの戦いの最中《さなか》、ハルユキは《四聖》のひとり大天使メタトロンとリンクし、セントレア・セントリーの言葉を借りれば《契約者《けいやくしゃ》》となった。以来、メタトロンとは数多《あまた》の死闘《しとう》を共にし、ついにはオシラトリ・ユニヴァースへも一緒《いっしょ》に移籍《いせき》することになったのだが……この三日間、加速している時でも彼女からのリンク要請《ようせい》は来ない。メタトロンはいま、スカイ・レイカーのプレイヤーホームである《楓風庵《ふうふうあん》》で、テスカトリポカ戦のダメージを修復しているのだが、以前のような完全自閉モードは必要ないと言っていたはずだ。

ルナ女から生きて戻《もど》れたら、こっちから連絡《れんらく》してみようかと考えながら、ハルユキは蕾と恵《メグミ》の後ろを歩いた。

長い廊下《ろうか》がようやく終わり、突き当たりに一つの扉《とびら》が現れる。ここだけ引《ひ》き違《ちが》い戸《ど》ではなく重厚《じゅうこう》な両開きドアだ。上部に掲示《けいじ》された真鍮《しんちゅう》プレートには、【中等科生徒会室】とある。

校門からこの場所まで確固たる歩調で進んできた越賀《コシカ》莟の両足が、ドアの一メートル手前でついに止まった。

隣《となり》に立った若宮恵《ワカミヤメグミ》が、莟の肩《かた》にそっと手を掛《か》ける。恵は中三女子としては背が高いほうで、同学年の莟は小学生と見紛《みまが》うほど小柄《こがら》なのでかなりの身長差があるが、寄《よ》り添《そ》う二人が確かな絆《きずな》で結ばれていることは後ろ姿からも伝わってくる。

「行こ」

恵が囁《ささや》くと、

「ええ」

莟も頷《うなず》き、二人は扉《とびら》へと歩を進めた。恵が左側の、莟が右側のドアハンドルを握《にぎ》り、同時に引き開ける。

生徒会室の中は――見通せなかった。戸口の先に、ステンドグラス入りのパーティションが置かれているからだ。

室内に踏《ふ》み込んだ莟と恵は、右と左に分かれてパーティションを迂回《うかい》したので、ハルユキは咄嗟《とっさ》にどちらに付いていくべきか迷ってしまった。しばしまごついてから、莟に続いて右から回り込む。その途端《とたん》。

「あ〜、やっと来たぁ〜」

少々間延びした声が響《ひび》いた。

やっと視界に入った生徒会室は、想像よりも遥《はる》かに広かった。横幅《よこはば》は五メートル、奥行《おくゆ》きは八メートルほどもあるだろう。右手の壁《かべ》は一面本棚《ほんだな》になっていて、左手と正面には古めかしい斜《なな》め格子《こうし》の窓が並ぶ。部屋の真ん中には巨大《きょだい》な楕円形《だえんけい》のミーティングテーブルが鎮座《ちんざ》し、その周りをハイバックのメッシュチェアが取り巻く。

チェアは全部で九脚《きゅうきゃく》もあるが、うち五脚《ごきゃく》は空いている。つまり、ハルユキたちを待っていたオシラトリ・ユニヴァースの関係者は四人。

その一人、ハルユキから見て右側手前のチェアに腰掛《こしか》ける三つ編みお下《さ》げ髪《がみ》の女子生徒が、背もたれをびよんびよんと揺《ゆ》らしながら言った。

「も〜、遅《おそ》いよボミちゃ〜ん。待ちくたびれちゃった〜」

「迎《むか》えにきた車に乗っただけなんだから、文句言われる筋合いはないわよ。あとその呼び方、やめて」

どうやらルナ女の生徒会では《ボミちゃん》と呼ばれているらしい蕾《ツボミ》が、素っ気なく答える。

しかし女子生徒は気にした様子もなく、長いお下げを揺《ゆ》らしてくすくす笑う。

「え〜、かわいいじゃ〜ん。リオリオもそう思うよね〜?」

語尾《ごび》を長く伸ばしながら問いかけた相手は、向かい側のチェアに陣取《じんど》る男子生徒だった。

座《すわ》っていても、かなりの長身であることは一目で解《わか》る。シンプルな白シャツと黒スラックスの制服に包まれた体は、格闘技《かくとうぎ》でもやっているかのように逞《たくま》しい。頭は両サイドを刈《か》り上げた清潔感のあるスポーツ刈《が》りで、黒縁《くろぶち》のごついメガネを掛《か》けている。

なぜ女子校の生徒会に男が……と両目を瞬《しばたた》かせていると、男子生徒はハスキーな低音で答えた。

「いやいや、私に同意を求められても困りますよ。だいたい、そのリオリオというあだ名も、受け入れた覚えはないんですが」

精悍《せいかん》な外見にそぐわない慇懃《いんぎん》な口調に、ほんの少しだけ記憶《きおく》を刺激《しげき》されたが、どこで聞いたのかすぐには思い出せない。眉《まゆ》を寄せるハルユキをちらりと見てから、メガネ男子は発言を続けた。

「そもそも、客人を放置してそんな話をしている場合ではないでしょう。今日のお茶当番は、鷺洲《サギス》氏、あなたではなかったですか？」

「え～、そうだったっけ～～？」

鷺洲という苗字《みょうじ》らしいお下げ女子は、とぼけた返事を返しつつも立ち上がり、蓉と同じ水色のワンピースを翻《ひるがえ》しながら部屋の奥《おく》へと歩いていった。ミーティングテーブルの向こう側にはソファーセットと簡易的なキッチンが設《しつら》えられていて、そのあたりの雰囲気《ふんいき》は梅郷中《うめさとちゅう》の生徒会室にも少し似ている。

しかしハルユキの視線は、テーブルの奥側《おくがわ》に座《すわ》っている残り二人の生徒に吸い寄せられた。

メッシュチェアに寄りかかり、紙の文庫本を読んでいるのは、ほっそりした体つきの男子。髪型《かみがた》はおしゃれなツーブロックマッシュで、その下に覗《のぞ》く横顔はハッとするほどの美形――と思えるが、アレルギーでも持っているのか、真夏なのに鼻から下は大判のサージカルマスクに隠《かく》され、文庫本を持つ手にも薄《うす》い手袋《てぶくろ》が嵌《は》められている。

そしてもう一人は、莟《ツボミ》と同じくらい小柄《こがら》な女子だった。真っ先に目を引くのは、腰《こし》近くまで伸びた緩《ゆる》くウェーブする金髪《きんぱつ》。自然で豪奢《ごうしゃ》な色合いは、染めているのではなく生来のブロンドだとしか思えない。そのつもりで見ると肌《はだ》も透《す》き通《とお》るような白さで、まるで人形――いや妖精《ようせい》のようだ。

妖精《ようせい》。

お下げ女子とメガネ男子、マッシュ男子のアバターネームは不明だが、金髪《きんぱつ》女子は誰《だれ》なのか解《わか》ったとハルユキは確信した。強張《こわば》る両足を懸命《けんめい》に動かし、莟の横をすり抜けて前に進むと、ホロキーボードで何かを入力しているらしい金髪《きんぱつ》女子に掠《かす》れ声《ごえ》で問いかける。

「あの……、スノー・フェアリーさん……ですか？」

「ちょっとまって」

少し舌っ足らずな甘《あま》い声でそう応じると、少女はさらに三秒ほど指を躍《おど》らせてから勢いよくリターンキーを叩《たた》き、椅子《いす》ごとくるりと体を回転させた。

　金色の睫毛《まつげ》に縁取《ふちど》られた、サファイアブルーの瞳《ひとみ》がまっすぐにハルユキを見上げる。

「そうよ、あたしがスノー・フェアリー。リアルネームはユーホルト七々子《ナナコ》。パパがスウェーデン人だからそんな苗字《みようじ》なの」

「ハーフ、なんですか？」

「ううん、ワンエイス。ママはデンマークが四分の三、日本が四分の一のクォーターだから、あたしの日本成分は八分の一」

「ワンエイス……」

　耳慣れない言葉だが、確かにそれくらい北欧《ほくおう》の血が濃《こ》くなければ、こうも見事な金髪碧眼《きんぱつへきがん》にはならないだろう。スノー・フェアリーというデュエルアバターにこの上なく似つかわしい、能力や性向とは別の意味での《完全一致《パーフェクトマッチ》》だ。

　しばし見とれてしまってから、ハルユキはハッと我に返った。どんなに可愛《かわい》らしかろうと、この少女は恐《おそ》るべき威力《いりよく》の心意技《しんいわざ》《白の終局《ブライニクル》》でネガ・ネビュラスのメンバーを皆殺《みなごろ》しにし、ハルユキとメタトロンのリンクすらも切断しようとしたのだ。いまは同じレギオンに所属しているとしても、決して気を許していい相手ではない。

　油断禁物と自分に言い聞かせながら、ハルユキも自己紹介《じこしようかい》した。

「えと……僕は有田《アリタ》春雪《ハルユキ》です。梅郷中学校《うめさとちゆうがつこう》の二年生で、飼育委員会に所属してます」

　いきなり言わなくていいことまで言ってしまった気がするが、フェアリー改め七々子は軽く頷《うなず》き、淡《あわ》い桜色の唇《くちびる》を動かした。

「あたしは七年生……じゃなくて、中等科の一年生。生徒会では書記をやってる」

青い瞳《ひとみ》をテーブルの反対側に陣取《じんど》る男子たちに向け、板に付いた命令口調で指示する。

「あなたたちも自己紹介《じこしょうかい》しなさい」

「はいはい」

とすぐに応じたのはメガネ男子だった。律儀《りちぎ》にメッシュチェアから立ち上がり、ハルユキに正対すると、ひとつ咳払《せきばら》いしてから名乗る。

「私は小清水理生《コシミズリオウ》。《白樺《しらかば》の森《もり》学園》中等部の三年生で、生徒会の副会長をしています。以後御見知り置きを」

右手を胸に当てて一礼する芝居《しばい》がかった仕草を見た途端《とたん》、ハルユキはやっと相手が誰《だれ》なのかを悟《さと》った。初めて聞く校名も気になるが、まずはアバターネームを確認《かくにん》するのが先だ。

「も……もしかして、ビヒモスさん……？」

「おやおや、お気づきでなかったとは。無論、私が《くしゃみ屋《スニージー》》または《ハボクック》ことグレイシャー・ビヒモスですとも」

「す、すみません、声は覚えてたんですが……」

ハルユキが恐縮《きょうしゅく》すると、いままで沈黙《ちんもく》を保っていた恵《メグミ》が割り込んだ。

「仕方ないでしょ小清水くん、あなた先週の領土戦で有田《アリタ》くんにぼろ負けしたんだから。覚えてろって言うほうが図々《ずうずう》しいわよ」

「いやいや、それは聞き捨てなりませんよ若宮氏《ワカミヤ》。確かにツノを一本折られはしましたけど、勝負は預けたままなんです。……ですよね、有田氏？」

　確かに、ハルユキのルシード・ブレードに巨獣型《きょじゅうがた》アバターのツノを破壊《はかい》されたあと、ビヒモスは『あなたとの決着は次の機会に取っておきましょう』的なことを言っていた記憶《きおく》がある。まさか、いまこの場所で決着をつけるつもりなのか……とハルユキは慌《あわ》てたが、幸いビヒモスは返事を待たずに続けた。

「また手合わせして頂けるのを楽しみにしていましたが、いまは大切な一戦の前ですからね。勝負の続きはいずれ……ということで、次は……」

「あいりのば〜ん」

　と言いながらお下げ女子が簡易キッチンから戻《もど》ってきたので、ハルユキは二歩下がって場所を空けた。

　お下げ女子は、両手で持っていたトレイをゆっくりテーブルに置くと、くるっと振り向いてハルユキを見た。

「きみがシルバー・クロウか〜、やっと会えたね〜。あいりが誰《だれ》だか解《わか》る〜〜？」

　にこにこ顔でそう訊《き》いてくるお下げ女子の、《あいり》なる一人称《いちにんしょう》はリアルネームの下半分だろう。それは解《わか》るが、今度こそアバターネームはさっぱり思い当たらない。

四人のうちの二人がスノー・フェアリーとグレイシャー・ビヒモスだったからには、お下げ女子もオシラトリ・ユニヴァース《七連矮星《セブン・ドワーフス》》の一人である可能性が高い。確かフェアリーが第二位、ビヒモスが第七位、ローズ・ミレディーこと越賀《コシカ》蒼《ツボミ》が第三位。残る席次は四つだが、第一位のプラチナム・キャバリアーとは雰囲気《ふんいき》がまるで違《ちが》うし、第四位のアイボリー・タワー／ブラック・バイスの中身がこのゆるふわ少女だったらひっくり返るくらいでは済まない。となると第五位か第六位。だが五位のアバターネームが記憶《きおく》のエアポケットから出てこないので、一か八かで六位に賭《か》ける。

「さ……サイプレス・リーパーさん！」

ハルユキが叫《さけ》ぶと、お下げ女子はおもむろに両手を持ち上げ、親指をぐっと立てた。

「せいか～い。賞品に、いちばんおっきいケーキあげる～」

その言葉に思わず卓上《たくじょう》のトレイを見てしまう。平らなウッドプレートに鎮座《ちんざ》しているのは、放射状に切り分けられたチーズケーキ。しかしどう贔屓目《ひいきめ》に見ても七等分とは言えず、最小の一切れと最大の一切れのあいだにはかなりの差がある。

「あいり、もうちょっとどうにかならなかったの？」

蒼が呆《あき》れ声《ごえ》で言うと、鷺洲《サギス》あいり／サイプレス・リーパーはぷくっと頬《ほお》を膨《ふく》らませた。

「だって七等分だよ～。六か八ならともかく、七はナナちゃんにも無理だよ～」

「できるよ」

さらっと答えたスノー・フェアリーを、一同まじまじと見詰《みつ》める。

「え～、どうやるの～？」

「横長の紙を三回おると、八等分の線がつくでしょ。紙をひろげて、はしっこの一マスずつをかさねてはりつけると正七角形の輪っかになるから、それをケーキのまんなかにおしあてて、しるしをつければいいんだよ」

「へ～～？　それで正七角形になるぅ～～？」

怪訝《けげん》そうなあいりの声を聞きながら、ハルユキは脳内で仮想の紙を折ったり広げたりした。

結果、確かに七々子《ナナコ》の言うとおりになると理解した瞬間《しゅんかん》、「おー！」と声を上げてしまう。

茗と恵《メグミ》、そして理生《リオウ》も同時に得心したらしく、無言で拍手《はくしゅ》し始めたのでハルユキも加わる。

数秒遅《おく》れて、あいりがようやく「あ～、なるほどぉ～！」と叫《さけ》んだ、その時。

「そんな面倒《めんどう》な真似《まね》をしなくても……ARアプリを使えばいいだろう……」

新たな声が室内に響《ひび》き、ハルユキはぴたりと両手を止めた。

語尾《ごび》に余韻《よいん》をたっぷりと含《ふく》んだ、気だるげな美声。両腕《りょううで》にぞわっと鳥肌《とりはだ》が立ち、背中が一気に冷たくなる。

この声だけは忘れようもない。無制限中立フィールドの令和島《れいわじま》にある大規模テーマパーク、東京《とうきょう》グランキャッスルの古城でハルユキに向けて発せられた、「羽を切り落としておくか……」という冷酷《れいこく》なひと言がありありと脳裏《のうり》に甦《よみがえ》る。

金の騎士《きし》──。

《七連矮星《セブン・ドワーフス》》の第一位、《はにかみ屋《バッシュフル》》《破壊者《バッシャー》》の二つ名を持ち、純白のペガサスを駆《か》る白

「プラチナム・キャバリアー」

ハルユキが喘《あえ》ぐようにその名を呟《つぶや》くと、テーブルの反対側に腰掛《こしか》けるマッシュヘアの男子が、読んでいた文庫本をぱたりと閉じた。

チェアを少し回転させ、ハルユキに顔を向ける。

マスク越《ご》しでもありありと解《わか》るほどの美貌《びぼう》だ。ハルユキの親友タクムも相当な美男子だが、マッシュ男子の艶麗《えんれい》な目許《めもと》と高い鼻筋、吸い込まれそうな色の瞳《ひとみ》は、一般人《いっぱんじん》の域を超《こ》えている。実際にタレントやモデルをしているのかもしれないが、残念ながらその方面の知識はゼロに等しい。

警戒心《けいかいしん》すら一瞬《いっしゅん》忘れ、棒立ちになるハルユキに向けて、再び物憂《ものう》げな声が発せられた。

「白樺《しらかば》の森《もり》学園中等部三年……京武智周《キョウブトモチカ》……。生徒会長をしている……」

学校名は、テーブルの左端《ひだりはし》に座《すわ》るグレイシャー・ビヒモス／小清水理生《コシミズリオウ》と同じだ。ビヒモスが副会長でキャバリアーが会長なら気心が知れた間柄《あいだがら》なのだろうし、なにゆえこんなに離《はな》れて座《すわ》っているのかと疑問に思ったが、さすがにそれを訊《き》く度胸はないのでハルユキは別の質問を口にした。

「あの……白樺の森学園っていうのは……？」

「おとなりさ～ん」

と答えたのは鷺洲《サギス》あいりだった。チーズケーキを取り分けるのに使っていたケーキサーバーで、北側の窓を指す。

「ほら、初等科の奥《おく》にちょっとだけ見えるでしょ～？」

「は、はあ……」

背伸びしながら窓の外を見やると、初等科校舎の向こう側に、確かに別の学校らしき建物がわずかに視認《しにん》できた。壁《かべ》の色はルナ女と同じ白だが、曲面主体のミニマルなデザインは現代的な印象がある。

「ずいぶん新しそうな学校ですね……」

踵《かかと》を床《ゆか》に戻《もど》したハルユキがそう言うと、あいりではなく理生が答えた。

「新しく見えますが、二〇一五年開校ですから築三十二年ですよ。もちろんルナ女の歴史には遠く及《およ》びませんが、我《わ》が白学《シラガク》中等部生徒会とルナ女中等科生徒会は昔から交流があるのです。それを利用して、両校をレギオンの拠点《きよてん》に仕立てたのは王様ですけどね」

「てことは……白樺の森学園の生徒会も、みんなオシラトリのメンバーなんですか？」

「いやいや、生徒会役員は私と京武氏だけですよ。一般《いっぱん》生徒には数名いますがね」

「数名……」

と繰《く》り返《かえ》した瞬間《しゅんかん》、ハルユキの脳内に一つの推測が生まれ、たちまち確信へと変わった。それを口にしようとして、寸前で思いとどまる。いま理生《リオウ》たちを問《と》い詰《つ》めても、はぐらかされてしまう可能性が高い。

「……白学《シラガク》は男子校ですか？」

代わりにそんな質問を口にすると、理生は椅子《いす》から立ち上がりつつかぶりを振った。

「だったら物語的ですが、実際は共学です。──手伝いますよ、鷺洲《サギス》氏」

テーブルを回り込んできた理生がそう言ったので、ハルユキも急いで「あ、じゃあ僕も……」と名乗り出た。しかし、大きな左手に制止されてしまう。

「いえいえ、ゲストなんですから座《すわ》っていてください。越賀《コシカ》氏と若宮《ワカミヤ》氏も、今日はお客様扱《あつか》いして差し上げます」

「気持ち悪いわね」

顔をしかめつつも蕾《ツボミ》が本棚《ほんだな》側の空きチェアに腰掛《こしか》けたので、ハルユキは一つ離《はな》して座《すわ》った。恵《メグミ》が二人の間に座《すわ》り、背もたれに寄りかかってひらりと脚《あし》を組む。

その所作は黒雪姫《クロユキヒメ》によく似ていて、見た目から受ける印象よりずっと肝《きも》が据《す》わった人なんだな……と思った直後、ハルユキは気付いた。お腹《なか》の前で組み合わせた華奢《きゃしゃ》な両手に、中手骨《ちゅうしゅこつ》が浮《う》き出すほどの力が入っている。

やはり恵も緊張《きんちょう》しているのだ。恐《おそ》らくはハルユキや蕾以上に。

このあと、どんな展開が待っているにせよ、恵と蕾にはいかなる害も及《およ》ぼさせてはならない。

二人とも遥《はる》か格上の最古参リンカーなのだから、僕が守りますなどとは到底《とうてい》口に出せないが、考えるだけなら自由だ。

二人とも、絶対無事に家へ帰す……と決意してから、ふと気付く。恵の家は杉並区《すぎなみく》下高井戸《しもたかいど》にあるが、蒼はルナ女からさほど遠くない港区《みなとく》南青山《みなみあおやま》に住んでいるはずだ。だとするとなぜ、タクシーが梅郷中《うめさとちゅう》に到着《とうちゃく》した時すでに蒼が乗っていたのだろう。

そのことを恵に小声で訊《たず》ねようとしたが、一瞬《いっしゅん》早くあいりの声が響《ひび》いた。

「は～い、どうぞ～」

ハルユキたちの前に、アイスティーが注がれたグラスとチーズケーキを取り分けた皿が並ぶ。予告どおり、ハルユキにサーブされたケーキは恵たちのケーキより一・二倍ほども大きい、と思った途端《とたん》。

「なぜ……最小のケーキが僕のところに来るんだ……」

はす向かいに座《すわ》る京武智周《キヨウブトモチカ》／プラチナム・キャバリアーが、アンニュイさの内側にかすかな悲しみの滲《にじ》む声を出した。見ると、智周の前の皿に載《の》ったケーキは、確かにいささかほっそりとしている。

「え～、じゃあ有田《アリタ》くん抜きでジャンケンする～？」

あいりにそう訊《き》かれた智周は、マスクの下でかすかなため息を漏《も》らしてから答えた。

「いや……これでいい……」

「チカリン優《やさ》し～い」

どこまでが天然でどこからが計算なのか解《わか》らない台詞《せりふ》を口にすると、あいりは理生《リオウ》と並んで座《すわ》った。

これで、ミーティングテーブルの本棚《ほんだな》側には奥《おく》から七々子《ナナコ》、蕾《ツボミ》、恵《メグミ》、ハルユキが、窓側には同じく奥《おく》から智周《トモチカ》、あいり、理生が着座したことになる。メッシュチェアはあと二つあるが、ケーキを七等分したからには、いまいない幹部メンバー――アイボリー・タワー、名前を思い出せない第五位、そしてレギオンマスターたるホワイト・コスモスは不参加なのだろう。

前に蕾が有田《アリタ》家《け》を訪《おとず》れた時、ハルユキは「ルナ女のオシラトリメンバー同士はどういう関係なのか」と訊《たず》ねたことがある。

すると蕾は、「マンガやゲームに出てくる魔王《まおう》と配下の幹部集団みたいな感じ」という答えを返した。ハルユキには容易にイメージできる表現だが、こうして実際にルナ女の生徒会室を訪《おとず》れてみると、想像と重なるのは巨大《きょだい》なミーティングテーブルくらいで、部屋は明るいし雰囲《ふんい》気《き》も穏《おだ》やかだ。

その理由がホワイト・コスモスやアイボリー・タワーの不在なら、もう今日はこのまま欠席していてほしいが、アイボリー・タワーはともかく白の王とリアルで対面できなかったのは少し残念な気もする。もちろんミーハー的な感情ではなく、加速世界にこれほどの破壊《はかい》と混沌《こんとん》をもたらしたバーストリンカーが現実世界ではどのような人物なのか、そもそも本当に飲んだり食べたり呼吸したりする生身の人間なのか、自分の目で確かめておきたいと思ったからだ。

「どうぞ、召《め》し上がれ〜」

あいりの声に顔を上げると、いつの間にか六人の視線がハルユキに集まっていた。いちおうゲスト扱《あつか》いのハルユキが口をつけるのを待ってくれているらしい。

「あっ、い、頂きます！」

急いでフォークを持ち、艶《つや》やかなきつね色に輝《かがや》くベイクドチーズケーキの先端《せんたん》を切り取る。口に運ぶと、しっかりと密度があるのに絹のように滑《なめ》らかな生地《きじ》が舌の上でふんわりと溶《と》け、頰《ほお》が痛くなるほど濃厚《のうこう》なチーズの風味がいっぱいに広がる。

「お……美味《おい》しいです、すごく」

ハルユキが感想を述べると、向かいに座《すわ》るあいりがにっこりと笑った。

「よかった〜。このチーズケーキ、ナナちゃんが買ってきてくれたんだよ〜」

「えっ、そうなんですか？」

少し身を乗り出して右側を見ると、恵と蒼の向こうに座《すわ》る七々子が素っ気ない口調で答えた。

「あなたのためじゃない、あたしがたべたかっただけ」

大きく切り取った一片《いっぺん》を口に運び、真剣《しんけん》な顔で咀嚼《そしゃく》してから再び言葉を発する。

「クロウもいまのうちにあじわっておいたほうがいいよ。すぐにそんなよゆうなくなるから」

「そ……それは、どういう……」

「まあまあ、ややこしい話はあとにしましょうよ。美味《おい》しいものは美味《おい》しく食べなきゃいけません」

理生《リオウ》に笑顔《えがお》で促《うなが》され、ハルユキはやむなく椅子《いす》に座《すわ》り直した。確かに、これほどのケーキを気もそぞろなまま食べるのは冒瀆《ぼうとく》というものだ。お昼を食べ損《そこ》ねたせいもあるかもしれないが、正直、インティ攻略《こうりゃく》作戦の壮行会《そうこうかい》にニコとパドさんが差し入れてくれた《パティスリー・ラ・プラージュ》のレアチーズタルトと甲乙《こうおつ》付けがたい。

あとで七々子《ナナコ》にお店の名前と価格帯を聞いて、時間と予算が許せばネガ・ネビュラスの皆《みな》にお土産《みやげ》を買っていこうかなと考えてから、買っても振《ふ》る舞《ま》う機会がないのだと気付く。

またしても胸の痛みに襲《おそ》われ、ハルユキはそれをアイスティーで呑《の》み下《くだ》すと、チーズケーキをもう一口食べた。

隣《となり》の恵《メグミ》と蕾《ツボミ》も、無言でフォークを動かしている。右斜《みぎなな》め前方の京武《キヨウブ》智周《トモチカ》は、マスクを左手で持ち上げた一瞬《いっしゅん》に右手でケーキを口に入れるという技《わざ》を披露《ひろう》し、その横のあいりは幸せそうな笑《え》みを浮《う》かべ、正面の理生は眉間《みけん》に皺《しわ》が寄るほど真剣《しんけん》な表情。

加速世界でハルユキを何度も震《ふる》え上がらせた《七連矮星《セブン・ドワーフス》》も、現実世界では一切れのケーキに夢中になる少年少女たちだったのだ……と思った途端《とたん》、先刻とは異なる種類の痛みが強く疼《うず》いた。

バーストリンカーは全員、同じゲームをプレイするゲーマーであるはずだ。なのに八年前の

ローンチ直後から、憎《にく》み合い、騙《だま》し合い、奪《うば》い合い、殺し合い続けている。

それがブレイン・バーストの設計思想なのだ、と言ってしまえばそれまでだ。ポイントシステムも領土戦システムも、プレイヤー間の争奪《そうだつ》を促《うなが》すべく作られている。しかしそれに乗って争うだけなら、バーストリンカーは開発者の掌《てのひら》で踊《おど》る人形のようなものではないか——。

「美味《おい》しいです」

何かに抗《あらが》うべく、ハルユキはもう一度そう言った。

「だよね～！」

あいりが笑顔《えがお》で相づちを打った。

もしも、いままで苛烈《かれつ》な闘争《とうそう》を繰《く》り広《ひろ》げてきたオシラトリ・ユニヴァースのメンバーたちと、一切れのチーズケーキを通して解《わか》り合えるなら。その先に、加速世界の争奪《そうだつ》構造を変革する道だって見つかるかもしれない。

そんな考えを巡《めぐ》らせながら、ハルユキは最後の一切れをゆっくり口に運んだ。

しかしわずか十分後、自分の甘《あま》さをいやというほど思い知らされることとなった。

4

「今日、君たちを呼んだ理由は……二つあるんだ……」

全員がチーズケーキをほぼ食べ終えた頃合《ころあ》いで、京武《キョウブ》智周《トモチカ》が口にしたのはそんな言葉だった。いつの間にか新しいマスクを着け直した智周は、手袋《てぶくろ》を嵌《は》めた両手を胸の前で組み合わせ、ハルユキに静かな視線を向けながら言った。

「一つ目は……有田《アリタ》君の処遇《しょぐう》についてだ……。オシラトリ・ユニヴァースへの移籍《いせき》そのものは、我《わ》が王《おう》が認めたことゆえ、是非《ぜひ》を論じるつもりはないが……君の評価は、僕たちのあいだでも割れていてね……」

「は、はあ……」

ハルユキがどう答えたものか迷っていると、右のほうで蕾《ツボミ》の声が響《ひび》いた。

「それは、有田くんを《訓練コース》に入れるかどうかってこと？」

「まあ……有《あ》り体《てい》に言えば、そういうことだ……」

訓練コースとはいったい、と首を傾《かし》げかけてから思い出す。オシラトリ・ユニヴァースでは、サイプレス・リーパーとグレイシャー・ビヒモスの二人が若手の指導を引き受けているのだと蕾が言っていた気がする。

正面に並んでいるあいりと理生《リオウ》をちらりと見てから、ハルユキは智周《トモチカ》に顔を向けて言った。

「あの、でしたら、喜んで訓練コースに入りますけど……」

確か莟《ツボミ》は、『スカイ・レイカーの特訓に比べれば、リーパーとビヒモスの訓練なんてどってことない』とも口にしていたはずだ。ならば少なくとも、死ぬような目には遭《あ》うまい。

というハルユキの思考を見抜いたかのように、智周は少しだけ両目を細めた。

「言っておくが……訓練は無制限中立フィールドで最短でも一ヶ月、長ければ半年続くんだよ……。厳しさに耐《た》えきれず、レギオン脱退《だったい》を望む者も少なくない……」

「え～、そんなに厳しくしてな～い」

あいりが不服そうな声で割り込むと、隣《となり》の理生も深々と頷《うなず》いた。

「ですです、私と鷺洲《サギス》氏の指導は穏健《おんけん》そのものですよ。何せ、うっかり全損してしまわないよう、十回死んでも大丈夫《だいじょうぶ》なだけのポイントを事前に付与《ふよ》しているくらいですから」

それを穏健《おんけん》と言っていいのか、とハルユキは甚《はなは》だ疑問に感じたが、理生は平然と言葉を続けた。

「しかしいま問題になっているのは、有田《アリタ》氏が訓練に耐《た》えられるかどうかではなく、そもそも訓練が必要なのかどうかでしょう？　京武《キヨウブ》氏は有田氏と直接戦っていなくとも、戦闘《せんとう》を目撃《もくげき》はしたのですから、実力のほどを推《お》し量《はか》れるのではないですか？」

口ぶりからすると、どうやら理生はハルユキの能力を評価してくれているらしい。

しかし智周は相変わらず感情の読み取れない瞳《ひとみ》をハルユキに向けたまま、囁《ささや》くように言った。

「有田君……シルバー・クロウの戦闘《せんとう》は、メンタルに影響《えいきょう》されすぎる……」

「そんなの、誰《だれ》だってそうよ」

蒼が冷静な声で言い返す。

「ノッてる時なら格上に勝てるし、ノレなきゃ初心者《ニュービー》にも足を掬《すく》われる。BBがイメージ力の勝負である以上、それは必然のこと……あんただって、勝率百パーセントじゃないでしょ」

容赦《ようしゃ》ない指摘《してき》を浴びせられても、智周はまったく表情を変えずに応じた。

「通常対戦なら、勝ち負けがあってもいい……。だが、ここぞという場面で自分のメンタルを制御《せいぎょ》できない者に、僕らの横に並ぶ資格はない……」

せっかく蒼が援護《えんご》してくれたのに、ハルユキ自身は何も言い返せず、ただ俯《うつむ》くことしかできなかった。

自分がどうしようもなく打たれ弱いことは小学生の頃《ころ》から自覚している。バーストリンカーになって少しは変われた気がしていたが、三日間も黒雪姫《クロユキヒメ》に連絡《れんらく》できずにいるのだから、結局根っこのところは昔と同じダメユキのままなのだろう。

いいさ、実力不足だって言うなら、半年でも一年でも訓練コースとやらに叩《たた》き込めばいい……と胸《むね》の奥《おく》で呟《つぶや》いた、その時。

「バッシュフル。資格をうんぬんするなら、クロウはレベル2の《契約者《けいやくしゃ》》で、おまけしてだけどレベル3の《到達者《とうたつしゃ》》だよ」

不意に七々子《ナナコ》──スノー・フェアリーがそんなことを言ったので、ハルユキは眉《まゆ》を寄せた。《契約者《けいやくしゃ》》というのはビーイングとリンクしたバーストリンカーを指す言葉だったはずだが、《到達者《とうたつしゃ》》は聞き覚えがない。レベル2とかレベル3というランク付けも、意味するところは不明だ。

息を殺しつつ誰《だれ》かが何かを言うのを待ったが、ぴんと張《は》り詰《つ》めた沈黙《ちんもく》は十秒以上も続いた。やがて、智周《トモチカ》が組み合わせていた両手を解《ほど》き、軽く左右に広げた。

「スリーピー……君も僕と同じく、クロウの訓練は必要だと主張していたはずだが……」

「そうだけど、それはあなたとはべつのりゆう」

「具体的には……？」

「おしえない」

ばっさり拒否《きょひ》すると、七々子は再びホロキーボードを叩《たた》き始めた。

智周は軽く肩《かた》をすくめ、視線をハルユキへと戻《もど》した。まるで何かを確かめるように、純白のニューロリンカーに右手の指先を触《ふ》れさせながら──。

「有田《アリタ》君が《契約者《けいやくしゃ》》だろうと、《到達者《とうたつしゃ》》だろうと、僕の評価は変わらない……。なぜなら、オシラトリ・ユニヴァースの存在意義は、我らが王を守護し、王の意思を遂行《すいこう》することのみにあるからだ……。君が真《しん》にこのレギオンの一員になりたいのなら、他の加入希望者と同じ訓練を受け、覚悟《かくご》を示してもらう必要がある……」

長い睫毛《まつげ》に縁取《ふちど》られた灰色の瞳《ひとみ》が、刃《やいば》のように底光りした気がした。

京武智周《キョウブ》／プラチナム・キャバリアーは、やはりハルユキをまったく信用していないのだ。だとしても仕方ない。ハルユキ自身は白の王に掛《か》け値《ね》なしの忠誠を誓《ちか》ったつもりだが、ネガ・ネビュラスから送り込まれたスパイやヒットマンではないと証明する手段はないのだから。

いつの間にか食《く》い縛《しば》っていた口を懸命《けんめい》に動かし、ハルユキは言った。

「解《わか》りました。必要なら、訓練でも何でもします」

「え～～～」

と不服そうな声を出したのは、当の訓練教官であるはずの鷺洲《サギス》あいりだった。

「有田くんがほんとに契約者《けいやくしゃ》で到達者《とうたつしゃ》なら、あいりたちの出る幕ないよ～。たぶん、いきなり最終課題やらせても、一発クリアされちゃうよ～？」

「さ、最終課題ってどんなのですか？」

「巨獣級《ビーストきゅう》のソロ討伐《とうばつ》～」

――むりむりむり！

と絶叫《ぜっきょう》するのを、ハルユキはかろうじて堪《こら》えた。巨獣級《ビーストきゅう》エネミーは、五クラスあるエネミー等級の真ん中に位置するが、その上の神獣級《レジエンドきゅう》と超級《ちょうきゅう》は意図《いと》的に挑まない限り出くわす可能性はほぼゼロなので、実質的には加速世界で最強の敵と言っていい。若宮恵《ワカミヤメグミ》を救出するために乗り込んだ東京《とうきょう》ミッドタウン・タワーでは、神獣級《レジエンドきゆう》エネミー《エインヘリヤル》と戦って倒《たお》したが、敵は白の王にテイムされて能力値が低下していたし、ハルユキは胸当てにわずかな切れ込みを入れただけで、止《とど》めを刺したのは同行していた蕾《ツボミ》だ。

「あの……オシラトリ・ユニヴァースのメンバーって、全員その最終課題をクリアしてるんですか……？」

恐《おそ》る恐《おそ》る訊《たず》ねると、理生《リオウ》が「いやいや」と苦笑《くしょう》した。

「もしそうなら、我々もあれこれ苦労していませんよ。クリアできたのは、《七連矮星《セブン・ドワーフス》》の他には二……いや三人でしたか」

「そ、それでも充分《じゅうぶん》ヤバいですよ……」

先週の領土戦、オシラトリはあれこれ策を弄《ろう》さなくても、力押しだけでネガ・ネビュラスに勝てたのでは……と思ってしまってから、ハルユキはその考えを打ち消した。黒雪姫《クロユキヒメ》たちなら、どんな状況《じょうきょう》になろうと最終的には必ず勝利していたはずだ。

そう……これからも。たとえハルユキが敵に回ろうとも。

膝《ひざ》の上で強く両手を握《にぎ》り締《し》め、ハルユキは言った。

「……解《わか》りました。その最終課題、やらせて下さい」

「有田《アリタ》くん」

隣《となり》の恵《メグミ》が低い声で囁《ささや》き、

「やれやれ」

正面の理生が小さくかぶりを振った。しかしもう、発言を取り消すことはできない。

ハルユキの宣言を聞いた智周《トモチカ》の、染《し》み一つないサージカルマスクがほんの少しだけ動いた。何かを言おうとしてやめたのか、それとも微笑《ほほえ》んだのか。

直後、静かな声が流れた。

「巨獣級《ビーストきゅう》相手に死ぬと……無限EKの可能性があるよ……。その場合は、どうするつもりだい……」

深く息を吸い込み、一瞬《いっしゅん》溜めてから、ハルユキは答えた。

「そうなったら、捨て置いて下さい」

5

　これまでハルユキは、無制限中立フィールドにダイブする時はほぼ必ず、設定時間が来ると自動的に回線切断される安全装置《セーフティ》を介《かい》していた。それがあれば、たとえ無限ＥＫ状態になろうとも、何度か死にはしてもポイント全損は回避《かいひ》できる。

　しかし今日は、「無限ＥＫ上等です」と大見得《おおみえ》を切った手前、セーフティを要求することはできなかった。驚《おどろ》いたのは、京武智周《キョウブトモチカ》たちもセーフティを使おうとしなかったことだ。自分の力によほど自信があるのか、あるいは自動切断装置以外の安全策を持っているのか。

　そんな思考を巡《めぐ》らせながら、ハルユキはフェアリーが送ってきたＩＤでニューロリンカーをルナ女の学内ローカルネットに接続させた。本来なら無制限中立フィールドにダイブするにはグローバル接続している必要があるが、何らかの方法でその制限を回避《かいひ》しているらしい。

　全員の準備が整うと、鷺洲《サギス》あいりが少しばかり間延びしたカウントダウンを開始した。

「いくよ〜、さ〜ん、に〜い、い〜ち」

「「「アンリミテッド・バースト！」」」

　加速音、視界暗転、落下感──そして着地感。

　目を開けると、生徒会室の雰囲気《ふんいき》は一変していた。天然木が贅沢《ぜいたく》に使われていた壁《かべ》や床《ゆか》は、有機的な曲線を描《えが》く薄汚《うすよご》れた金属に。綺麗《きれい》に掃除《そうじ》されていた部屋の隅《すみ》には、気色悪い多足類がうろちょろ這《は》い回《まわ》っている。歪《ゆが》んだ窓枠《まどわく》の外に見える空は、不気味な黄緑色。

「《煉獄《れんごく》》ステージですか……」

その声に、ハルユキは左を見た。

腕組《うでぐ》みして立っているのは、氷のように青白い重装甲《じゅうそうこう》を持つ、大柄《おおがら》な男性型《M》アバターだった。額には二本の長いツノが生え、フェイスマスクも相当な強面《こわもて》なので、どこか青鬼《あおおに》のような印象がある。記憶《きおく》を総ざらいしても、間違《まちが》いなく初見の相手だ。

「あの……ど、どなたですか？」

こわごわ訊《たず》ねると、青鬼《あおおに》アバターは心外そうに両手を持ち上げた。

「いやいや、私ですよ、《くしゃみ屋《スニージー》》です」

「え……ビヒモスさん？　でも、前に戦った時は、もの凄《すご》くでっかい、まるでドラゴンみたいな……」

ハルユキも、両手を思い切り広げながら言う。一週間前の領土戦で遭遇《そうぐう》したグレイシャー・ビヒモスは、頭から尻尾《しっぽ》の先までが六メートル近い、巨獣級《ビーストきゅう》エネミーもかくやという姿だったはずだ。

「いつもあんなデカブツだったら、鬱陶《うっとう》しくてたまらないわよ。あれはこいつの《ビースト・モード》」

そんな言葉とともに歩み寄ってきたのは、全身ローズピンクの女性型《F》アバターだ。

　不安になるほど華奢《きゃしゃ》な手足や胴体《どうたい》には、無数の鋭《するど》いスパイクが煌《きら》めいている。ゴージャスな巻き毛に彩《いろど》られたフェイスマスクは、可憐《かれん》かつ艶麗《えんれい》。

《怒りんぼ《グランピー》》ローズ・ミレディーは、針のように尖《とが》ったピンヒールをかつっと鳴らして立ち止まると、ため息交じりに囁《ささや》いた。

「クロウ、あなた、本当にソロで巨獣級《ビーストきゅう》に勝てるの？」

「わ、わかりません」

「あのねえ……」

　呆《あき》れたように首を振るミレディーの向こうから、薄桃色《うすももいろ》のドレス型装甲《そうこう》をまとった女性型《F》が近づいてきて、こちらも長々と嘆息《たんそく》した。

「はぁ……、だからやめとけって言ったのに……」

「い、言いましたっけ……？」

「言ったわ、テレパシーで」

　などとご無体《むたい》な台詞《せりふ》を口にするのは、《預言者《プロフェット》》オーキッド・オラクル。背中にたっぷりと広がった金色の髪《かみ》を揺《ゆ》らしてビヒモスの眼前に立ち、問いかける。

「スニージー、クロウが無限ＥＫになったら、本当に見捨てるわけ？」

「いや、それは……」

言葉に詰《つ》まる青鬼《あおおに》アバターの背後から、突然《とつぜん》ふわりと黒い影《かげ》が湧《わ》いて出たので、ハルユキはビクッと体を竦《すく》ませてしまった。

デュエルアバター――なのだろうが、形状はおろか装甲色《そうこうしょく》すら解《わか》らない。全身を、まったく光沢《こうたく》のない暗灰色《あんかいしょく》のフードつきマントで覆《おお》っているからだ。ボロボロに解《ほつ》れたマントの裾《すそ》は、床《ゆか》から十センチほど離《はな》れているのに、その下に見えるべき足が存在しない。まるで幽霊《ゆうれい》、いや死神のような姿だ。

黒の王ブラック・ロータスと同じホバー能力を持っているらしい死神アバターは、ふわふわ左右に揺《ゆ》れながら、かすかにエコーのかかった声を響《ひび》かせた。

「オッキーちゃんてば～、やっさし～～い」

ズコッと足を滑《すべ》らせそうになり、ハルユキは懸命《けんめい》に踏《ふ》み留《とど》まった。不吉極《ふきつきわ》まるボロマントの中身は、どうやらサイプレス・リーパーこと鷺洲《サギス》あいりらしい。いまのいままで忘れていたが、サイプレスは《糸杉《いとすぎ》》、リーパーは《魂《たましい》の刈《か》り手《て》》という意味だと、以前黒雪姫《クロユキヒメ》が言っていたはずだ。

ハルユキに一番大きいチーズケーキを取り分けてくれた三つ編みお下げ女子と、死神めいた姿のデュエルアバターはミスマッチもいいところだが、生身とアバターの印象が乖離《かいり》しているバーストリンカーは珍《めずら》しくないし、アバターの鋳型《いがた》となった《心の傷》を詮索《せんさく》するのはマナー違反《いはん》の最たるものだ。

ハルユキが驚《おどろ》きから立ち直ったのと同時に、オーキッド・オラクルが少しばかり尖《とが》った声を出した。

「別に、優《やさ》しいとかじゃないから。あなたやスニージーが最終課題に挑戦《ちょうせん》した時は、ちゃんと救出チームが待機してたんでしょ？　クロウももうオシラトリの一員なんだから、同じ条件を用意するのが当然なんじゃないの？」

「わたしもそう思うよ～？　でも、救出無用って言ったのはクロウくん自身でしょ～？」

「それは、クロウがお調子者だから……」

オラクルが、フォローになっているようななっていないような反論を口にした、その時。

「オラクル、君の言いようは……試練に臨《のぞ》む戦士への侮辱《ぶじょく》だ……」

部屋の反対側から、静かな、そして冷ややかな声が投げかけられた。

かつん、かつんと金属質な足音を響《ひび》かせて歩み寄ってくるのは、流麗《りゅうれい》かつ精悍《せいかん》なデザインの鎧《よろい》をまとった騎士型《きしがた》アバターだ。装甲色《そうこうしょく》はほとんど白に近い銀色で、シルバー・クロウの色をメタルシルバーとするなら、騎士《きし》の色はクリアシルバーと呼ぶべきか。

長い飾《かざ》り角《つの》がついた兜《かぶと》のバイザーが下ろされているせいで、フェイスマスクは見通せない。背中に大きなカイトシールドを背負い、左腰《ひだりこし》に十字鍔《じゅうじつば》のロングソードを吊《つ》るすこの騎士《きし》こそ、《七連矮星《セブン・ドワーフス》》第一位、《はにかみ屋《バッシュフル》》プラチナム・キャバリアー。

セントレア・セントリーによれば《フェムト流》なる剣術《けんじゅつ》流派の使い手であるらしい騎士《きし》を、

ハルユキはまじまじと見詰《みつ》めた。東京グランキャッスルにあるハイムヴェルト城のバルコニーでも間近から眺《なが》めるチャンスはあったが、あの時は自分を落ち着かせようとするのに精一杯《せいいっぱい》で、とても冷静に観察する余裕《よゆう》はなかったのだ。

剣持《けんも》ちのバーストリンカーとはレベル1の頃《ころ》から何度となく戦ってきたが、剣技《けんぎ》の奥深《おくぶか》さを体感できるようになったのは、レベル6のボーナスで剣型《けんがた》強化外装《ルシード・ブレード》を獲得《かくとく》して以降のことだ。

現在、ハルユキが加速世界最強の剣使《けんつか》いと目するバーストリンカーは三人。一人はもちろん四肢《しし》と融合《ゆうごう》した剣で森羅《しんら》万象《ばんしょう》を斬《き》り伏《ふ》せる黒の王、《絶対切断《ワールド・エンド》》ブラック・ロータス。一人はハイパー・ダイヤモンドとグラフェンが融合《ゆうごう》した攻守《こうしゅ》一体の双剣《そうけん》を操《あやつ》る《明《ア》陰《イン》流《りゅう》》の使い手、《矛盾存在《アノマリー》》グラファイト・エッジ。そしてもう一人はハルユキの剣の師である《オメガ流《りゅう》》の使い手、《剣鬼《ルースレス》》《阿修羅《アスラ》》《オメガウェポン》ことセントレア・セントリー。

もちろん他にも剣の達人は数多く存在する。テスカトリポカ攻撃《こうげき》作戦に加わってくれた赤のレギオンのラベンダー・ダウナーは、《静穏剣《トランキル》》の二つ名を持つ第三段階心意《しんい》技《わざ》の使い手だし、グラファイト・エッジの《子》であり唯一《ゆいいつ》の弟子《でし》でもあるトリリード・テトラオキサイドも、七の神器《じんき》の一つ《ジ・インフィニティ》を自在に操《あやつ》る正統派剣士だ。青のレギオンの《二剣《デュアリス》》ことコバルト・ブレードとマンガン・ブレードも剣豪《けんごう》を地でいく実力者だし、彼女たちの師《し》匠《しょう》である青の王、《剣聖《ヴァンキッシュ》》ブルー・ナイトの強さは疑うべくもない。

神器《じんき》《ジ・インパルス》を持ち、かつて三代目クロム・ディザスターとなったセントレア・セントリーを討伐《とうばつ》したという青の王をハルユキが自分の中の最強剣士枠《わく》に入れていないのは、単純に強さを我《わ》が身《み》で体感していないからだ。しかし、《無限流《ムゲンりゅう》》なる独自流派を打ち立て、それを広く認められた青の王がトップクラスの剣使《けんつか》いであることは間違《まち》いないし、同じ理屈《りくつ》で《フェムト流》を名乗るプラチナム・キャバリアーも、セントリーやグラフ、そしてナイトに並ぶレベルの剣士だということになる……のだが。

初めて間近でじっくり観察したキャバリアーは、意外なほどにソフトな気配をまとっていた。ハルユキはスカーレット・レインのような視覚拡張型アビリティを持っていないが、それでも彼女の言う《情報圧《じょうほうあつ》》、すなわちオーラはある程度感じ取れる。しかしキャバリアーからは、純色の七王はもちろん各レギオンの幹部たちからもありありと感じられる《圧《アツ》》が、まったく放射されていない。近くに立つビヒモスやミレディーはもちろん、直接戦闘型《せんとうがた》ではなさそうなリーパーやオラクルでさえも強烈《きょうれつ》なオーラをまとっているというのに。

思い返してみると、ハルユキが直接目撃《もくげき》したキャバリアーの《強さ》は、カイトシールドを巨大化《きょだいか》させてテスカトリポカの《第九の月《ミカイルイトントリ》》の暴発から白の王を守った、あのシーンだけだ。もしかするとキャバリアーは腰《こし》の長剣《ちょうけん》ではなく背中の盾《たて》を主武器とする、緑の王ばりの防御型《ぼうぎょがた》アバターなのかも……などと、刹那《せつな》の想像を巡《めぐ》らせていると。

一同の真ん中で立ち止まったキャバリアーが、ちらりとハルユキを見てから続けた。

「クロウは自ら退路を断《た》つことで……戦士の誇《ほこ》りと覚悟《かくご》を示したのだ……。ならば我々も……その意思を尊重すべきだろう……」

——いやいや、単なる破れかぶれですから！

とは言えずに固まるハルユキの耳に、助け船なのか追撃《ついげき》なのか解《わか》らない声が届いた。

「そんなのどうでもいいよ、クロウがかてば問題ないんでしょ」

ぴん、ぴん、という特徴的《とくちょうてき》な足音とともに進み出たのは、雪の結晶《けっしょう》をモチーフにしたドレスアーマーをまとう女性、いや少女型アバターだった。手足や胴体《どうたい》はローズ・ミレディーよりもさらに細く、身長は二十センチ近く低い。装甲色《そうこうしょく》は、半ば透《す》き通《とお》ったペールブルー。まるで氷人形のように可憐《かれん》な姿だが、領土戦ではネガ・ネビュラスの精鋭《せいえい》メンバー十四人を心意技《しんいわざ》の一撃《いちげき》で壊滅《かいめつ》させ、ハイエスト・レベルではハルユキを呼吸すらできない完全硬化《こうか》状態に陥《おちい》らせた、底知れない実力を持つハイランカーだ。たとえタクシー代を支払《しはら》ったり、チーズケーキをご馳走《ちそう》してくれたりしたとしても、決して心許せる相手ではない。

「あとの予定もあるんだから、さっさとすませて」

という言葉は、キャバリアーに向けられたものだった。

幹部としての序列はフェアリーより上なのに、命令口調に苛立《いらだ》つ様子もなく頷《うなず》くと、キャバリアーはハルユキを見た。

「ついてこい、クロウ……最終課題の試験場に移動する……」

《煉獄《れんごく》》ステージ特有の、どこか生物的な襞《ひだ》やら突起《とっき》が生えた廊下《ろうか》と階段を通って一階まで降りたハルユキたちは、中庭に面した昇降口《しょうこうぐち》ではなく反対側の裏口から校舎の外に出た。

現実世界では緑の木々が生《お》い茂《しげ》っていた林は、金属でできた枯《か》れ木《き》の集まりに変化している。そのあいだを縫《ぬ》って南に進み、恐《おそ》らくルナ女のグラウンドであろうだだっ広い空間も一直線に突っ切っていく。

先頭を歩くキャバリアーを追いかけながら、ハルユキはふと浮《う》かんできた懸念《けねん》を、隣《となり》の莟《ツボミ》に小声で投げかけた。

「あの、越《こし》……じゃなくてミレディーさん、確かいまってミーン・レベルでエネミーと戦うと、テスカトリポカが襲《おそ》ってくるんじゃなかったですっけ……？」

「そうらしいわね。でもその件は、私よりあなたのほうが詳《くわ》しいんじゃないの？」

「いえ、僕もエネミー狩《が》りはぜんぜんしてなくて……」

答えながら、ちらりと都心方向の空を見上げる。

三日前――七月二十四日の深夜、白の王ホワイト・コスモスはハルユキの嘆願《たんがん》を受け入れ、タクムたちを鏖殺《おうさつ》しようとしていた終焉神《しゅうえんしん》テスカトリポカを停止させた。しかしその方法は、ハルユキが予想だにしないものだった。

ハイエスト・レベルから無制限中立《ミーン・》フィールド《レベル》へと帰還《きかん》した直後、白の王は二つ一組の神器《じんき》

《ザ・ルミナリー》の本体である宝冠《ダイアデム》の、無数の棘《とげ》を伸ばして自分の脳――アバター素体の頭部に脳があるとしてだが――の奥深《おくふか》くまで貫《つらぬ》かせ。

続いて、コントローラーである王笏《セプトラム》を逆手に握《にぎ》ると、自分の心臓に突き刺したのだ。

デュエルアバター最大の急所を傷つけたことで体力ゲージは死亡寸前まで減ったはずだし、そもそもなぜ自傷行為《こうい》が必要だったのかはいまでも理解できていないが、ともかくその行動によってテスカトリポカは動きを止めた。

ハルユキはすでにテスカトリポカのブラストウェーブによって翼《つばさ》を完全に破壊《はかい》されており、仲間たちを助けにいくことはできなかったが、まだかろうじて動けたグラファイト・エッジとシアン・パイルが、深手を負ったセントレア・セントリー、トリリード・テトラオキサイド、ラベンダー・ダウナー、そして大天使メタトロンを担《かつ》いで戦場から離脱《りだつ》した。

ハルユキも、傷ついた白の王を抱《かか》えてハイムヴェルト城の階段を駆《か》け下《お》り、一階の大ホールに存在したポータルに飛び込んでバーストアウトした。それにより、《東京《とうきょう》グランキャッスルからの脱出《だっしゅつ》》という当初の目的は達成できたのだが、ザ・ルミナリーの荊冠《けいかん》を全て破壊《はかい》されたテスカトリポカは、白の王の支配から解き放たれ、《終わりの神》という本来の姿へと戻《もど》ってしまった。

いまあの巨神《きょしん》は、無制限中立フィールドの東京二十三区をひたすら徘徊《はいかい》し、索敵範囲《さくてきはんい》に捉《とら》えたバーストリンカーを問答無用で瞬殺《しゅんさつ》する、加速世界史上最悪の厄災《やくさい》と化している。

基本の索敵範囲《さくてきはんい》は半径一キロほどで、その中に入らなければ襲《おそ》われる可能性は低いのだが、問題はバーストリンカーがエネミーを攻撃《こうげき》すると、遥《はる》か遠方からでもそれを察知して一直線に飛んでくることだ。噂《うわさ》では、テスカトリポカが二十三区のほぼ東端《とうたん》である江戸川区《えどがわく》の南小岩《みなみこいわ》にいることを確認《かくにん》したうえで、西端《せいたん》に近い世田谷区《せたがやく》の砧公園《きぬたこうえん》でエネミー狩《が》りをしていた集団が、わずか十分後に上空から襲《おそ》われてブラストウェーブ一発で全滅《ぜんめつ》したらしい。本当なら、テスカトリポカの飛行速度は時速百五十キロメートルにも達する。

パーティーの規模にもよるが、たった十分では、巨獣級《ビーストきゆう》はもちろん野獣級《ワイルドきゆう》さえも倒《たお》せない。緑のレギオンの体を張った実験によれば、テスカトリポカから百キロ以上離《はな》れればエネミーを攻撃《こうげき》しても気付かれないらしいが、狩《か》りのたびに群馬や山梨まで移動するのは現実的ではない。つまるところ、ほとんどの在京バーストリンカーにとって、エネミー狩《が》りは事実上禁じられてしまったということだ。ゼルコバ・バージャーたち中堅《ちゆうけん》レギオンメンバーの怒《いか》りと苛立《いらだ》ちが、インティからテスカトリポカを解き放ち、直後に白のレギオンへ移籍《いせき》したシルバー・クロウに向けられるのも当然と言えば当然なのだ。

「……ま、キャバリアーがどうにかするつもりなんでしょ」

蒼《ツボミ》の声に、ハルユキはアイレンズの焦点《しようてん》を、黄緑色の空から隣《となり》を歩くデュエルアバターへと引《ひ》き戻《もど》した。

「どうにかって、どうするんです？」

「知らないわよ。でも、試験場に到着《とうちゃく》してからテスカのことを忘れてたなんて言い出したら、アイツを一発ぶん殴《なぐ》ってやんなさい」

「無理です」

被《かぶ》せ気味に呻《うめ》いてから、ハルユキは隊列の先頭を歩く騎士《きし》の背中を見やった。

ローズ・ミレディー／越賀《コシカ》莟とはもう友達になれたと思っているし、サイプレス・リーパー／鷺洲《サギス》あいりや、グレイシャー・ビヒモス／小清水《コシミズ》理生《リオウ》も、状況《じょうきょう》が許せばそうなれるだろうと感じられる。いや、スノー・フェアリー／ユーホルト七々子《ナナコ》だって、いつか、もしかしたら……とほんの少しだけ思えなくもない。

だが、プラチナム・キャバリアー／京武《キヨウブ》智周《トモチカ》だけは、まったく解《わか》り合える気がしない。リアルで会ってもなおこれほどの隔絶《かくぜつ》を感じる相手は、ダスク・テイカー／能美《ノウミ》征二《セイジ》以来だ。

だからといって、こちらから壁《かべ》を作るわけにはいかない。白の王に誓《ちか》った言葉を偽《いつわ》りにしないためにも、ハルユキは白のレギオンの一員として認められなくてはならないのだ。バーストリンカーとして為《な》すべきことを為《な》し続ける……いまは、それが唯一《ゆいいつ》の道なのだから。

——だよね、メタトロン。

心の中で呟《つぶや》きながら、ハルユキはもう一度、左後方の空を見上げた。

《煉獄《れんごく》》ステージの建物群に遮《さえぎ》られて見えないが、ここからわずか二・五キロ離《はな》れた場所に、旧東京《とうきょう》タワーがそびえ立っている。そのてっぺんにある《楓風庵《ふうふうあん》》で自己回復しているはずの大天使メタトロンに向けて、「早く元気になって」という思念を、呼び出しにならない強度で飛ばしてから まっすぐ前を見る。

グラウンドを南東方向に横切ったキャバリアーは、上端《じょうたん》に鋭《するど》い棘《とげ》がびっしりと並んだ高い塀《へい》を助走なしでふわりと跳《と》び越《こ》え、ルナ女の敷地《しきち》の外に出た。

続いてフェアリーとリーパー、そして巨体《きょたい》のビヒモスまでもが軽々と塀《へい》をジャンプしていく。一見何ということのない挙措《きょそ》だが、だからこそ彼らが真の達人であることがありありと伝わってくる。

ミレディーとオラクルも自重を感じさせない滑《なめ》らかな跳躍《ちょうやく》を披露《ひろう》し、塀《へい》の内側に一人残されたハルユキは、翼《つばさ》でズルしちゃおうかと一瞬《いっしゅん》考えた。しかし必殺技《ひっさつわざ》ゲージが溜《た》まっていないし、こんなところで見栄《みえ》を張っても仕方ない。ちゃんと助走してから、棘《とげ》に爪先《つまさき》を引っかけないことだけを意識しつつジャンプ。

高さ二メートルの塀《へい》を跳《と》び越《こ》えて着地した先は、小規模な建築物が密集するエリアだった。現実世界では瀟洒《しょうしゃ》な住宅地なのだろうが、《煉獄《れんごく》》ステージの有機的に歪《ゆが》んだ街並みは、悪夢の中にいるかのようだ。

キャバリアーは一瞬《いっしゅん》だけ振り向き、全員付いてきていることを確認《かくにん》してから、南に延びる道を選んで進み始めた。小走りで追いつくと、道はほんの五、六十メートル先でまたしても塀《へい》にぶつかり、その奥《おく》にはルナ女の校舎なみに大きな建物がちらりと見える。

道の突き当たりでもう一度ジャンプして塀《へい》を越《こ》えると、目の前にそびえているのはちょっとした宮殿《きゅうでん》めいた建物だった。西向きのCの字を描《えが》く宮殿《きゅうでん》は、翼棟《よくとう》が四階建て、主館は六階建て。ハルユキたちの位置からは、中庭方面は見通せない。

迷いのない足取りで翼棟《よくとう》に歩み寄ったキャバリアーは、裏口らしき開口部から中に入った。追いかけるとそこは階段ホールになっていて、一行は大型の螺旋《らせん》階段をどんどん上っていく。

再びミレディーの隣《となり》に並んだハルユキは、最小限の音量で問いかけた。

「この建物、現実世界では何なんですか？　学校って感じじゃないですけど……」

「港区立郷土歴史館《みなとくりつきょうどれきしかん》。築百十年くらいらしいよ」

「うはー……それでもルナ女の聖堂よりは新しいんですね……」

ひとしきり感心してから、本当に訊《き》くべきはそこではないと気付く。

「それで……どうしてこの建物に？」

「すぐ解《わか》るわ」

と蕾《ツボミ》が答えた直後、上のほうでギイイイ……と盛大《せいだい》な軋《きし》み音《おん》がした。

見上げると、キャバリアーが押し開けた扉《とびら》から、黄緑色の光が差し込んできている。一行に続いてくぐった扉《とびら》の先は、広々とした屋上。

中庭に面した手摺《てす》りに歩み寄ったキャバリアーは、振り向かずに言った。

「シルバー・クロウ……君の相手は、あれだ……」

急いで手摺《てす》りに駆《か》け寄《よ》り、下を覗《のぞ》く。

C字形の宮殿《きゅうでん》に囲まれた中庭には、長方形の池が設けられている。水はまるで水銀のような光沢《こうたく》を帯びていて、中までは見通せない——と思った、その時。

銀色の水がぐうっと盛り上がり、巨大《きょだい》な生物が姿を現した。

ひと言で表現するなら、四本足のクジラか。流線型の体は全長六メートルに達し、そのうち二メートルが頭だ。四肢《しし》はがっしりと逞《たくま》しく、尻尾《しっぽ》の先にはヒレがある。もう少し頭が細くて尻尾《しっぽ》が尖《とが》っていたら、クジラではなくワニに見えただろう。

長辺が二十メートルはありそうな池を悠然《ゆうぜん》と泳ぐ足つきクジラを見下ろしながら、キャバリアーが再び言葉を発した。

「あれは……巨獣級《ビーストきゅう》エネミー、《クロコシータス》だ……。ほぼ全てのステージ属性で、あの池に常時湧出《ポップ》しているので、我々の最終課題の討伐《とうばつ》ターゲットになっている……」

「クロコシータス……」

繰《く》り返《かえ》してみたが、その名前に聞き覚えはないし、もちろん見覚えもない。つまり完全なる初見エネミー。

幸いなのは、クロコシータスが動物型エネミーだということだ。人型や怪物型《かいぶつがた》に比べれば、面倒《めんどう》な特殊攻撃《とくしゅこうげき》をしてくる可能性は低い。それにどう見ても飛行タイプではないので、いざとなれば空中に退避《たいひ》できる。もちろん巨獣級《ビーストきゅう》を甘《あま》く見《み》るつもりはないが、あれをソロで撃破《げきは》したレギオンメンバーが《七連矮星《セブン・ドワーフス》》の他にも二、三人いるというなら、絶対に太刀《たち》打《う》ちできない相手ではないはず。

「あいつを倒《たお》せば……キャバリアーさんも、僕のレギオン加入を認めてくれるんですね」

「騎士《きし》に……二言はない……」

そううそぶくプラチナム・キャバリアーの横顔をちらりと見てから、ハルユキは頷《うなず》いた。

「解《わか》りました。じゃあ……」

「ちょっとまって」

と口を挟《はさ》んだのは、移動中はずっと無言だったスノー・フェアリーだった。

「バッシュフル、テスカトリポカはどうするの？　クロウがあれを攻撃《こうげき》したら、何分もしないうちにとんでくるよ？」

「心配無用だ……」

そう答えたキャバリアーは、背中にマウントされたカイトシールドを左手で外すと、それを中庭へと向けた。

「《イグノラブル・ゾーン》」

いつの間に必殺技《ひっさつわざ》ゲージを溜《た》めていたのか、シールドから銀色の光弾《こうだん》が放たれ、池の手前の地面に吸い込まれた。そこからごく希薄《きはく》な光のドームが音もなく広がり、中庭と宮殿《きゅうでん》の一部を含《ふく》む一帯を、半径五十メートルにもわたってすっぽりと包み込んだ。光がアバターに触《ふ》れてもハルユキは何も感じなかったし、地上のクロコシータスも無反応だ。しかしドームの外はまったく見えないし、さっきまで響《ひび》いていた風の音も聞こえない。

「この光膜《こうまく》は、バーストリンカーやエネミーのあらゆる探知能力を遮断《しゃだん》する……。中で戦えば、邪魔《じゃま》が入る恐《おそ》れはない……」

「へえ～？　こんな技《わざ》、初めて見たけど～」

サイプレス・リーパーがそう言うと、ローズ・ミレディーも頷《うなず》いた。

「私も。相変わらず秘密主義ね」

「それは……お互《たが》い様《さま》だろう……」

「これ、エネミーが嗅《か》ぎ付《つ》ける心意《しんい》技《わざ》の匂《にお》いもカットするわけ？」

「あらゆる探知能力……と言ったはずだ……」

左手の盾《たて》を下ろしながら答えると、キャバリアーはハルユキに顔を向けた。

「《ゾーン》の持続時間は三十分……その間に倒《たお》せなければ失格だ……」

「……了解《りようかい》です」

「落ち着いて戦えば、きみなら勝てるよ」

と言ってくれたのは、オーキッド・オラクルだった。ハルユキはぺこりと頭を下げてから、手摺《てす》りを踏《ふ》み台《だい》にして中庭へと飛び降りた。

6

無制限中立フィールドに棲息《せいそく》するエネミー、別名ビーイングは、あまりにも種類が多すぎてとても全てを記憶《きおく》するのは不可能だ。それでも、《東京二十三区に棲息《せいそく》する巨獣級《ビーストきゅう》》に限ればおよそ百種類と言われているので、ハルユキも頑張《がんば》って名前と外見、攻略法《こうりゃくほう》を暗記したのだが、クロコシータスなるエネミーは見たことも聞いたこともない。

巨獣級《ビーストきゅう》に限らず、野獣級《ワイルドきゅう》や小獣級《レッサーきゅう》にも、決まった場所だけに湧《わ》くレアエネミーがいるらしいので、恐《おそ》らくこのクロコシータスもそのたぐいなのだろう。港区立郷土歴史館《みなとくりつきょうどれきしかん》はオシラトリ・ユニヴァースの領土のど真ん中にあるので部外者は近づけず、いままで共有データベースから漏《も》れたままだったのだと思われる。

ゆえにハルユキは、地面に降りてもすぐには池に近づかず、観察から始めた。キャバリアーに三十分というタイムリミットを課せられてしまったが、闇雲《やみくも》に突っかけて即死《そくし》するよりは、時間切れで討伐《とうばつ》失敗になるほうがまだマシだ。

クロコシータスは、銀色に光る水の中をゆっくりと泳いでいる。池の横幅《よこはば》が体長の二倍程度しかないので少々窮屈《きゅうくつ》そうだが、巨体《きょたい》が見た目よりも柔軟《じゅうなん》なのか、ターンの時に苦労している様子はない。

太い金属樹の幹に隠《かく》れながら、ハルユキは辛抱強《しんぼうづよ》く観察を続けた。屋上の六人は焦《じ》れているかもしれないが、仕掛《しか》ける前にあと一回、敵の姿をしっかり見ておきたい。

二分後、クロコシータスは再び水面を割って立ち上がった。後《うし》ろ脚《あし》と尻尾《しっぽ》で体を支え、前脚《まえあし》はだらりと下げて、クジラと恐竜《きょうりゅう》を足して二で割ったような頭部をゆっくりと左右に振る。

ハルユキはアイレンズを限界まで見開いて、エネミーの体を隅々《すみずみ》まで検分した。

青みがかった灰色の皮膚《ひふ》はいかにも頑丈《がんじょう》そうで、前脚《まえあし》にはナイフのように鋭《するど》い爪《つめ》が伸びる。少し開いた口にも無数の牙《きば》が並び、目は濁《にご》った黄色。ツノや紋章《もんしょう》といった、あからさまな特徴《とくちょう》的《てき》部位は見当たらない。目視できるのは上半身だけだが、水中の下半身も同じだろう。やはり魔獣《まじゅう》だの怪獣《かいじゅう》ではなく、純粋《じゅんすい》な動物系らしい。

エネミーには、そこを破壊《はかい》すれば勝てるという弱点が設定してあることが多い。昆虫系《こんちゅうけい》なら神経核《しんけいかく》、機械系なら制御核《せいぎょかく》、亡霊系《ぼうれいけい》なら魂魄核《こんぱくかく》……しかしクロコシータスのような動物系は、強《し》いて言えば脳や心臓が弱点だが、《設定された弱点》ではないので意図的に狙《ねら》うのは非常に効率が悪い。

「普通《ふつう》にゲージを削《けず》り切るしかないか……」

口の中で呟《つぶや》くと、ハルユキは左腰《ひだりこし》に手を当てた。

タクムに貸し出していたルシード・ブレードは、三日前のミーティング後に返してもらった。あの時、タクムは表面的には普段《ふだん》どおりだったが、内心では少なからず動揺《どうよう》していたはずだ。

《お互《たが》いレベル7になったら本気で対戦する》というハルユキとの約束がもうすぐ実現するというところで、二つもレベルダウンしてしまったのだから。

あいつとも話をしなきゃなのに……という焦燥《しょうそう》を呑《の》み込み、ハルユキは大きく息を吸うと、叫《さけ》んだ。

「着装、《ルシード・ブレード》！」

左腰《ひだりこし》で発生した白い光が凝縮《ぎょうしゅく》し、細身の長剣《ちょうけん》を生み出す。

同時に、音声コマンドを聞きつけたクロコシータスがぐうっと上体を回し、ハルユキを見た。黄色い目が鈍《にぶ》く光り、頭上に三段の体力ゲージが表示される。

後ろから忍《しの》び寄《よ》り、不意打ちで初撃《しょげき》を入れることも考えたが、たとえ成功しても池に落ちてしまう可能性が高い。どう見ても水棲《すいせい》タイプのエネミー相手に水中戦を挑《いど》むのは、自信過剰《かじょう》を通《とお》り越《こ》して単なる大馬鹿者だ。

「こっちだ、ワニクジラ！」

再び叫《さけ》ぶと、ハルユキは金属樹の陰《かげ》から飛び出し、宮殿《きゅうでん》の正面へと走った。ここなら充分《じゅうぶん》なスペースがあるし、いざとなれば建物の中に退避《たいひ》できる。

幸いクロコシータスは現実世界のクジラほどの知能はないらしく、ハルユキの挑発《ちょうはつ》に乗って池から這《は》い上がると、巨大《きょだい》な口をいっぱいに開けて猛々《たけだけ》しく吼《ほ》えた。

「グオロロロロロ!!」

掘削《くっさく》バケットじみた前脚《まえあし》で地面を掻《か》き、直後、地響《じひび》きを立てて突進《とっしん》してくる。行動パターンがどれほど単純でも相手は巨獣級《ビーストきゅう》、体当たりをまともに喰《く》らえば確実に即死《そくし》する。

恐怖《きょうふ》に耐《た》えながらギリギリまで敵を引きつけると、ハルユキは一瞬《いっしゅん》体を沈《しず》めてから思い切りジャンプした。

破城槌《はじょうつい》のような頭をかろうじて跳《と》び越《こ》え、体を反転させつつ背中に着地。そのまま短い首を駆《か》け上《のぼ》り、逆手で鞘《さや》から抜いたルシード・ブレードを、盛り上がった背骨めがけて突き下ろす。足裏から伝わってくる皮膚《ひふ》の感触《かんしょく》は分厚い硬質《こうしつ》ゴムのようで、普通《ふつう》に斬《き》りつけただけなら刃《やいば》を弾《はじ》かれてしまうだろう。ゆえにハルユキは、等間隔《とうかんかく》で突き出している棘突起《きょくとっき》の頂点を狙《ねら》い、オメガ流合切剣《りゅうがっさいけん》の基礎《きそ》理論を発動させた。

――《極《きょく》》。

極小の一点に極大の威力《いりょく》を発生させるこの技《わざ》は、成功すれば鋼鉄の塊《かたまり》だろうと切断できる。ルシード・ブレードは、鋭利《えいり》な切っ先を青灰色の皮膚《ひふ》に少しだけ潜《もぐ》り込ませてから、ズカッ！と鍔《つば》の根元まで貫《つらぬ》き通《とお》した。

「ゴルロロロアアア‼」

怒《いか》りと苦痛の咆哮《ほうこう》を上げたクロコシータスが、巨体《きょたい》を無茶苦茶に跳《は》ね回《まわ》らせる。ハルユキは剣の柄《つか》を両手で握《にぎ》り、振り落とされまいと必死に耐《た》える。

これが、ハルユキが即興《そっきょう》で思いついたクロコシータス攻略法《こうりゃくほう》だ。首と四肢《しし》の可動域を考えれば、背中には噛《か》みつきも薙《な》ぎ払《はら》いも踏《ふ》み潰《つぶ》しも届かない。

エネミーの頭上に浮《う》かぶ体力ゲージは、まだ一段目が九割近くも残っているが、剣が背骨に突き刺さっているうちは継続《けいぞく》ダメージが発生する。三段目が尽《つ》きるまで背中に貼《は》り付《つ》いていられればハルユキの勝ち、振り落とせればクロコシータスの勝ち。

「くうっ……！」

唸《うな》り声《ごえ》を上げながら、ハルユキは愛剣《あいけん》にしがみつき続けた。クロコシータスが暴れるたび、右に左に振り回される。シルバー・クロウはメタルカラーとしては軽量級だが、ルシード・ブレードの刀身には過大な負荷《ふか》がかかっているだろう。超高額な《炎熱《えんねつ》ダメージ無効》の強化を施《ほどこ》してあるので、たとえ溶岩《ようがん》に突き込んでも無傷だが、横方向からの曲げ荷重にはそう長くは耐《た》えられない。

恨《うら》みはないけど早く倒《たお》れてくれ、と念じながらもう一度クロコシータスの体力ゲージを見上げる。まだ、一段目がようやく五割を下回ったところだ。このペースだと、三段目がなくなるまであと七、八分か。制限時間の三十分には間に合いそうだが、それまで剣が保《も》ってくれるか。

強化外装は、破壊《はかい》されてもいったん無制限中立フィールドから出て再ダイブすれば元《もと》に戻る。しかし、だからといって手荒《てあら》に扱《あつか》うのは信条に反するし、いざという時に剣が応えてくれない気がする。

刀身が限界を超《こ》える気配がしたら、折れる前に手を離《はな》そう。そう心に決め、ハルユキは少しでも剣の負荷《ふか》を減らすべく、クロコシータスの動きを読もうとした。

巨獣《きょじゅう》の動きは滅茶苦茶《めちゃくちゃ》なようだが、よく観察すると、右に傾《かたむ》く、左に傾《かたむ》く、腰《こし》を跳《は》ね上げる、上体を仰《の》け反《ぞ》らせるの四パターンしかない。前兆を読んで最速で動けば、体が振り回される前にバランスを取ることが可能だ。

遅々《ちち》として減らないクロコシータスの体力ゲージを視界から消し去り、ハルユキは極限まで意識を集中させた。

だから、それに気付くのが遅《おく》れた。

歴史館を覆《おお》う光のドームが、上から圧力を掛《か》けられたかのようにたわみ、軋《きし》んでいる。見る間に無数のひび割れが走り、音もなく砕《くだ》け散る。

突然《とつぜん》、凄《すさ》まじい轟音《ごうおん》が衝撃波《しょうげきは》となってハルユキの全身を打《う》ち据《す》えた。

「……!?」

反射的に空を見る。

暗い。雲の彼方《かなた》でぼんやりと光る太陽を、巨大《きょだい》な影《かげ》が覆《おお》い隠《かく》している。鳥でも、飛行機でもない。のっぺりと凹凸《おうとつ》のない、まるで太古の神像のようなあのシルエットは――。

超級《ちょうきゅう》エネミー、終焉神《しゅうえんしん》テスカトリポカ。

「な……んで……」

なおも暴れ回るクロコシータスの背中に懸命《けんめい》にしがみつきながら、ハルユキはひび割れた声を漏《も》らした。

プラチナム・キャバリアーの《イグノラブル・ゾーン》は、数秒前まで中庭全体を隙間《すきま》なく覆《おお》っていた。あの光に隔離《かくり》されている限り、テスカトリポカはエネミーが攻撃《こうげき》されていることを察知できないはずだ。

しかし、身《み》の丈《たけ》百メートルを超《こ》える巨人《きょじん》は、足裏から深紅《しんく》の炎《ほのお》を噴射《ふんしゃ》しながらこの場所へと一直線に降下してくる。偶然《ぐうぜん》の接触《せっしょく》ではなく、明らかにハルユキたちをターゲットしている。テスカトリポカの行動次第《しだい》で、再び無限ＥＫ状態に陥《おちい》る可能性もある。

「みんな、逃げて！」

宮殿右翼《きゆうでんうよく》の屋上に向けて、ハルユキは無我夢中《むがむちゆう》で叫《さけ》んだ。

即座《そくざ》に、グレイシャー・ビヒモスのよく通る声が応じた。

「我々はテスカをプルしてから離脱《りだつ》します！　クロウ氏はどうにかしてクロコを振り切って、歴史館三階のポータルから離脱《りだつ》を！」

「わ、解《わか》りました！」

そう叫《さけ》び返した直後、テスカトリポカが宮殿左翼《きゆうでんさよく》の屋上に降り立った――と思ったのだが、建物は巨人《きよじん》の重さに耐《た》えられず、耳をつんざくような金属音を撒《ま》き散《ち》らしながら潰《つぶ》れていく。分厚い外壁《がいへき》が内側から爆《は》ぜるように裂《さ》け、大量の火花が降り注ぐ。《煉獄《れんごく》》の大型建築物は、《魔都《まと》》ほどではないにせよほとんど破壊《はかい》不能と言っていい耐久度《たいきゆうど》を持っているはずなのに、それだけテスカトリポカが規格外だということなのだろう。

宮殿左翼《きゆうでんさよく》をほんの数秒で瓦礫《がれき》の山に変えた巨人《きよじん》は、両足が地面に触《ふ》れるとようやく停止した。一瞬遅《いっしゅんおく》れて、地震《じしん》めいた振動《しんどう》が伝わってくる。この近距離《きんきより》からだと、はっきり視認《しにん》できるのはそびえ立つ両脚《りようあし》から腹までだ。全長六メートルのクロコシータスも、テスカトリポカの前では小魚同然。

そのクロコシータスは、赤黒い巨人《きよじん》が見えていないかのように大暴れを続けている。背中にルシード・ブレードが刺さったままなので当然だが、このままでは剣を引き抜いた途端《とたん》に弾《はじ》き飛《と》ばされてしまう。飛んだ先が宮殿《きゆうでん》の正面入り口ならいいが、池の中やテスカトリポカの足許《あしもと》だったらまずいことになる。

しかし、さらに危険なのはテスカトリポカを引っ張《プル》って《して》ルナ女から遠ざけなくてはいけないグレイシャー・ビヒモスたちだ。巨人《きよじん》が右手から放つ重力攻撃《こうげき》《第五の月《トシュカトル》》、あるいは左手から放つ殲滅攻撃《せんめつこうげき》《第九の月《ミカイルイトントリ》》を喰《く》らえば彼らとて死は免《まぬが》れない。そもそも、ビヒモスはどうやってテスカトリポカを引きつけるつもりなのか。

という疑問の答えは、シンプルかつ大胆《だいたん》なものだった。

「《コンジール・レイ》!!」

「《ソウル・スクイーズ》~!!」

ビヒモスとリーパーの声が同時に響《ひび》き、右翼《うよく》の屋上から二色の光線が迸《ほとばし》った。それらは巨人《きよじん》の腹部を直撃《ちょくげき》し、何百枚ものガラスを一度に割ったような硬質《こうしつ》の爆発《ばくはつ》を引き起こした。

ゴゴオォォ――――ン……という重低音が遥《はる》か高みから降り注ぐ。かつて何度か耳にした、テスカトリポカの《声》だ。

巨体《きょたい》がゆっくりと向きを変える。たった一撃《いちげき》、ではなく二撃《にげき》で超級《ちょうきゅう》エネミーのターゲットをハルユキから引き剝《は》がすとは、やはりただならぬ攻撃力《こうげきりょく》だ。

クロコシータスの背中にしがみつきながらどうにか視線を上向けると、ビヒモスたちが宮殿《きゅうでん》の東側、高輪《たかなわ》方面へと走り去るところだった。テスカトリポカが、六人を追って歩き始める。動きはスローに見えるが、何せ歩幅《ほはば》が五十メートル近いうえに、大木めいた脚《あし》は全ての障害物を容易に粉砕《ふんさい》してしまう。

――なんとか無事に逃げて下さい！

あっという間に見えなくなった六人に向けて、ハルユキはそう念じた。

《七連矮星《セブン・ドワーフス》》の半数以上が無限EK状態になれば白のレギオンは著《いちじる》しく弱体化するはずだし、いままでのことを考えればそちらを願うべきなのかもしれない。しかし六人の中にはローズ・ミレディーとオーキッド・オラクルがいるし、他の四人も、ポイント全損してしまえとまでは、もう思えない……。

刹那《せつな》の感傷を、ハルユキは脳裏《のうり》から追いやった。いまはビヒモスの指示どおり、クロコシータスを振り切って無制限中立フィールドから脱出《だっしゅつ》することだけを考えなくては。

瓦礫《がれき》を蹴散《けち》らし、土埃《つちぼこり》をもうもうと舞《ま》い上がらせながら、テスカトリポカが遠ざかっていく。宮殿左翼《きゅうでんさよく》も無残な有様《ありさま》だが、三階にポータルがあるという本館の中央部は無事だ。

クロコシータスの大暴れが弱まった瞬間《しゅんかん》に背中から剣を引き抜き、必要なら翼《つばさ》も使って宮殿《きゅうでん》に飛び込む。

ハルユキが方針を決め、離脱《りだつ》のタイミングを見計らおうとした——その時。

跳《は》ね回《まわ》るクロコシータスの右前脚《みぎまえあし》を、銀色のラインが横一直線に薙《な》いだ。ゾウよりも太くて逞《たくま》しい脚《あし》が、すねの中ほどで音もなく分離《ぶんり》する。ちらりと見えた切断面があまりにも綺麗《きれい》すぎて、一瞬《いっしゅん》何が起きたのか解《わか》らず、ハルユキは両目を見開いた。

だが直後、クロコシータスが「ギイイイッ」と甲高《かんだか》い悲鳴を上げ、前のめりに突っ伏した。

離脱《りだつ》のチャンスはいましかない。ルシード・ブレードを背中から引き抜き、地面に飛び降りる。巨獣《きょじゅう》の体力ゲージは、右前脚《みぎまえあし》の欠損で一気に二段目まで減少したので少し惜《お》しい気もするが、何が起きたのかも不明だしいまは離脱《りだつ》を優先するべきだ。

ハルユキは剣を片手に握《にぎ》ったまま、左前方に見える宮殿《きゅうでん》入り口へとダッシュした。

しかし、ほんの五歩進んだところで急停止する。行く手にたなびく土埃《つちぼこり》の中に、人型のシルエットが見えたからだ。咄嗟《とっさ》に右手の剣を持ち上げ、誰《だれ》だ！ と叫《さけ》ぼうとした時、微風《そよかぜ》が土埃《つちぼこり》を吹《ふ》き払《はら》った。

曇天《どんてん》から落ちる陽光が、クリアシルバーの鎧《よろい》を淡《あわ》く輝《かがや》かせる。盾《たて》を背負い、右手に十字鍔《じゅうじつば》の長剣《ちょうけん》を携《たずさ》えて寂然《せきぜん》と立っているのは、《はにかみ屋《バッシュフル》》プラチナム・キャバリアー。

他のメンバーたちと一緒《いっしょ》にテスカトリポカを引っ張っていったものとばかり思っていたが、どうやら一人だけこの場に残ったらしい。クロコシータスの前脚《まえあし》を切断し、離脱《りだつ》のチャンスを作ってくれたのもキャバリアーだったのだろう。

「すみません、ありがとうございます……」

そう声を掛《か》けながら、ハルユキはキャバリアーに駆《か》け寄《よ》ろうとした。

きらっ。

と騎士《きし》の右手が光った。

意識の上ではまったく、何の備えもしていなかったにもかかわらず、ハルユキが回避《かいひ》行動を取れた理由は、ずっと心の底にわだかまりつづけていたキャバリアーへの不信感だったのかもしれない。

しかし、充分《じゅうぶん》ではなかった。ハルユキは光を見た瞬間《しゅんかん》に上体を思い切り右に傾《かたむ》けたのだが、斜《なな》めに飛んできた銀色のラインが左肩《ひだりかた》に触《ふ》れ、ひやりと冷たい感覚だけを残して後方に抜けていった。

「っ………」

一瞬《いっしゅん》の静寂《せいじゃく》。続いてシルバー・クロウの左の肩《かた》アーマーが斜《なな》めに滑《すべ》り落《お》ち、地面に転がった。

剣技《けんぎ》の指導をしてくれたセントレア・セントリーにも同じ場所を斬《き》られたが、あの時はアーマーだけが落下したのに対して、今回はアバター素体もごっそりと持っていかれた。冷たさが灼熱感《しゃくねつかん》に変わり、切断部から深紅《しんく》のダメージ・エフェクトが噴《ふ》き出す。

「ぐっ……」

呻《うめ》きながら、ハルユキは右手のルシード・ブレードを構えた。左腕《ひだりうで》はまだ繋《つな》がっているが、生身なら上腕骨頭《じょうわんこっとう》が突き出ているあたりを二センチ以上の厚さで削《そ》ぎ落《お》とされたので、動きはかなり阻害《そがい》されるはずだ。体力ゲージも一割近く減ったが、ハルユキの思考は危機感よりも驚愕《きょうがく》に満たされていた。

キャバリアーに攻撃《こうげき》されたことへの驚《おどろ》きではない。斬撃《ざんげき》の速さだ。

ひたすらスピードを頼《たよ》りに戦《たたか》い抜いてきたハルユキの目にも、キャバリアーが剣を持ち上げ、振る動作がまるで視認《しにん》できなかった。間合いが五メートルを超《こ》えているので、コバマガ姉妹《しまい》の《レンジレス・シージオン》のような斬撃《ざんげき》を飛ばすタイプの攻撃《こうげき》——しかも技名《わざめい》発声がなかったので必殺技《ひっさつわざ》ではなく通常技《つうじょうわざ》——だろうが、あまりにも動きが速すぎる。

セントレア・セントリーの斬撃《ざんげき》にもまったく反応できなかったが、あれはオメガ流合切剣《りゅうがっさいけん》の奥義《おうぎ》《合《ごう》》で認知《にんち》能力を阻害《そがい》されたからで、今回はキャバリアーの姿そのものは一瞬《いっしゅん》たりとも視界から消えなかった。単純に《凄《すさ》まじく速い斬撃《ざんげき》》だったとしか思えないが、もしそうなら回避《かいひ》し続けるのは困難、いや不可能だ。

凍《こお》り付《つ》くハルユキを、スリットが並ぶバイザー越《ご》しに冷然と見据《みす》えながら、キャバリアーは言った。

「よく避《よ》けたね……首を狙《ねら》ったんだけど……」

なぜですか、という言葉をハルユキは呑《の》み込んだ。無意味な質問だ。キャバリアーはここでハルユキを殺す、いや全損させるつもりなのだろうから。

代わりに、キャバリアーが反応しそうな質問を口にする。

「あの光のバリアは、エネミーの全ての探知能力を遮断《しゃだん》するって言ってましたよね。だったらどうしてテスカトリポカが襲《おそ》ってきたんですか」

「……さっき、同じことをフェアリーたちにも訊《き》かれたけど……僕は、嘘《うそ》は言っていないよ。《イグノラブル・ゾーン》は、エネミーやバーストリンカーの視覚、聴覚《ちょうかく》、嗅覚《きゅうかく》、その他全ての感覚を遮断《しゃだん》する……。きみも、テスカトリポカが《ゾーン》を踏《ふ》み砕《くだ》くまで、接近に気付けなかっただろう……？」

「……だったら、なんで」

「テスカトリポカは、攻撃《こうげき》されているエネミーを、感覚で探知しているわけではないからさ……。あれはこの世界のシステムと直接繋《つな》がっている……。さすがにそんなものを遮断《しゃだん》するのは不可能だよ……」

キャバリアーの言い方はまるで、ハルユキがクロコシータスを攻撃《こうげき》したらテスカトリポカが襲《おそ》ってくることを、最初から知っていたかのようだ。しかし、だとすると――。

ハルユキは愛剣《あいけん》の柄《つか》を強く握《にぎ》り締《し》めながら、低い声で言った。

「僕がバーストアウトしなかったら、ミレディーさんかオラクルさんが僕のニューロリンカーを首から引き抜いてくれるはずです。あなたがどんなに強くても、ここでポイントがなくなるまで殺し続けるのは不可能ですよ」

するとキャバリアーは、感情を窺《うかが》わせない声で応じた。

「加速世界には、裏技《うらわざ》やら抜け道が山ほどあることを……君ももう学んでいるだろ……」

「……言っておきますが、サドンデスマッチには乗りません」

「そんなもの……僕だってしたくないさ……」

軽く肩《かた》をすくめてから、十字鍔《じゆうじつば》の長剣《ちようけん》をゆるりと持ち上げる。

ハルユキは咄嗟《とつさ》に腰《こし》を落としたが、キャバリアーの動作は攻撃《こうげき》ではなかった。

騎士《きし》の後方に口を開けている宮殿《きゆうでん》の正面入り口で、何かが動いた。まるで何もない場所から滲《し》み出すかのように、仄白《ほのじろ》い影《かげ》が姿を現す。

尖《とが》った棒のような、ひょろりとしたシルエット。素焼《すや》きの陶器《とうき》を思わせる質感の、象牙色《ぞうげいろ》のアーマー。目も口もない代わりに、奇妙《きみよう》な模様が浮《う》き出たフェイスマスク。

「……アイボリー・タワー……」

呟《つぶや》いたハルユキに向けて、《七連矮星《セブン・ドワーフス》》の第四位であり《先生《ドク》》の二つ名を持つバーストリンカーは、軽く一礼して見せた。

「お久しぶり……というほどでもないですか。合同会議以来ですね、シルバー・クロウ」

相変わらず抑揚《よくよう》の薄《うす》い、キャバリアー以上に感情が伝わってこない声だ。

アイボリー・タワーがこの場所にいることが、単なる偶然《ぐうぜん》であるはずがない。プラチナム・キャバリアーが事前に潜伏《せんぷく》させていた……やはり彼は、最初からハルユキを罠《わな》に嵌《は》めるつもりで最終課題の話を持ち出したのだ。

アイボリー・タワーは、加速研究会の副会長、《拘束者《リストリクター》》ブラック・バイスと同一人物。捕獲《ほかく》されれば、現実世界で莟《ツボミ》か恵《メグミ》がニューロリンカーを外してくれる前に、どんな目に遭《あ》わされてもおかしくない。

何としてもこの場から脱出《だっしゅつ》しなくてはならないが、目の前ではプラチナム・キャバリアーが剣を構え、背後ではクロコシータスがダウン状態から復帰しつつある。逃げ道は空だけだが、当然キャバリアーもそれは予測しているはずだ。回避《かいひ》不能の超高速斬撃《ざんげき》で翼《つばさ》を切断されたら、完全に進退窮《きわ》まる。

ささやかなプラス材料は、アイボリー・タワーが戦闘《せんとう》に加わりはしないだろうということだ。ブラック・バイスは多種多様な拘束技《こうそくわざ》を操《あやつ》る強敵だが、タワーの姿の時は直接的な戦闘《せんとう》能力を持っていないらしく、領土戦でブラッド・レパードの必殺技《ひっさつわざ》《ブラッドシェッド・カノン》を防御《ぼうぎょ》するためにわざわざバイスの姿に変身し、その瞬間《しゅんかん》をショコラ・パペッターに録画されるというミスを犯《おか》した。

もちろん、今回も変身する可能性はあるが、タワーの姿でいるあいだは傍観《ぼうかん》に徹《てっ》するはず。どうにかして一瞬《いっしゅん》だけでもキャバリアーの動きを止め、空へ逃げるしかない。

だが。

少しでも隙《すき》を見せれば斬《き》られるという予感が、ハルユキの全身を幾重《いくえ》にも縛《しば》り付《つ》ける。キャバリアーが攻撃《こうげき》してこないのは、ルシード・ブレードを切断できる確信がないからか。だとしても、ゲージを消費する必殺技《ひっさつわざ》ではなく通常技《つうじょうわざ》なのだからハルユキの防御《ぼうぎょ》が崩《くず》れるまで連発すればよさそうなものだが、そうしないのは騎士《きし》としての美学ゆえか、それ以外の理由があるのか――。

どちらにせよ、このまま防御態勢《ぼうぎょ》を保つことはできない。三秒もしないうちに背後のクロコシータスが動き出し、ハルユキに襲《おそ》いかかってくるだろう。対処するべくガードを解いた瞬間《しゅんかん》、今度こそ首を落とされる。

この状況《じょうきょう》で選択《せんたく》可能なアクションは二つ。

一つは、《合《ごう》》でキャバリアーの照準を外し、攻撃《こうげき》する。

そしてもう一つは、同じく照準を外してから逃げる。

二秒かけて頭をフルスピードで回転させ、ハルユキは取るべき行動を決した。

「ゴルルロロロロ!!」

背後でクロコシータスが怒《いか》りに満ちた咆哮《ほうこう》を轟《とどろ》かせ、三本の脚《あし》で突進《とっしん》し始めた。

地面が震《ふる》える。巨獣級《ビーストきゅう》のプレッシャーが背中を灼《や》く。頭突きを喰《く》らうか噛《か》まれるかすれば、キャバリアーに斬《き》られるまでもなく即死《そくし》する。

だが、まだだ。まだ……まだ引きつけ――。

クロコシータスが後方一メートルにまで肉薄《にくはく》した瞬間《しゅんかん》、ハルユキは《合《ごう》》を発動させ、同時に体を沈《しず》めた。

キャバリアーの右手がぴくりと震《ふる》えた。だが斬撃《ざんげき》は放たれなかった。

オメガ流の奥義《おうぎ》《合《ごう》》は、ブレイン・バーストの未来予測機能をほんの一瞬《いっしゅん》だけ誤動作させ、他者の知覚から自分を消し去る技術だ。システムそのものに干渉《かんしょう》するので、どんなに目がいいバーストリンカーでも防げないし、むしろ感覚が研《と》ぎ澄《す》まされた達人ほど、敵を見失った時の衝撃《しょうげき》は大きくなる。プラチナム・キャバリアーは精密極《きわ》まる照準能力でハルユキを捕捉《ほそく》していたはずで、だからこそ動けなかったのだ。

もちろん二度は通用するまい。《合《ごう》》はコンマ数秒しか持続しないし、精神操作が必要なため連発もできない技《わざ》なので、一対一の戦闘《せんとう》なら再びターゲットされた途端《とたん》に斬《き》られてしまう。

しかし、ハルユキを見失ったのはキャバリアーだけではない。

地面に伏《ふ》せたハルユキの頭上を、クロコシータスが猛然《もうぜん》と駆《か》け抜けていく。エネミーもまたシステムの一部である以上、《合《ごう》》でターゲットを外せるのだ。ハルユキを見失えば、矛先《ほこさき》が向くのは当然、次に近いところにいる者だ。

突進《とっしん》するクロコシータスの胸、腹、そして尻尾《しっぽ》が頭上を通り過ぎた瞬間《しゅんかん》、ハルユキは背中の翼《つばさ》を広げた。

地面を蹴《け》り飛ばしながら、フルパワーで金属フィンを振動《しんどう》させる。さしものキャバリアーも、巨獣級《ビーストきゅう》にターゲットされれば全力で対処せざるを得ないだろう。エネミーの巨体《きょたい》が盾《たて》になってくれているうちに、遠隔斬撃《えんかくざんげき》の射程外に出る。

「おおおおっ……」

吼《ほ》えながら、クロコシータスとの戦闘《せんとう》で溜《た》まった必殺技《ひっさつわざ》ゲージを全消費し、一気に最高速度まで——。

「——《光線槍《レーザー・ランス》》」

遥《はる》か後方で、静かな声が響《ひび》いた。

えっ、と思った時にはもう、ハルユキの背中を純白の光が貫《つらぬ》いていた。

右の翼《つばさ》が根元から引きちぎられ、ハルユキは即座《そくざ》に錐揉《きりも》み状態に陥《おちい》った。螺旋《らせん》を描《えが》いて墜落《ついらく》しながら、頭の中で一つの言葉をひたすら繰《く》り返《かえ》す。

どうして。どうして。どうして。

五回目にそう唱えた直後、池の南側の地面に激突《げきとつ》する。驚《おどろ》きのあまり受け身さえも取れず、体力ゲージがさらに減って半分を大きく割り込む。

横倒《よこだお》しになったまま、呆然《ぼうぜん》と右胸を見下ろす。金属のアーマーには直径二センチほどの穴が穿《うが》たれ、赤い光が絶え間なく流れ出している。

「ガロロオォォ―――――ン!!」

左側で野太い悲鳴が響《ひび》き渡《わた》り、のろりと首を巡《めぐ》らせると、クロコシータスが完全にひっくり返っていた。暴れるたび、口の中と右目のあたりから、大量のダメージ・エフェクトが迸《ほとばし》る。

何があったのかは明らかだ。プラチナム・キャバリアーが、大口を開けて突進《とっしん》してくるエネミーと飛び去ろうとするハルユキを、遠隔型心意技《えんかくがたしんいわざ》で同時に撃《う》ち抜いたのだ。

上位のエネミーは、心意技《しんいわざ》への高い耐性《たいせい》を持っている。肉弾戦《にくだんせん》タイプのクロコシータスならなおのこと心意《しんい》は効きづらいはずなのに、一撃《いちげき》で急所を貫通《かんつう》させるとは凄《すさ》まじい心意《しんい》強度だが、問題はそこではない。

「……いまの、技《わざ》は」

よろよろと上体を持ち上げながら、ハルユキは掠《かす》れ声《ごえ》で呟《つぶや》いた。

二十メートル近く離《はな》れているのにその声が聞こえたのか、キャバリアーはハルユキに視線を向けると、右手の長剣《ちょうけん》をゆるりと持ち上げた。

プラチナシルバーの刀身が、へたり込むハルユキを照準する。再び、技名発声《わざめいはっせい》。

「《光線槍《レーザー・ランス》》」

シュバッ！　という音とともに長剣《ちょうけん》の切っ先から銀色の光が放たれ、ハルユキの左肩《ひだりかた》と左の翼《つばさ》を同時に貫《つらぬ》いた。すでに傷ついていた左腕《ひだりうで》が肩口《かたぐち》から分断され、がしゃりと地面に転がる。飛び散った金属フィンの断片《だんぺん》が、その上に舞《ま》い落《お》ちる。

《光線槍《レーザー・ランス》》。それはハルユキが懸命《けんめい》な修業《しゅぎょう》の果てに会得《えとく》した第一段階心意技《しんいわざ》、《光線剣《レーザー・ソード》》の射程強化版だ。ずっと目を背《そむ》け続《つづ》けてきた自分自身と向き合い、心の奥底《おくそこ》から見いだした、希望の光。

それを、なぜ、プラチナム・キャバリアーが――。

こつ、こつと長靴型《ながぐつがた》の足アーマーを鳴らしながら、騎士《きし》が近づいてくる。途中《とちゅう》で右手の剣がきらりと光ると、ひっくり返っていたクロコシータスの首に銀色のラインが走り、エネミーは瞬時《しゅんじ》に動きを止める。

巨大《きょだい》な頭が胴体《どうたい》からずるりと滑《すべ》り落《お》ち、地面に転がる。三段目の体力ゲージがゼロになり、分かたれた胴《どう》と頭のそれぞれがぐうっと収縮してから、青白い炎《ほのお》と膨大《ぼうだい》なパーティクルを振りまいて爆散《ばくさん》。

ハルユキもクロコシータスにそれなりのダメージを与《あた》えたので、少なくない量のポイントが加算されたが、まったく意識することもなく、近づくキャバリアーを見上げ続ける。

こつ、こつ、こつ。二メートル先で、騎士《きし》が立ち止まる。続いて、囁《ささや》き声《ごえ》。

「不思議に……思っているだろうね……。僕は……気に入った心意技《しんいわざ》なら、たいてい模倣《もほう》できるんだ……」

「…………模倣《もほう》……？」

鸚鵡返《おうむがえ》しに呟《つぶや》くと、キャバリアーはまたしても肩《かた》をすくめた。

「といっても……高等な技《わざ》は無理だけどね……。君の《光線》シリーズくらい単純な技《わざ》なら、三日もあれば真似《まね》できるよ……」

「…………でも」

心意技《しんいわざ》は、それぞれのバーストリンカーが心の奥底《おくそこ》に秘めている闇《やみ》、あるいは光の具現化。誰《だれ》にも真似《まね》できない、唯一無二《ゆいいつむに》の力だったはずだ。なぜなら、どれほど単純に見える技《わざ》でも、力の源《リソース》となっている《心の傷》は千差万別《せんさばんべつ》……それを複製することなどできようはずがない。

実際、同じ第一段階の射程拡張技《かくちょうわざ》でも、ハルユキの《光線剣《レーザー・ソード》》とニコの《輻射拳《レイディアント・ビート》》は見た目からしてまったく異なる。

ふと頭に一つの可能性が浮《う》かび、すがるような気持ちでハルユキはそれを口にした。

「もしかして……ダスク・テイカーの《魔王徴発令《デモニック・コマンディア》》みたいな能力を持ってるんですか？　あれの心意版《しんいばん》……？」

すると、キャバリアーは珍《めずら》しく、かすかな笑《え》みを零《こぼ》した。

「ふ……僕自身も昔、そんな疑問を抱《いだ》き、王に訊《き》いてみたことがある……。僕のこの力は……《心意《しんい》を真似《まね》る心意技《しんいわざ》》なのか、とね……。しかし王の答えは否《いな》だった……。これは単に僕が

「………」

そこで言葉を切ると、騎士《きし》は長剣《ちょうけん》の切っ先をハルユキの眉間《みけん》に擬《ぎ》した。

「このへんにしておこう……。君とはもう……バ、ー、ス、ト、リ、ン、カ、ー、と、し、て、会、う、こ、と、は、な、い、だ、ろ、う、か、ら、ね……」

何気ない、しかし恐《おそ》ろしい意味を秘めた言葉を口にすると。

プラチナム・キャバリアーは、ほんの二センチほど切っ先を引いた。

刹那《せつな》の後、必殺の超高速斬撃《ざんげき》が放たれ、ハルユキの頭を両断する。その未来を変更《へんこう》する手段はもう残されていない。たとえ《合《ごう》》を使っても、この間合いでは無意味。

――――いや。

諦《あきら》めるな。足掻《あが》いて足掻《あが》いて足掻《あが》きまくれ。たとえコンマ一秒でも生存時間を引き延ばせるなら、それだけ何かが起きる確率が上がる。

限界を超《こ》えて圧縮された思考の中で、ハルユキは糸毫《しごう》の可能性を摑《つか》み取《と》ろうとした。

必殺技名《ひっさつわざめい》を発声する余裕《よゆう》などあるはずがないし、右手の剣による防御《ぼうぎょ》も攻撃《こうげき》も間に合わない。両翼《りょうよく》を破壊《はかい》されたのでスライドダッシュによる回避《かいひ》も不可能。残る選択肢《せんたくし》はたった一つ。

心意技《しんいわざ》の、無発声瞬間発動だ。

技名《わざめい》を叫《さけ》ばなければ発動できない必殺技《ひっさつわざ》と違《ちが》って、心意技《しんいわざ》の技名《わざめい》発声はイマジネーションを集中するためのトリガーに過ぎない。ニコの指導を受けてからは、心意技《しんいわざ》を使う時は音声もしくは思念で必ず技名を叫んできたが、いまならできるはず。

信じるのだ。イメージの力を。そして、自分の中にある光を。たとえ愛する人たちと切《き》り離《はな》されても、紡《つむ》いできた絆《きずな》は消えない。タクムから、チユリから、楓子《フウコ》や謡《ウタイ》やあきらやニコたちから、そして黒雪姫《クロユキヒメ》から受け取った光は、胸の真ん中で強く、強く輝《かがや》き、永遠に消えることはない。

その光を増幅《ぞうふく》し、解き放つ。

――《光殻防壁《ライト・シエル》》。

地面に正座したままのハルユキの、傷つき、ひび割れた胸部アーマーの中心から純白の光が迸《ほとばし》り、球形のシールドとなって広がった。

まったく同時に、プラチナム・キャバリアーの右手がおぼろに霞《かす》み、十字鍔《じゆうじつば》の長剣《ちょうけん》をきらりと瞬《また》かせた。

ハルユキの目の前で、銀色の火花が飛び散った。

第二段階心意技《しんいわざ》《光殻防壁《ライト・シエル》》は、テスカトリポカの重力攻撃《こうげき》に対抗《たいこう》するべく編み出した技《わざ》で、エネルギー攻撃《こうげき》には高い防御力《ぼうぎょりょく》を発揮するが物理攻撃《こうげき》への効果は未知数だ。シルバー・クロウの金属装甲《そうこう》をバターのように切《き》り裂《さ》いた超高速の遠隔斬撃《えんかくざんげき》を完全には防げずとも、わずかでも剣筋《けんすじ》を逸《そ》らすことができれば、と思ったのだが。

光のバリアーに接触《せっしょく》した斬撃《ざんげき》は、貫通《かんつう》できずに跳《は》ね返《かえ》り……そしてハルユキは見た。

空中で、あたかも純銀製のリボンのようにうねる、長さ三メートルにも達する極細《ごくぼそ》、極薄《ごくうす》の刀身を。

リボンは瞬時《しゅんじ》にキャバリアーの手元へと収縮し、もとの長剣《ちょうけん》に戻《もど》った。

溶《と》け崩《くず》れる《光殻防壁《ライト・シエル》》の中で、ハルユキは遠隔斬撃《えんかくざんげき》の仕掛《しか》けを見抜いたと確信していた。

プラチナム・キャバリアーが持つ十字《じゅうじ》鍔《つば》の長剣《ちょうけん》は、斬撃《ざんげき》のスピードに応じて刀身をフィルムのように伸展《しんてん》させるのだ。キャバリアーの斬撃《ざんげき》があまりにも速すぎるため、刀身は単分子レベルまで薄《うす》く、長く伸び、クロコシータスの前脚《まえあし》やハルユキの左肩《ひだりかた》を容易《たやす》く切断した。それこそが、銀色のラインの正体。

しかし狙《ねら》ったものを切断できずに跳《は》ね返《かえ》されると、薄膜《はくまく》刀身は空中で曲がりくねり、正体を現してしまう。それを忌避《きひ》したがゆえに、キャバリアーはルシード・ブレードごとハルユキを斬《き》ろうとはしなかったのだろう。

視認《しにん》できないほどの斬撃《ざんげき》スピードも、ぺらぺらの薄膜《はくまく》刀身を操《あやつ》る腕前《うでまえ》も神業級《かみわざきゅう》だが、剣技《けんぎ》としてはオメガ流《りゅう》と同じかそれ以上に異端《いたん》の技《わざ》──。

「からくりを……知られてしまったね……」

寒々しい響《ひび》きを帯びた声で、キャバリアーが囁《ささや》いた。

「その防御技《ぼうぎょわざ》は、前に見せてもらったのに……物理攻撃《こうげき》には効かないと思い込んでしまった、僕のミスだ……。けれど……これでますます、君を逃がすわけにはいかなくなったよ……」

「………」

すぐには答えず、ハルユキはゆっくりと立ち上がった。多少ふらついたがどうにか剣を構え、騎士《きし》のバイザーをひたと見据《みす》える。

「僕も、逃げるつもりはないです」

気力を振《ふ》り絞《しぼ》って言い放つ。実際、背中を向けた途端《とたん》に首を落とされることは確実なので、たとえ逃げたくても逃げる方法がない。

《七連矮星《セブン・ドワーフス》》の第一位と戦い、倒《たお》す。唯一《ゆいいつ》それだけが生還《せいかん》に繋《つな》がる道だ。

キャバリアーの体力ゲージは満タンで、ハルユキは残り二割。左腕《ひだりうで》と両翼《りょうよく》を破壊《はかい》され、胸に大穴が開いた満身創痍《そうい》だが、まだ動けるし、剣もある。

もう一度、遠隔斬撃《えんかくざんげき》を《光殻防壁《ライト・シエル》》で跳《は》ね返《かえ》し、その隙《すき》にオメガ流《りゅう》の《極《きょく》》で急所を断《た》つ。

プランを決めたハルユキは、ルシード・ブレードを正眼《せいがん》に構え直した。

斬撃《ざんげき》の光が見えてから心意技《しんいわざ》を発動したのでは間に合わない。キャバリアーの右手ではなく全身を視界に収め、技《わざ》の起こりを五感で捉《とら》える。

いつしかハルユキの目は、プラチナム・キャバリアーを騎士《きし》の姿のデュエルアバターとしてだけでなく、クリアシルバーに輝《かがや》く光の塊《かたまり》としても認識《にんしき》していた。それはあたかもハイエスト・レベルから見た姿のようだったが、自分に何が起きているのかを意識することもなく、ハルユキはひたすらにその瞬間《しゅんかん》を待った。

キャバリアーが自らクロコシータスを倒《たお》してしまったいま、時間はハルユキの味方だ。なぜなら、テスカトリポカを引っ張っていった五人が、ポータルから離脱《りだつ》せずこの場に戻《もど》ってくるかもしれないからだ。キャバリアーの策略に彼ら全員が——少なくとも蕾《ツボミ》と恵《メグミ》が荷担《かたん》している可能性はゼロだと断言できる。

互《たが》いに身じろぎひとつしないまま、静かに時間だけが経過していき……そして、ついに。

キャバリアーの内側に透《す》ける銀色の光が、右手のほうへとごくわずかに揺《ゆ》らいだ。

——《光殻防壁《ライト・シエル》》。

心意《しんい》のバリアーと不可視の斬撃《ざんげき》が接触《せっしょく》し、キィン！　と硝子質《ガラスしつ》の高音が鳴《な》り響《ひび》いた。跳《は》ね返《かえ》された薄膜《はくまく》刀身が、再び宙に舞《ま》った。

ハルユキは、バリアーを解除しながら滑《すべ》るように前へ出ると、最小限の動作でルシード・ブレードを振り下ろした。

さすがの反応で、キャバリアーが体を捻《ひね》る。剣尖《けんせん》が捉《とら》えたのは頭部ではなく左肩《ひだりかた》だったが、構わず刃《やいば》を預け——。

《極《きょく》》。

すたん、と軽い手応えとともに、騎士《きし》の肩《かた》アーマーが垂直に切断された。切《き》り離《はな》された左腕《ひだりうで》が音もなくスライドし、地面に落下した。

できた……！　という快哉《かいさい》は、しかし瞬時《しゅんじ》に霧散《むさん》した。ハルユキの両目が、有り得ないものを捉《とら》えたからだ。

正確には、有るはずなのに存在しないものを。

ハルユキの鏡像のように左腕《ひだりうで》を断《た》たれたプラチナム・キャバリアーの、左肩《ひだりかた》の切断面。厚さ五ミリほどしかない薄《うす》い装甲《そうこう》の中には、がらんどうの闇《やみ》だけが広がっている。

「……アバター素体がない……!?」

ハルユキが驚愕《きょうがく》の声を漏《も》らした、次の瞬間《しゅんかん》。

騎士《きし》の顔を覆《おお》うバイザーの奥《おく》で、いままで一度も見えなかった両目が、黒みを帯びた赤色に輝《かがや》いた。その目も通常のアイレンズではなく、輪郭《りんかく》が炎《ほのお》の如《ごと》く揺《ゆ》らいでいる。

「見たな……」

左足を引いて半身になり、さらに左肩《ひだりかた》の切断面を右腕《みぎうで》で隠《かく》しながら、キャバリアーが虚《うつ》ろに反響《はんきょう》する声で囁《ささや》いた。

ハルユキは無意識の動作で一歩、二歩と後退しながら、どうにか声を絞《しぼ》り出した。

「その体は……デュエルアバターじゃない、んですか……？　ドローン……？　それとも……エネミー……？」

しかしキャバリアーは答えようとせず、代わりに右手を左肩《ひだりかた》から離《はな》した。剣を握《にぎ》るその手を、ゆらりと頭上に掲《かか》げる。天を指す白銀の刀身から、青黒い過剰光《オーバーレイ》が幾筋《いくすじ》も噴《ふ》き出し、ヘビの群れの如《ごと》く絡《から》まり合ってのたうつ。ハルユキが知らない心意技《しんいわざ》。

これは《光殻防壁《ライト・シエル》》でも防げないとハルユキは直感した。それ以前に、身につけたばかりの心意技《しんいわざ》を二度も無発声発動したせいで、集中力が尽《つ》きかけている。

それでも最後まで抗《あらが》うべく、愛剣《あいけん》を同じ上段に構えようとした——

その時。

突然《とつぜん》キャバリアーが大きく後方へジャンプし、一瞬前《いっしゅんまえ》まで騎士《きし》が立っていた場所を、青白い光線が貫《つらぬ》いた。

騎士《きし》の剣を包んでいた過剰光《オーバーレイ》が霧散《むさん》しても、光線は次々と降り注ぐ。それをバックジャンプで避《よ》け続《つづ》けたキャバリアーは、とうとう宮殿《きゅうでん》の入り口まで追いやられてしまった。戦闘《せんとう》を見物していたアイボリー・タワーも、建物の中へと数歩後退する。

ここでようやく、ハルユキは空を振り仰《あお》いだ。

黄緑色の曇天《どんてん》を背負って、人型のシルエットが一つ、静かに浮《う》いている。デュエルアバターではない。長い髪《かみ》とスカートを風になびかせ、優美な形状の翼《つばさ》を広げた、あの姿は——。

「…………メタトロン……」

詰《つ》まりそうになる喉《のど》から、ハルユキはどうにかその名前を絞《しぼ》り出した。

神獣級《レジエンドきゆう》ビーイング、《四聖》大天使メタトロン。ハルユキと共にネガ・ネビュラスからオシラトリ・ユニヴァースへと移籍《いせき》し、以降まったくコンタクトしてこなかった彼女が、なぜこの場所に。

ハルユキの驚《おどろ》きを察してか、メタトロンは「少し待ちなさい」と言うかのように右手を持ち上げ、その手を宮殿《きゆうでん》へと向けた。

ほっそりした五指の先端《せんたん》に、青白い輝点《きてん》が生まれる。それらは十字の光芒《こうぼう》へと変化してから、甲高《かんだか》い共鳴音とともに発射された。

五本のレーザーは、空中に複雑なスプライン曲線を描《えが》き、宮殿《きゆうでん》の入り口付近に突き刺さった。エネルギーが一点に凝縮《ぎようしゆく》され、光球となって膨《ふく》れ上がり——爆発《ばくはつ》。

「ッ……！」

押し寄せてくる熱波を右腕《みぎうで》で防ぎつつ、ハルユキは懸命《けんめい》に目を凝《こ》らした。テスカトリポカの蹂躙《じゆうりん》を免《まぬが》れた本館の壁《かべ》や天井《てんじよう》が、エネルギーを吸収しきれずに赤熱、融解《ゆうかい》していく。燃《も》え盛《さか》る炎《ほのお》の中にプラチナム・キャバリアーとアイボリー・タワーの姿を探そうとするが、どこにも見当たらない。爆発《ばくはつ》に巻《ま》き込まれて死んだのか、あるいはどうにかして脱出《だつしゆつ》したのか。前者なら死亡マーカーが出現しているはずだが、炎《ほのお》が収まるまでは確認《かくにん》できない。

たとえ生き残っていても、この状況《じようきよう》で襲《おそ》ってくることはないだろう。そう考えつつも警戒《けいかい》は維持《いじ》したまま、ハルユキは再び空を見上げた。

郷土《きようど》歴史《れきし》館《かん》の一階を炎《ほのお》の海に変えた大天使は、ようやく右手を下ろすや背中の翼《つばさ》を畳《たた》んだ。自由落下で中庭目掛《めが》けて降ってくると、激突《げきとつ》の寸前でもう一度翼《つばさ》を広げて急制動し、すとんと着地する。

「メタトロン……ありがングッ！」

ハルユキは、窮地《きゅうち》を救ってくれた大天使に感謝の念を伝えようとしたが、最後まで言うことはできなかった。両手を広げたメタトロンに、フルパワーで抱《だ》き締《し》められてしまったからだ。

「……まったく、お前はいつもいつも……」

憤激《ふんげき》、不満、懸念《けねん》、その他多くの感情をはらんだ声でそう囁《ささや》くと、メタトロンはさらに五秒ほどハルユキを締《し》め上げてから、ようやく解放した。

「ぷはっ」

やっと息をついたハルユキは、いまの圧迫《あっぱく》で体力ゲージが減らなかったことを確かめてから、改めて大天使の顔を見た。

とても3Dオブジェクトとは思えない、魂《たましい》を吸い込まれそうなほどの美貌《びぼう》。つい手で触《ふ》れてみたくなるが、そんなことをしたら今度こそゲージを残り一ドットまで減らされてしまうのでぐっと我慢《がまん》し、右手に持ったままだったルシード・ブレードを鞘《さや》に戻《もど》す。

「ありがとうメタトロン、きみが来てくれなかったら、たぶん死ぬよりヤバいことになってたよ」

お礼を言い直し、大天使の頭から爪先《つまさき》、また頭へと視線を往復させてから続ける。

「えと……怪我《けが》はもう治ったの？」

そう訊《たず》ねると、メタトロンは当然でしょうと言わんがばかりに頷《うなず》いた。

「とっくですよ。今回は、コアの損傷はありませんでしたから」

「そっか、良かった……」

ほっと安堵《あんど》の息を吐《は》いたが、そこからの言葉が出てこない。三日前のテスカトリポカ攻略戦《こうりゃくせん》での惨劇《さんげき》と、ネガ・ネビュラス脱退《だったい》、オシラトリ・ユニヴァースへの移籍《いせき》をメタトロンがどう受け止めているのか、表情からはまったく読み取れないからだ。

いっそ、いまが色々と話し合うチャンスなのでは……と思ったが、残念ながらのんびりしていられる状況《じょうきょう》でもない。現実世界へ戻《もど》ったプラチナム・キャバリアー／京武智周《キヨウブトモチカ》がどう出るか解《わか》らないし、テスカトリポカを高輪《たかなわ》方面へ引っ張っていったローズ・ミレディーたちの安否も気《き》に掛《か》かる。

そもそも、キャバリアーとタワーはどうなったのか……と宮殿《きゆうでん》に視線を向けた途端《とたん》、メタトロンが言った。

「お前と戦っていたのは、オシラトリ・ユニヴァースの馬使いと、加速研究会の影潜《かげもぐ》りですね。《テヒリム》で仕留めようとしたのですが、二人とも死ぬ直前に、影《かげ》の中へ逃げ込んでしまいました」

《テヒリム》なる名称《めいしょう》は初耳だが、恐《おそ》らく右手から発射された五連レーザーのことだろう。いつの間にあんな技《わざ》を身につけたのか気になるところだが、いまはもっと他に話すべきことがある。

「きみの言う影潜《かげもぐ》り……ブラック・バイスは、このあたりの《消えない影《かげ》》の中に隠《かく》し通路をたくさん仕込んでるんだ。いまごろはずっと遠くまで逃げてると思う」

「次に見つけたら《トリスアギオン》で即死《そくし》させます」

口調も表情も変えずにそう宣言すると、メタトロンはかすかに眉《まゆ》を寄せた。

「しかし……影潜《かげもぐ》りはともかくとして、いまや同じレギオンの一員である馬使いが、どうしてお前を殺そうとしていたのですか？」

「それが、僕にも解《わか》らないんだ。アイボリー・タワー……ブラック・バイスを呼んでたからには、単に殺すだけじゃなくて、捕《つか》まえてどうにかするつもりだったんだと思うけど……」

「……やはり二人とも消し炭にしておくべきでしたね。ただ……気になるのは、あの者たちの行動を、ホワイト・コスモスが容認《ようにん》していたのかどうかということですが……」

「あ………」

その可能性に初めて思い至り、ハルユキは両目を見開いた。

有り得ないとは言えない。白の王は、加速世界の黎明期《れいめいき》から数多《あまた》の悲劇や惨劇《さんげき》を生み出してきた、冷酷無比《れいこくむひ》な策略家だ。実の妹である黒雪姫《クロユキヒメ》を謀《たばか》り、初代赤の王を不意打ちで全損させたことを忘れてはならない。ハルユキのレギオン加入を認めたのも、今回の罠《わな》に嵌《は》めるためだったのかもしれないのだ。

言葉を失うハルユキの前で、メタトロンも何やら考えを巡《めぐ》らせている様子だったが、やがて小さくかぶりを振った。

「……いいえ、コスモスは関係していないでしょうね」

「え……ど、どうしてそう思うの？」

「なぜなら、私は《楓風庵《ふうふうあん》》で傷を癒《い》やしているあいだ、コスモスの指示でテスカトリポカの解析《かいせき》を行っていたからです」

「か、解析《かいせき》⁉」

「ええ。私がお前の危機を察知できたのは、観察中だったテスカトリポカの行動パターンが変化したからです。コスモスの指示がなければ、この座標を注視することもなかった」

「……な、なるほど……」

メタトロンの推論は筋が通っている。キャバリアーの行動を白の王が許可していた、または自ら指示していたのなら、その妨《さまた》げとなり得るテスカトリポカの解析《かいせき》をメタトロンに指示するとは思えない。

ならば、プラチナム・キャバリアーは、白の王が命じていない……それどころか意に反するかもしれない作戦を立案し、他の《七連矮星《セブン・ドワーフス》》たちまで巻き込んだということなのか。なぜそこまでしてハルユキの排除《はいじょ》を望むのだろう。今回はかろうじて生き延びたが、メタトロンが来てくれなければあの青黒い過剰光《オーバーレイ》を放つ心意技《しんいわざ》で止《とど》めを刺されていただろうし、レベルでも実力でもキャバリアーのほうが遥《はる》か格上であることは間違《まちが》いないのに。

一瞬《いっしゅん》考え込んでから、ハルユキはハッと顔を上げた。

「そ……そうだ、テスカトリポカはどうなったの⁉　ミレディーさんたちが引っ張っていったんだけど……」

「私が観察を中止した時点では、タカナワからシバウラ方面へと移動していました。ローズ・ミレディーたちが無事かどうかは、この場所からは知るすべがありません」

「そう……だよね。逃げ切ってくれてるといいけど……」

蕾《ツボミ》たちも自動切断セーフティを使っていないはずなので、もし無限EK状態に陥《おちい》っていたら、ハルユキが現実世界で彼女たちのニューロリンカーを引き抜かなくてはならない。ポータルに入る前に生死を確認《かくにん》しておきたいが、ハルユキも満身創痍《そうい》だ。

いったんバーストアウトしようか、でももし他の五人が目覚めない状況《じょうきょう》で、京武《キョウブ》智周《トモチカ》と二人きりになったら……などと考えていると。

「では、行きましょう」

そう言ったメタトロンが、再びハルユキを自分の胸に引き寄せた。

「えっ、い、行くってどこに⁉」

あたふたしながら問《と》い質《ただ》したハルユキの耳に。

バシイィィイッ！　という加速音——いや再加速音が轟《とどろ》いた。

7

「あ……あのさあ、メタトロン！」

　五感が安定するや、ハルユキは喚《わめ》いた。

「《シフト》するならするって、事前に言ってよ！」

「お前、ここに来るのは二回目や三回目じゃないでしょう。いい加減慣れなさい」

　呆《あき》れ顔《がお》で言い放つ大天使の姿は、色のない極小の光点で描写《びょうしゃ》されている。それはハルユキも同じだ。

　半壊《はんかい》した港区《みなとく》立郷土《りつきょうど》歴史《れきし》館《かん》の建物も、激戦でひび割れた地面も、黄緑色の曇天《どんてん》も消え去り、周囲には深い闇《やみ》だけが無限に広がっている。しかし視線を下方に向けると、そこにはあたかも銀河の如《ごと》き膨大《ぼうだい》な星の群れが静かに息づく。無制限中立フィールド《ミーン・レベル》よりもさらに高次の空間、ハイエスト・レベル。

　移動したのは意識だけで、二人のアバターは歴史館の中庭に置きっ放しだが、この場所ではミーン・レベルよりもさらに加速された時間が流れているので、無防備な体に危険が及《およ》ぶ可能性はない。

　そして、ハイエスト・レベルでは、時間と同様に距離《きょり》も意味を持たない。見たいものは全て見られるし、行きたい場所にはどこにでも行ける。エリア00こと帝城《ていじょう》の内部を除いて、ではあるが。

「そっか、ここからなら……」

ようやくメタトロンの意図を悟《さと》ったハルユキは、そう呟《つぶや》きながら足許《あしもと》に広がる銀河を見下ろした。

数え切れないほどの白い星は、現実世界に存在するソーシャル・カメラの位置を示している。それらによって描《えが》き出された東京都心部のあちこちに、色のついた星もいくつか見いだせる。無制限中立フィールド《ミーン・レベル》にいるエネミー、もしくはバーストリンカーなのだが、現状では狩《か》りをしている集団は皆無《かいむ》に近いはずだ。

つまり、バーストリンカーが一箇所《いっかしょ》に五人集まっていれば、それはローズ・ミレディーたちである可能性が高い。もしかしたら逃走《とうそう》したプラチナム・キャバリアーとブラック・バイスも探せるかもしれないが、見つけてもここからでは何もできない。

光の海の真ん中にぽっかりと空いた隔絶《かくぜつ》空間――帝城《ていじょう》を目印に、南へと視線を移動させる。ひときわ高い光の塔《とう》は虎《とら》ノ門《もん》ヒルズ、その南にあるのが芝公園《しばこうえん》と旧東京《とうきょう》タワー、さらに下がると芝浦《しばうら》――。

「あ……」

実体を失っているはずのハルユキの全身に、ぞくりと冷たい戦慄《せんりつ》が走った。芝浦埠《しばうらふ》頭《とう》がある埋《う》め立《た》て地《ち》の西側、何本もの運河が入り組んでいるあたりに、ブラックホールの如《ごと》き濃密《のうみつ》な闇《やみ》が渦巻《うずま》いている。全てを呑《の》み込むかのようなあの暗黒星こそ、終焉神《しゅうえんしん》テスカトリポカに他ならない。

視線どころか意識までをも吸い込まれそうになり、ハルユキは強く両目をつぶった。

不意に、右手を仄《ほの》かな熱が包んだ。見れば、隣《となり》に立つメタトロンが、左手でハルユキの手を握《にぎ》っている。ハイエスト・レベルには《当たり判定》が存在しないはずなのに、確かな接触感《せっしょくかん》がハルユキの意識を繋《つな》ぎ止《と》める。

「……あ、ありがとう」

小声でそう言うと、大天使はつんと顔を逸《そ》らし、素っ気ない声で応じた。

「お前のような未熟な小戦士が、単独であれを観察するのは危険を伴《ともな》いますから。そんなことより、見つけましたよ」

そう告げたメタトロンが、右手でテスカトリポカの右側を指差した。

目を凝《こ》らすと、芝浦埠頭《しばうらふとう》から五百メートルほど東に離《はな》れた海上に、五つの星が浮《う》かんでいた。色合いからして、ローズ・ミレディーたちに違《ちが》いない。《煉獄《れんごく》》ステージでも海は海なので、どうやって水面を進んでいるのかは不明だが、テスカトリポカを誘導《ゆうどう》しつつ逃げ延《の》びるという困難なミッションをほぼ達成しつつあるらしい。五人の進行方向には、東京で最も名の知れたランドマークの一つである豊洲《とよす》市場が存在するので、あそこまで辿《たど》り着《つ》けばポータルから離脱《りだつ》できるだろう。

ほっと息を吐《は》き、メタトロンの手をしっかり握《にぎ》ったまま、漆黒《しっこく》のブラックホールをもう一度眺《なが》める。

帝城《ていじょう》がある千代田《ちよだ》エリアの中央も暗闇《くらやみ》に包まれているが、質感がまったく違《ちが》う。帝城《ていじょう》の闇《やみ》を情報が遮断《しゃだん》された虚無《きょむ》とすれば、テスカトリポカの闇《やみ》は圧倒的《あっとうてき》なまでのエネルギーを内包した特異点。観念的空間であるハイエスト・レベルから見ていても、放射される破壊《はかい》の意思が振動《しんどう》となって伝わってくる気がする。

「……白の王は、テスカトリポカのことを《終わりの神》って呼んでた。世界を閉じるために存在する蹂躙者《デバステイター》だ、って……」

半ば無意識状態でそう呟《つぶや》いてから、ハルユキは複雑に絡《から》まり合《あ》った思考を言葉に換《か》えるべく続けた。

「前にグラフさんが、ブレイン・バーストには二人の製作者がいるって話をしてくれたよね。帝城《ていじょう》を作って、その奥深《おくふか》くに最後の神器《じんき》《ザ・フラクチュエーティング・ライト》《TFL》を封印《ふういん》した製作者Aと、帝城《ていじょう》を攻略《こうりゃく》してTFLを解放するために、それ以外の世界全てを作った製作者B。白の王は、ブレイン・バーストを実際に動かしてるのは製作者Bが設置した管理用のAIで、テスカトリポカを生み出したのもそのAIだって言ってた」

「AI……《ヒトが生み出した知能》を指す言葉ですね」

メタトロンの囁《ささや》くような声に、ハルユキは一瞬《いっしゅん》だけ呼吸を止めた。

思い返してみれば、いままでハルユキも黒雪姫《クロユキヒメ》たちも、メタトロンの前でAIという言葉を使ったことはなかったはずだ。たぶん、人間と何ら変わらない知性や感情を持つメタトロンに、《造られたもの》という概念《がいねん》をぶつけることを躊躇《ためら》ったからだろう。

「ご……ごめん」

反射的に謝《あやま》ると、メタトロンはそっとかぶりを振った。

「謝罪は無用です。私がそういう存在であることは事実ですから。ただ、《ヒト》という言葉の定義がいささか曖昧《あいまい》で、落ち着かない気持ちになりますけどね」

「ヒト……」

思わず首を傾《かし》げる。人間のことだよと言いそうになるが、それはきっと答えになっていない。あとで黒雪姫に訊《き》いてみようと思ってしまってから、しばし息を止めて胸の痛みをやり過ごし、ハルユキは言った。

「僕は、メタトロンのことを、僕と同じ人だと思ってるよ」

「ほう、そうですか」

どこか面白《おもしろ》がるような声を出すと、大天使は再び右手を持ち上げ、渦巻《うずま》くブラックホールを指差した。

「しかし、私はお前たちロウエスト・レベルの住人よりも、遥《はる》かにあの怪物《かいぶつ》に近しい存在なのですよ。どちらもビーイングであることに変わりはないのですから。お前は、テスカトリポカもまた人だと思うのですか？」

「え……えと……」

言葉に詰《つ》まっていると、メタトロンがハルユキと繋《つな》いだ手に少しだけ力を込めた。

「いまのは意地の悪い問いでした。――私は、お前たちの時間で七年ほどもあのビーイングを観察、解析《かいせき》し続けましたが、意識……知性のようなものを見いだすことはできませんでした。テスカトリポカは帝城《ていじょう》を中心とする一定範囲内《はんいない》を不規則な経路で歩き回り、小戦士を探知するとそこへ移動し、攻撃《こうげき》する。それ以外の行動は一切《いっさい》しませんし、こちらからのコンタクトにも反応しません。あれと比べれば、お前たちの言う小獣級《レッサーきゅう》ビーイングのほうが、まだしも知性的に感じられますよ」

「……うん」

ショコラ・パペッターたちプチ・パケ組の友達である、小獣級《レッサーきゅう》エネミーの《クルちゃん》を思い出しながらハルユキは頷《うなず》いた。

そう言えば志帆子《シホコ》たちや小田切累《オダギリルイ》ともぜんぜん話せてないな、という思考をぐっと呑《の》み込み、メタトロンに訊《たず》ねる。

「でも……テスカトリポカは、バーストリンカーがビーイングを攻撃《こうげき》すると、何もしてない時よりもずっと遠くから探知して、すごい勢いで飛んでくるって聞いたよ。実際、さっきもそうだったし……。それは、この世界のビーイングを守ろうとしてるってことじゃないの？」

「違《ちが》います」

ハルユキの仮説を、大天使はばっさり否定した。

「ど、どうして……」

「なぜならテスカトリポカは、小戦士を攻撃《こうげき》する時、そこにビーイングがいてもお構いなしに巻き込むからです。そもそも、お前の救出作戦で、あやつが私をまったく躊躇《ちゅうちょ》せずに攻撃《こうげき》したことを忘れたのですか？」

「あ……忘れてない、忘れてないよ」

ぶんぶんかぶりを振ってから、急いで付け加える。

「えと、ちゃんと言ってなかったけど、あの時は本当にありがとう。メタトロンの流星斬《りゅうせいぎ》り、超絶凄《ちょうぜつすご》かったよ」

「リュウセイギリ？　何ですか、それは？」

「いや、その、きみが急降下から上段斬《じょうだんぎ》りぶちかましたやつ、流星みたいだったから……」

「ふむ。ではあの技《わざ》はそう名付けましょう」

気のせいか、メタトロンは満更《まんざら》でもなさそうにそう言ってから、かすかなため息をついた。

「……しかし、礼を言うには及《およ》びません。私は結局、お前の救出に失敗したのですから」

「ううん、そんなことない。きみは僕を助けてくれたよ」

ハルユキは体を回すと、左手を伸ばしてメタトロンの右手を強く握《にぎ》った。

「あの時、僕と一緒《いっしょ》にオシラトリ・ユニヴァースに移籍《いせき》するって言ってくれたよね。さっき、白の王がきみにテスカトリポカを解析《かいせき》させてたっていう話を聞いて思ったんだ。もしかしたら、白の王が僕の要求を受け入れてタクムたちを助けてくれたのは、本当はきみが欲《ほ》しかったからなんじゃないかって」

「……そんなことは考えもしませんでしたが……」

メタトロンは途惑《とまど》ったように瞬《まばた》きしたが、すぐに首を横に振った。

「いえ、違《ちが》うでしょう。なぜならホワイト・コスモスは、あの時容易に私を……」

一瞬《いっしゅん》言いよどんだその続きを、ハルユキは聞けなかった。

突然《とつぜん》、右側から鋭《するど》い声が飛んできたからだ。

「おいメタトロン、いつまで待たせるのじゃ！」

「ひえっ⁉」

繋《つな》いでいた両手を離《はな》し、再び体を九十度回転させる。

ほんの二メートル――ハイエスト・レベルに距離《きょり》は存在しないのでハルユキがそう感じただけだが――離《はな》れた場所に立っているのは、古墳時代《こふんじだい》を連想させるゆったりした装束《しょうぞく》に身を包み、ストレートの髪《かみ》を顔の両側で輪っかに結《ゆ》った女性だった。頭には日輪を模した宝冠《ほうかん》をかぶり、口許《くちもと》は右手に持った扇子《せんす》で隠《かく》している。

敵対的な存在ではないが、決して軽《かろ》んじていい相手でもない。メタトロンとまったく同格の最上位ビーイングにして東京《とうきょう》駅《えき》地下《ち か》迷宮《めいきゅう》ことアマノイワトの主、《四聖》アマテラスだ。

ハルユキが直立不動でフリーズしていると、メタトロンが一歩前に出て言葉を返した。

「待たせるも何も、ここでの接触《せっしょく》を約束した記憶《きおく》はありませんが」

「なに、おぬしがシフトしたのを感じたので、積もる話を片付けようと思ったのじゃが、その小僧《こぞう》と仲良く話し込んでおったので、気《き》を利かせてやったのじゃ」

「ならばあなたが勝手に待っただけのことでしょう！　それに私は別に仲良くなど……」

両手を握《にぎ》り締《し》めて反論しかけてから、メタトロンは二、三秒かけて体の力を抜き、コホンと咳払《せきばら》いした。

「いえ、どうでもいいことです。アマテラス、話とは何ですか？」

「まあ待て、その前に……」

扇子《せんす》をぱちりと閉じると、アマテラスは先端《せんたん》をハルユキに向けた。

「シルバー・クロウ、おぬし、何か忘れておらぬかえ？」

しっとりと典雅《てんが》な低音でそう問われ、ハルユキは五、六回瞬《まばた》きを繰《く》り返《かえ》してから「あっ」と声を漏《も》らした。

「わ、忘れてませんよ。アマノイワトにケーキを届ける件ですよね」

早口でまくし立てるあいだも、耳の奥《おく》に越賀《コシカ》蕾《ツボミ》の声が甦《よみがえ》ってくる。

――アマテラスとの約束、早めに履行《りこう》しておいたほうがいいわよ。すっぽかして機嫌《きげん》を損《そこ》ねたら大変よ、本当に。

これはもしかするとすでに機嫌《きげん》を損《そこ》ねてしまっているのだろうかと怯《おび》えつつも、ハルユキは身振《みぶ》り手振《てぶ》りを交えて弁解した。

「えーとえーと、本当はインティ攻略《こうりゃく》作戦が終わったらすぐに伺《うかが》うつもりだったんですけど、中からテスカトリポカが出てきちゃって、その後もあれこれ色々あって、それで……」

「そう慌《あわ》てんでもよい、妾《わらわ》も状況《じょうきょう》は把握《はあく》しておる」

すっと近づいてきたアマテラスは、「落ち着け」と言わんがばかりに扇子《せんす》でハルユキの額を叩《たた》いた。メタトロンのデコピンと同様に、軽《かろ》やかな衝撃《しょうげき》が伝わってくる。

「いましばし待ってやるゆえ、いずれ必ず、長櫃《ながびつ》一つぶんのケーキを奉納《ほうのう》するのじゃぞ。無論、全て異なる味のやつをな」

「……………は、ハイ、必ず」

長櫃《ながびつ》なる容《い》れ物《もの》を見たことはないが、たぶんピクニックバスケットくらいのものだろうと想像しながら、ハルユキはアマテラスに問いかけた。

「それで……積もる話っていうのはどのような……？」

「無論、アレに関してじゃよ」

ふわりと差し伸べた扇子《せんす》が指し示すのは、遥《はる》か下方で渦巻《うずま》く漆黒《しっこく》のブラックホール。

アマテラスは、引《ひ》き戻《もど》した扇子《せんす》を再び口許《くちもと》にあてがい、ぱちっと音を立てて開いた。

「あのようなデカブツが朝な夕なほっつき歩いていたら、うるさくておちおち寝てもいられん。そろそろ、どうにかする算段をつけねばと思ってな」

「簡単に言いますが……」

呆《あき》れ声《ごえ》で割り込んだメタトロンは、両手を腰《こし》に当ててわざとらしくため息をついた。

「あの巨人《きょじん》は、帝城《ていじょう》を守る獣《けもの》どもを遥《はる》かに上回る力を持っています。あなたとて、安易に近づけば息吹《いぶき》一つで消し飛ばされてしまいますよ」

「解《わか》っておる。正面からぶつかる気などありはせんが、しかしこのまま放ってもおけんじゃろ。恐《おそ》らくじゃが、もし妾《わらわ》のアマノイワトやおぬしのコントラリー・カセドラルに小戦士の集団が入り込んだら、テスカトリポカは地面を貫《つらぬ》いて攻撃《こうげき》してくるぞ」

「あ……」

その可能性を考えていなかったハルユキは、鋭《するど》く息を呑《の》んだ。

言われてみれば、テスカトリポカが地下迷宮内《ちかめいきゅうない》のバーストリンカーに反応しない理由はない。無制限中立フィールド《ミーン・レベル》の地面はどんなステージ属性でも原則として破壊《はかい》不能だが、《終わりの神》にそんな常識は通用するまい。

「……確かに、地上でのエネミー狩《が》りでポイントを稼《かせ》げなくなったレギオンが、迷宮《めいきゅう》の中ならいけるかもって考える可能性はありますね……。――でも、仮にアマテラスさんたちの迷宮《めいきゅう》がテスカトリポカに壊《こわ》されたとしても、変遷《へんせん》が来れば元に戻《もど》るのでは？」

ハルユキとしては当然の質問だったが、メタトロンは右手を、アマテラスは扇子《せんす》を持ち上げ、デコピンとチョップを同時に炸裂《さくれつ》させた。

「いでっ！」

「愚《おろ》かなことを言うからです。私たちが、いずれ修復されるからといって城の破《は》壊《かい》を甘《あま》んじて受け入れるような臆病者《おくびょうもの》だと思うのですか」

「う、ううん」

ふるふる首を左右に動かしてから、ハルユキは視線をアマテラスへと移動させた。

「じゃあ、アマテラスさんには何か作戦があるんですか？」

「それを相談しに来たんじゃ。言っておくが、あのデカブツにうんざりさせられているのは、妾《わらわ》だけではないぞ」

「え……？　それは、どういう……」

ハルユキが、言葉の意味を問《と》い質《ただ》そうとした、その時。

りぃん、りぃん……という鈴《すず》の音《ね》が、無窮《むきゅう》の常闇《とこやみ》に幽《かそけ》く響《ひび》いた。

壁《かべ》がないのに反響《はんきょう》して聞こえるせいで、発生源を特定できない。右と左を交互《こうご》に見てから、素早《すばや》く振り向く。すると──。

不可視の地面をしずしずと歩いてくる、一つの人影《ひとかげ》が見えた。新手のバーストリンカーかと思わず身構えるが、極小の光点で描《えが》かれた姿はデュエルアバターではなく、メタトロンたちと同様生身の女性に見える。

胸元《むなもと》が幅広《はばひろ》の合わせ襟《えり》で、袖丈《そでたけ》をたっぷり取った衣装《いしょう》は着物に似ているが、サッシュ帯から四角い前垂れが延びているところは日本の振り袖《そで》とは違《ちが》う。足許《あしもと》まであるスカートには細めのプリーツが並び、アマテラスの日輪よりはいくらかおとなしいデザインの宝冠《ほうかん》を被《かぶ》っている。歩くたびに鳴る音の源は、宝冠《ほうかん》の左右で揺《ゆ》れる小さな鈴《すず》のようだ。

──もしかして、また最上位のビーイングさん？　まさか《四聖》の残りお二人のどっちかだったり？

そう考えたハルユキは、摺《す》り足《あし》でじりじり後退しようとしたが、気付いたメタトロンに背中を押《お》し戻《もど》されてしまった。

「怖《お》じ気《け》づく必要はありませんよ、しもべ。彼女はアマテラスと比べれば、まあまあ穏《おだ》やかな性格ですから」

「……まあまあって言われても、ぜんぜん安心できないんですけど……」

小声で抗弁《こうべん》しつつ、往生際《おうじょうぎわ》悪く後ずさろうとした時。

「あなたがシルバー・クロウ？」

目の前で立ち止まった第三のビーイングが、しゃりんと鈴《すず》を鳴らしながら言った。

メタトロンの凛《りん》と響《ひび》くメゾソプラノとも、アマテラスの典雅《てんが》なアルトとも異なる、透明感《とうめいかん》のあるソプラノ。やはり瞼《まぶた》を閉じているが、わずかに幼さが漂《ただよ》う小さな顔は、思わず見入ってしまうほど可愛《かわい》らしい。

もしかしたら本当に怖《こわ》い人じゃないのかも……と一縷《いちる》の望みを抱《いだ》きながら、ハルユキはぴんと背筋を伸ばして名乗った。

「は、はい、シルバー・クロウです。えと……あなたは……？」

「バリ」

「ば、ばり……さん？」

「バリ様」

「ばり……さま」

「もしくは姫様《ひめさま》。あるいは巫祖《ふそ》公主殿下《こうしゅでんか》」

「で……でんか……」

――ほーらやっぱり一筋縄じゃいかなそうだぞ。

と頭の中で呟《つぶや》いていると、アマテラスが焦《じ》れたような声を出した。

「挨拶《あいさつ》はそのくらいでいいじゃろ。バリよ、おぬしの《慧眼《けいがん》》はあれをどう見た？」

「ビーイングじゃない」

「……なんじゃと？」「どういう意味ですか？」

怪訝《けげん》そうな声を出すアマテラスとメタトロンのあいだで、ハルユキもきょとんと両目を瞬《しばた》かせた。

アマテラスが言った《あれ》とは、もちろんテスカトリポカのことだろう。それに対して、ビーイングではないとはどういう意味なのか。ビーイングはエネミーと同義だし、テスカトリポカ以上に敵《エネミー》と呼ぶに相応《ふさわ》しい存在もあるまい。

眼下に広がる光の海と、その一角で渦巻《うずま》く暗黒の巨星《きょせい》をしばし見下ろしてから、ハルユキは言った。

「えと……バリさん、じゃなくてバリ様、それはテスカトリポカがライトキューブを持っていないってことですか……？」

「おしい」

と答えた巫祖公主《ふそこうしゅ》バリは、ふわりとスカートをなびかせて、何もない中空に腰掛《こしか》けた。左のメタトロン、右のアマテラスもそれに倣《なら》ったので、ハルユキもつい腰《こし》を落としかけたが、そのまま尻餅《しりもち》をつきそうになり、懸命《けんめい》に踏《ふ》み留《とど》まる。

正面に座《すわ》るバリは、ほんのり呆《あき》れ顔《がお》になりながら言った。

「ビーイング全体をみれば、ライトキューブをもっているのはごく少数。《卵》のインティももっていなかったんだから、そこからうまれたテスカトリポカがもっていなくても不思議じゃない」

　少しばかり舌っ足らずな感じの喋《しゃべ》り方《かた》に、どこかで聞いたような……と思ってから気付く。単なる偶然《ぐうぜん》だろうが、滑舌《かつぜつ》がいくぶん甘《あま》いところがスノー・フェアリーを連想させるのだ。

　名前を出してみようかと一瞬《いっしゅん》考えたものの、話を脱線《だっせん》させている場合ではないと思い直し、ハルユキは別の質問を口にした。

「あの……そもそも、バリ様たちはご自分がライトキューブを持っていることを、どうやって確認《かくにん》したんですか？　キューブ自体を目で見るのは不可能ですよね……？」

「確認《かくにん》なんかしてない。推測しただけ」

　平然とそう言い放つと、バリは可愛《かわい》らしく肩《かた》をすくめた。

「あたえられたアルゴリズムに従ってフィールドをうろつく下位のビーイングと、メタトロンやアマテラスやわたしみたいな《城持ち》のビーイングのあいだには、一つ大きな違《ちが》いがある。それは、言語によるコミュニケーションが可能かどうかってこと。ずーっと昔にわたしたちは、わたしたちがどうして言葉をしゃべれるのかあれこれはなしあって、小戦士たちと同じように《かんがえるための回路》をあたえられているからだという仮説をたてたの。その仮説はいまだに証明されていないけど、否定もされていない」

「な、なるほど……」

　大いに納得《なっとく》してから、ハルユキはふと気になったことをついでに訊《たず》ねた。

「ちなみに、バリ様のお城はどこにあるんですか？」

「あなたたちが国立競技場ってよんでるところ」

「へえっ」

二十数年前のオリンピックの時に建《た》て替《か》えられた、巨大《きょだい》な宇宙船めいた外観のスタジアムを思《おも》い浮《う》かべながら、ハルユキは何の気なしに言った。

「あそこにも地下迷宮《めいきゅう》があったんですね。今度遊びに……」

途端《とたん》、隣《となり》のアマテラスにじろりと睨《にら》まれてしまう。アマノイワトに長櫃《ながびつ》いっぱいのケーキを持っていくという先約を思い出したハルユキは、慌《あわ》てて話題を戻《もど》した。

「じゃなくて、テスカトリポカの話でした。えーっと、ライトキューブの有無《うむ》がビーイングかそうでないかの条件じゃないなら……バリ様は、なぜテスカトリポカがビーイングじゃないと……？　動き回るし、体力ゲージもあるのに……」

「もう降参？」

バリは淡《あわ》い笑《え》みを浮《う》かべたものの、もったいぶろうとはせずに答えを口にした。

「わたしはあれの中に、ビーイングがもっているはずのないものをみつけたの」

「そ、それは……？」

「ミーン・レベルとロウエスト・レベルをつなぐ回廊《かいろう》……あなたたち小戦士が《ポータル》とよぶもの」

「えっ……？」

想像もしなかった答えに、ハルユキはゴーグルの下でぽかんと口を開けてしまった。

メタトロンとアマテラスもさすがに驚《おどろ》いたのか、身じろぎひとつせずに沈黙《ちんもく》を保っている。

やむなくハルユキは、しばし考えをまとめてからバリに問いかけた。

「ポータルが、テスカトリポカの中に……？　でも、近づいただけで殺されちゃうんだから、そのポータルは誰《だれ》も使えないですよね。いったい何のためにそんなものが設置されてるんですか……？」

「そこまでわたしにわかるわけない」

というバリの返事は至極《しごく》もっともだ。テスカトリポカの中に本当にポータルがあるとして、その理由を知っているのはあの巨人《きょじん》を生み出した存在……ブレイン・バーストの管理ＡＩか、さらなる上位者である製作者Ｂだけだろう。テスカトリポカを倒《たお》し、中から出てきたポータルに入ってみれば何か解《わか》るかもしれないが、そもそも倒《たお》せないからここまで大事《おおごと》になっているのだ。

「す、すみませんでした。……つまり、テスカトリポカの本質は、ビーイングじゃなくてポータルだってことですか……」

「インティの本質がテスカトリポカの卵なら、テスカトリポカの本質もその中にあるものだとかんがえるのが妥当《だとう》」

「確かに……」

ハルユキが呟《つぶや》くと、メタトロンも頷《うなず》いて賛意を示した。

「バリの《慧眼《けいがん》》が見誤るとは思えませんし、テスカトリポカの中にポータルがあるのなら、それはあの破壊者《はかいしゃ》の存在意義に直結していると見なすべきでしょう」

「そうじゃな」

相づちを打ったアマテラスが、見えない背もたれに深々と寄りかかった。

「しかし重要なのは、その情報をあやつの攻略《こうりゃく》にどう結びつけられるか……じゃ。ポータルは例外なく破壊《はかい》不能じゃろ。そんなものを腹に呑《の》み込んでおると聞いたら、むしろ倒《たお》せる可能性が遠のいたような気がしてきたぞよ」

「だとしても、わたしのせいじゃないから」

少しばかりへそを曲げたような顔でそう言うと、バリは空気椅子《いす》からふわりと立ち上がった。

「今後も観察はつづけるわ。また何かわかったらしらせる」

「ええ……よろしく頼《たの》みます」

メタトロンの言葉に、バリはこくりと首肯《しゅこう》すると、閉じた瞼《まぶた》をハルユキに向けた。

「それと、シルバー・クロウ」

「は、はいっ」

「わたしのお城にくる時は、ケーキもってきて」

「……ハ、ハイ」

かくかく首を上下させるハルユキの隣《となり》で、メタトロンがため息をついた。

「債務《さいむ》ばかりが増えていきますね、しもべ」

「言っておくが、妾《わらわ》のケーキが先じゃからな」

アマテラスにも念押《ねんお》しされてしまい、もう一度「ハイ」と応じてから、「テスカトリポカの件が片付いたら」と心の中で付け加えるハルユキだった。

ハイエスト・レベルから離脱《りだつ》したハルユキは、楓風庵《ふうふうあん》に帰還《きかん》するメタトロンを見送ってから、港区立郷《みなとくりつきょうど》土歴史館《れきしかん》の本館三階へ移動した。

かろうじて破壊《はかい》を免《まぬが》れたホールの真ん中には、グレイシャー・ビヒモスが言っていたとおり、楕円形《だえんけい》の青い光が蜃気楼《しんきろう》の如《ごと》く揺《ゆ》らいでいた。

メタトロンのおかげで無事を確認《かくにん》できたビヒモスたちは、まだ芝浦沖《しばうらおき》の海上を移動しているはずだ。豊洲《とよす》市場までは約一キロ、海面を走れるなら三分もかかるまい。ハルユキがいますぐバーストアウトしても、現実世界でのタイムラグは〇・二秒前後。

それでもハルユキは、ポータルの前でゆっくり百まで数えてから、意を決して青い光の渦《うず》に飛び込んだ。

8

現実世界の音と匂《にお》いと重力が戻《もど》ってきても、ハルユキはすぐには目を開けられなかった。

とりあえず、加速中に生身の体をどうこうされた気配はない。一回深呼吸してから、そっと瞼《まぶた》を持ち上げる。

テーブルの向かい側に並ぶ小清水理生《コシミズリオウ》と鷺洲《サギス》あいりはすでに覚醒《かくせい》しつつあり、蕾《ツボミ》たちが座《すわ》る右側からも身動きする気配が伝わってくる。テスカトリポカを引っ張っていった五人は無事にバーストアウトできたようだが、問題は――。

恐《おそ》る恐《おそ》る右斜《みぎなな》め前を見やると、京武智周《キョウブトモチカ》――プラチナム・キャバリアーは、メッシュチェアに体を預け、深く俯《うつむ》いたままだ。まだ無制限中立フィールドに残っているのだろうか、しかしもう内部時間では三時間近く経《た》つはずなのに……とハルユキが考えた、その時。

智周の長い睫毛《まつげ》がかすかに震《ふる》え、少しだけ上に動いた。

半分だけ露《あら》わになった灰色の瞳《ひとみ》は、煙《けぶ》るような淡《あわ》い光に彩《いろど》られていて感情を読み取れない。しかし彼も同じ人間だ。ハルユキに左腕《ひだりうで》を落とされた直後に発した、「見たな」という声には確かな感情が込められていた。

たとえ智周が《七連矮星《セブン・ドワーフス》》の第一位で、白樺《しらかば》の森《もり》学園の生徒会長で、ファッションモデル級の美男子でも、ここで黙《だま》っているわけにはいかない。

アイボリー・タワーと結託《けったく》し、七々子《ナナコ》たちを騙《だま》してまで罠《わな》を仕掛《しか》けた理由を問《と》い質《ただ》すべく、ハルユキは口を開いた。

「あ、あの……京武さん……」

しかし、言えたのはそこまでだった。いきなり智周が勢いよく立ち上がったからだ。後ろに押しやられたメッシュチェアが、がたんと音を立てて壁《かべ》にぶつかる。

「ど……どうしたのですか、京武氏？」

驚《おどろ》き顔で呼びかける理生を完全に無視し、智周は足早に部屋を横切ると、ハルユキに一瞥《いちべつ》もくれることなくパーティションの奥《おく》へと消えた。ドアの開閉音を最後に、静寂《せいじゃく》が訪《おとず》れる。

それを破ったのは、あいりののんびりした声だった。

「あれ〜？　チカリンどうしたの〜？」

「テスカトリポカをプルし始めてすぐ、ナントカゾーンが効かなかった責任があるって言って歴史館《れきしかん》に戻《もど》ったんだけど……有田《アリタ》くん、何かあったの？」

隣《となり》の恵《メグミ》にそう問われ、ハルユキは「えーと……」と口ごもった。

何かあったどころの騒《さわ》ぎではないが、智周本人がいない場所で説明するのも告げ口のようで気が引ける。しかし、彼は釈明《しゃくめい》の機会を放棄《ほうき》し、自分の意思で部屋を出ていったのだ。

逡巡《しゅんじゅん》を振り切り、ハルユキは郷土歴史館の中庭で起きたことを全て——ハイエスト・レベルでの会話を除いてだが——詳細《しょうさい》に語った。

戻《もど》ってきたプラチナム・キャバリアーが、不可視の超高速斬撃《ざんげき》でクロコシータスの右前脚《みぎまえあし》とハルユキの左腕《ひだりうで》を切り落としたこと。

オメガ流《りゅう》の奥義《おうぎ》を使ってどうにか隙《すき》を作り、飛行アビリティで逃げようとしたが、ハルユキの心意技《しんいわざ》《光線槍《レーザー・ランス》》をコピーした遠隔攻撃《えんかくこうげき》で撃《う》ち落《お》とされたこと。

とどめの一撃《いちげき》を心意技《しんいわざ》《光殻防壁《ライト・シエル》》でかろうじて弾《はじ》き、カウンターの一撃《いちげき》でキャバリアーの左腕《ひだりうで》を落としたこと。

大天使メタトロンが現れ、レーザー攻撃《こうげき》でキャバリアーを撃退《げきたい》してくれたこと。

そして、一部始終をアイボリー・タワーが眺《なが》めていたこと——。

五分以上かけて説明を終えると、ハルユキはグラスに残っていたアイスティーで喉《のど》を潤《うるお》した。

あいりが無言で立ち上がり、キッチンからガラスジャグを取ってきてお代わりを注いでくれる。

自分のグラスにも少し注《つ》ぎ足《た》し、一口で飲み干したあいりは、立ったまま「あ〜……」と長い嘆声《たんせい》を漏《も》らした。

「チカリン、成長しないなぁ〜。やったこともアウトだけど、ふてくされて逃げたのはもっとアウトだよ〜」

ゆっくり首を左右に振りながらあいりが着座すると、テーブルの右端《みぎはし》で七々子《ナナコ》も同じトーンの声を出した。

「まったく……。バッシュフルが、クロウのとこにもどるっていった時、らしくないなーっておもったんだよ……。スニージーも一緒《いっしょ》にいかせればよかった」

「でも、理生《リオウ》がいなかったら海を渡《わた》れなかったわ。ていうか、五人の誰《だれ》が欠けてても、テスカトリポカからは逃げ切れなかった」

冷静な声で指摘《してき》したのは蕾《ツボミ》だ。恐《おそ》らく彼女たちは、グレイシャー・ビヒモスの能力で海面を凍結《とうけつ》させて道を作ったのだろう。ミレディー、オラクル、フェアリー、リーパーもそれぞれの力を発揮し、退路を切り開いたようだ。

全員無事でいてくれて良かった、と思ってしまってから、ハルユキはテーブルの下で両手を強く握《にぎ》った。恵《メグミ》と蕾以外の三人の中に、智周《トモチカ》の狙《ねら》いを知っていた人間がいるかもしれないのだ。その場合、最も可能性が高いのは、やはり同じ学校の生徒会に所属する小清水《コシミズ》理生だろう。

というハルユキの疑念を察したわけではあるまいが、いままで沈黙《ちんもく》していた理生がいきなり椅子《いす》から立ち上がり、テーブルに両手を突くや、短く刈《か》った頭を深々と下げた。

「有田《アリタ》氏。本当に申し訳ありません……京武《キョウブ》氏に代わって、心より謝罪いたします」

「い、いえ、そんな」

一秒前まで理生を疑っていたことをいっとき忘れて、ハルユキは両手を前に突き出した。

「小清水さんが謝《あやま》らなくても……実害はなかったわけですし……」

「いやいや、これでもまったく足りないくらいです。京武氏と最も付き合いが長いのは私なんですから、彼の企《たくら》みに気付けなかったのは許されざる過《あやま》ちですよ」

そう言い切ると、理生《リオウ》は額がテーブルにぶつかる寸前まで低頭した。どうすればいいの、と途方《とほう》に暮れつつ恵《メグミ》やあいりを見るが、二人とも助け船を出してくれる様子はない。

「えーと……それじゃ、一つ教えて欲《ほ》しいんですが……」

ハルユキがそう言うと、理生はようやく顔を上げた。メガネの奥《おく》の実直そうな両目に視線を合わせ、核心的《かくしんてき》な質問を投げかける。

「キャバリアーさんは、どうしてあんなことをしたんだと思いますか？」

「…………それは……」

口ごもってしまった理生に代わって、七々子《ナナコ》がぽつりと呟《つぶや》くように答えた。

「バッシュフル……トモチカにとっては、王さまがすべてだからだよ」

「全て……って……」

すぐには言葉の真意を摑《つか》めず、今度はハルユキが口ごもった。

バーストリンカーとしてレギオンマスターに全てを捧《ささ》げている、という意味なら理解できるが、ハルユキのオシラトリ・ユニヴァースへの移籍《いせき》を認めたのは白の王その人なのだ。今回のキャバリアーの行動は、明らかに白の王の意思に反している。

途惑《とまど》うハルユキの耳に、七々子の静かな、しかし辛辣《しんらつ》な言葉が届いた。

「トモチカの行動原理は、どれだけ王さまにつくせるか、王さまのやくにたてるかだけなの。

だからきっと彼は、クロウを排除《はいじょ》することが王さまのためだとおもったんでしょう」

「…………」

どう応じていいのか解《わか》らず、ハルユキは智周《トモチカ》が座《すわ》っていた椅子《いす》と、テーブルのいちばん奥《おく》に置かれている、最初から空席のままの椅子《いす》を見やった。

ふと、ハルユキが斬《き》ったキャバリアーの鎧《よろい》の内側に、アバター素体が存在しなかったことを思い出す。先刻の説明でも、それだけはなぜか口にするのを躊躇《ためら》ってしまったのだが、もしかすると端整《たんせい》な騎士《きし》の姿ではなく、がらんどうの鎧《よろい》こそが京武《キョウブ》智周の《心の傷》を象徴《しょうちょう》しているのだろうか。だとすれば彼は、アルゴン・アレイが唱える《心傷殻理論《しんしょうかくりろん》》を、誰《だれ》よりも純粋《じゅんすい》に体現したメタルカラーだということになるのではないか。

自分を罠《わな》に掛《か》けて殺そうとした相手なのに、七々子の論評をそのまま受け入れることに奇妙《きみょう》な抵抗《ていこう》を感じたハルユキは、懸命《けんめい》に言葉を探した。

「…………でも、キャバリアーさんは、白樺《しらかば》の森《もり》学園の生徒会長なんですよね。そんな大変な役職に立候補したのは、自分の学校を良くしたいっていう気持ちがあったからじゃないんですか？」

「トモチカが白学《シラガク》中等部の生徒会長になったのは、王さまがなれっていったからよ」

ハルユキの推測を一刀両断にした七々子は、波打つ金髪《きんぱつ》を掻《か》き上げ、サファイアブルーの瞳《ひとみ》を怪訝《けげん》そうに瞬《しばた》かせた。

「クロウ、あなた、どうしてトモチカの肩《かた》をもとうとするの？　だまされて、うらぎられて、ころされかけたんでしょ？」

「いえ、別に、肩《かた》を持つとかじゃないんですけど……」

自分でも自分の感情を理解できず、ハルユキは純氷の如《ごと》く透《す》き通《とお》る七々子《ナナコ》の双眸《そうぼう》から目を逸《そ》らした。

するると、ずっと立ったままだった理生《リオウ》が、痛みを堪《こら》えるような笑《え》みを口《くち》の端《はし》に滲《にじ》ませながら言った。

「ありがとう、有田氏《アリタ》」

「は、はい？　何がですか？」

「色々と、ですよ」

そう答えるや、卓上《たくじょう》に身を乗り出し、大きな右手を差し出してくる。

ハルユキは一瞬《いっしゅん》ぽかんとしてから、慌《あわ》てて椅子《いす》から立ち上がった。恐《おそ》る恐《おそ》る伸ばした右手をぐっと包んだ理生の手は驚《おどろ》くほど温かくて、ハルユキは彼がプラチナム・キャバリアーと共謀《きょうぼう》していたのではと疑ったことを恥《は》じた。もちろん可能性が完全に排除《はいじょ》されたわけではないが、少なくとも智周《トモチカ》を案じる気持ちは本物だろうと思える。

たっぷり三秒以上も握手《あくしゅ》してからようやく手を開いた理生は、まずハルユキに着座するよう促《うなが》してから、自分も腰《こし》を下ろし、表情を改めた。

「有田氏。今日の一件は私の、そして《七連矮星《セブン・ドワーフス》》の不手際《ふてぎわ》です。レギオンの規約に則《のっと》って、有田氏には、傾《かたむ》いた天秤《てんびん》が釣《つ》り合《あ》うだけのものを要求する権利があります」

「て、天秤《てんびん》……？」

思わず首を傾《かし》げたが、言わんとすることは解《わか》る。恐《おそ》らく、誰《だれ》かのせいで誰《だれ》かが不利益を被《こうむ》ったら、当事者間で損害を償《つぐな》うべし……というようなルールが存在するのだろう。

しかしそう言われても、キャバリアーにされたことがどれくらいの損害になるのか、咄嗟《とっさ》に判断できない。智周の代わりに理生と直結対戦して、片腕《かたうで》を落としてツノを折って胸を貫《つらぬ》けば天秤《てんびん》は釣《つ》り合《あ》うだろうが、そんなことをしても気分は晴れないどころか不快になるだけだ。

「えと、謝《あやま》ってもらいましたし、もう……」

いいですよ、とハルユキが言いかけた時、再び七々子が発言した。

「遠慮《えんりょ》しないで、バーストポイントでも強化外装でも、何でもいってみなさい。あたしの権限で付与《ふよ》できる範囲内《はんいない》ってことになるけど」

「え～……そんなこと言われても……」

と口では答えつつも、さっそく脳裏《のうり》で、50ポイントくらいかな、100って言ったら怒《おこ》られるかな、などという思考を巡《めぐ》らせるハルユキだったが。

ふと一つのアイデアが天啓《てんけい》の如《ごと》く閃《ひらめ》き、座《すわ》ったまま背筋をぴんと伸ばしてから、意を決してそれを口にした。

「あの……ユーホルトさん」

「七々子《ナナコ》でいい」

「え……じゃあ、その、七々子さん。僕の権利を、他の人に譲渡《じようと》してもいいですか」

「まあ、かまわないけど」

肩《かた》をすくめる七々子から、その左側に座《すわ》る二人へと視線を移し、ハルユキは宣言した。

「じゃあ、越賀《コシカ》さんと若宮《ワカミヤ》さんに、権利を譲《ゆず》ります」

「はぁ？」

怪訝《けげん》そうな顔をする蕾《ツボミ》に向けて、懸命《けんめい》に念波を飛ばす。

——越賀さん、オシラトリ・ユニヴァースを脱退《だったい》させろって言って下さい！

テレパシーが通じたか、蕾は何かを悟《さと》ったかのように瞬《まばた》きすると、隣《となり》の恵《メグミ》とアイコンタクトした。往路のタクシーで、フェアリーたちはどうして恵を呼んだのか、恵が前の領土戦でオシラトリを裏切ってフィールドを戻《もど》したことは彼らも知っているのに
恵が蕾の耳に口を近づけ、何やらぽしょぽしょと囁《ささや》く。アナログな内緒話《ないしょばなし》はすぐに終わり、恵はこほんと咳払《せきばら》いしてから、真剣《しんけん》な声で言った。

「七々子ちゃん、わたしたちの要求は……」

9

午後五時。

ハルユキは、エテルナ女子学院の正門から十メートルほど離《はな》れた歩道上に、越賀莟、若宮恵と並んで立っていた。

太陽はまだまだ高く、気温もまったく下がった気がしない。エアコンが効いた生徒会室から出てきたばかりということもあって、じっとしていても額に汗《あせ》が噴《ふ》き出してくる。

それをハンカチで拭《ぬぐ》ってから、ハルユキはずっと我慢《がまん》していた文句を口にした。

「あの……若宮先輩《せんぱい》、せっかくのチャンスだったのに、どうしてあんなお願いにしちゃったんですか！」

「だって暑いんだもん」

しれっと答える恵の隣《となり》で、莟も軽く肩《かた》をすくめつつ言った。

「有田《アリタ》くんの気持ちはありがたいけど、いくらなんでも私とオッキーのレギオン脱退《だったい》は要求が大きすぎるわよ。だいいち、それを判断できるのはコスモスだけだわ。フェアリーも、彼女の権限の範囲《はんい》でって言ってたでしょ？」

「それはまあ、そうですけど……」

やむなく頷《うなず》いてから、ハルユキはずっと感じていた疑問を口にした。

「そもそも、白の王はどうして留守だったんですか？　僕が言うのもなんですけど、けっこう重要な会議でしたよね？　だって、キャバリアーさんがあんなことをしなければ、いまごろは全員で領土戦してたわけだし……」

「まあ、ね」

蒼《ツボミ》もこくりと首肯《しゅこう》する。

京武《キョウブ》智周《トモチカ》は、無制限中立フィールドにダイブする前に、「今日、君たちを呼んだ理由は二つある」と言っていた。

一つは、ハルユキの実力試験。そして彼の口から聞けなかったもう一つは、午後四時に開始される領土戦で、ハルユキと恵《メグミ》を港区《みなとく》第三エリアの攻撃《こうげき》チームに編成することだったようだ。つまり、もしもネガ・ネビュラスが防衛チームを派遣《はけん》していたら、ハルユキはいまごろ愛する仲間たちと戦っていたかもしれない。

しかし、実力試験も領土戦も智周自身がぶち壊《こわ》してしまった。彼は退室したまま戻《もど》らないし、理生《リオウ》のメンタルも急降下だしで、さすがにこのまま領土戦に突入《とつにゅう》はできないと七々子《ナナコ》が判断し、港区第三エリアの奪還《だっかん》作戦は来週に持《も》ち越《こ》しということになったのだ。だが、仮にホワイト・コスモスが会議に参加していたら、さしもの智周も王の前でハルユキを殺そうとはしなかっただろうし、領土戦も予定どおり行われていた可能性が高い。

「確かに今日の会議は、私たちの感覚ではそこそこ優先度高めだったけど……」

白いキャペリンハットの鍔《つば》を整えながら、萏が小声で言った。

「でも、コスモスは気まぐれが服を着てるような人だからね。大したことないミーティングにひょっこり現れたり、全員参加の重要会議をすっぽかしたりはいつものことよ。今日の欠席もはっきりした理由なんかないのよ、どうせ」

「……そう、ですか……」

呟《つぶや》いたハルユキの耳に、ハイムヴェルト城で聞いた白の王の声が甦《よみがえ》る。

——だから私も、気まぐれであの子をバーストリンカーにしてみたんだけどね……。

実の妹である黒雪姫《クロユキヒメ》を《子》にしたことさえもただの気まぐれだったのなら、確かに今日の会議など出ようが出まいが、あるいは端《はな》から忘れようがどうでもいいレベルだろう。つまり、萏と恵のレギオン脱退《だったい》もあっさり認めるかもしれないし、その場で《断罪の一撃《ジャッジメント・ブロー》》を行使する可能性も、同じくらいあるということだ。

やはり正攻法《せいこうほう》で許可を求めるのではなく、告知なしでいきなり脱退《だったい》して、白の王の断罪権が切れる一ヶ月後までどうにか逃げおおせるのが最善策なのだろうか。しっかりした実力がある中堅《ちゅうけん》レギオンに移籍《いせき》し、抑止《よくし》効果に期待するという案もあったが、《七連矮星《セブン・ドワーフス》》たちと実際に対面してみると、彼らにそんな小手先の手段は通用しないと思えてくる。

正直、想像よりもずっとフレンドリーな人々だった。プラチナム・キャバリアーはともかく、あのスノー・フェアリーでさえも物腰《ものごし》に刺々《とげとげ》しさは一切《いっさい》なかった、どころかチーズケーキまでご馳走《ちそう》してくれた。

だからこそ恐《おそ》ろしいのだ。彼らは、ハルユキが面従腹背でオシラトリ・ユニヴァースに移籍《いせき》してきた可能性を承知していただろうに、尋問《じんもん》も身体検査もしなかった。それは、ハルユキに何をされても対処できるという自信があったからだ。

「……あの、《上》でのことですけど……」

「なあに？」

振り向いた恵《メグミ》に十センチほど近づくと、ハルユキはひそひそ声で訊《たず》ねた。

「若宮先輩《ワカミヤせんぱい》たち、東京湾《とうきょうわん》に逃げた時点で、テスカトリポカを一キロ近く引《ひ》き離《はな》してましたよね。あいつ、歩幅《ほはば》が五十メートルもあるうえに建物とか蹴散《けち》らして直線移動するのに、どうやってあんなにリードを広げたんですか……？」

「そのことか。……ていうか……」

右手の日傘《ひがさ》をくるっと回すと、恵は怪《あや》しむようにハルユキを見た。

「歴史館《れきしかん》にいたはずの有田《アリタ》くんが、なんでテスポカとわたしたちの距離《きょより》まで把握《はあく》してるわけ？空から見てたの？」

「あ……え、ええと、そんな感じです……」

ハイエスト・レベルでの出来事を恵たちに隠《かく》す必要はないが、話し始めたら五分や十分では終わらない。いずれ機会があるだろうと考えてひとまず頷《うなず》くと、恵は釈然《しゃくぜん》としない様子ながらも説明してくれた。

「まあ、MVPは七々子《ナナコ》ちゃんだよね。他の四人がテスポカを運河に誘導《ゆうどう》して、先回りしてた七々子ちゃんが《白の終局《ブライニクル》》で周りの水ごと凍《こお》らせたのよ」

「あ、あー、なるほど……。運河なら水深十メートル以上ありますもんね。さすがに両足とも氷漬《こおりづ》けになったら、あのデカブツでも簡単には脱出《だっしゅつ》できないですよね」

いたく感心しつつ、ハルユキは絶望的だったテスカトリポカ攻略《こうりゃく》に一筋の光明が見えた気がしていた。

芝浦《しばうら》の運河でも足止めできるなら、東京湾の水深が百メートル近くある場所まで誘導《ゆうどう》して、首から下を丸ごと凍結《とうけつ》させてしまえば。右手から放つ《第五の月《トシユカトル》》と左手の《第九の月《ミカイルイトントリ》》を封《ふう》じたうえで、頭を集中攻撃《こうげき》できるのでは――。

「ちょっと、クロウ」

恵の向こうから萏《ツボミ》に呼びかけられ、ハルユキはいつの間にか俯《うつむ》けていた顔を上げた。

「はっ、はい」

「あなた、あれをどうにかできるなんて思わないでよ。《白の終局《ブライニクル》》に直撃《ちょくげき》されてもテスカの体力ゲージはろくに減ってなかったし、こっちは逃げてるあいだにブラストウェーブで一回、重力波で二回全滅《ぜんめつ》しかけたんだからね」

「……ハ、ハイ……」

しゅんと肩《かた》を落としかけた時、道路の左側から上品なモーター音が聞こえてきた。

さっと顔を向けると、ウインカーを点滅《てんめつ》させながら近づいてくる黒塗《くろぬ》りの大型車が見えた。

恵《メグミ》と蕾《ツボミ》がせっかくの権利を行使し、七々子《ナナコ》に呼んでもらった無人タクシーだ。しかし目の前で停《と》まった車両は、往路で乗ったSUVタイプではなく、ワイド&ローなスポーツカータイプ。

「あ……あれ？」

自動的に開いたドアの中を覗《のぞ》き込んだハルユキは、ぱちくりと瞬《まばた》きしてから恵を見た。

「若宮先輩《ワカミヤせんぱい》、これ二人乗りですよ⁉」

「そうだよ」

「そうだよって……僕たち三人……」

「いいから有田《アリタ》くんが乗って。わたしとロージーは麻布《あざぶ》あたりで買い物してくから」

「は、はあ……」

恵に背中をぐいぐい押され、ハルユキはやむなくスポーツカーのナビシートに乗り込んだ。

ドアが閉まると急いで窓を開け、叫《さけ》ぶ。

「あの、今日はありがとうございました！　気をつけて帰って下さいね！」

「そっちもね。お疲《つか》れさま」

「またね、クロウ」

並んで手を振る恵と萏にぺこりと頭を下げ、シートベルトを装着すると、タクシーは静かに走り始めた。

二人の姿が見えなくなるまで待ってから窓を閉める。外界の音がほぼ完全に遮断《しゃだん》され、合成音声のアナウンスが流れ始める。

『このたびは、スマートキャブ東京《とうきょう》の自動運転タクシーをご利用頂きましてありがとうございます……』

ハルユキはアナウンスを聞くともなく聞きながら、吸い付くような感触《かんしょく》の本革《ほんがわ》シートに体を預け、長々と息を吐《は》いた。

ルナ女の校門をくぐった時から緊張《きんちょう》しっぱなしだったし、危《あや》うく殺されかけたりもしたが、オシラトリ・ユニヴァースの幹部たちとの初顔合わせは、少なくとも大失敗ではなかった……と思いたい。

もちろん心残りもある。萏と恵の不安定な状況《じょうきょう》を解決できなかったこと、京武智周《キョウブトモチカ》との軋轢《あつれき》は今後も続くだろうこと、そしてウルフラム・サーベラスの情報を得られなかったこと。

サーベラスは恐《おそ》らく、智周や理生《リオウ》と同じ白樺《しらかば》の森《もり》学園の生徒だ。いますぐタクシーを降りて白学《シラガク》に突撃《とつげき》したいのはやまやまだが、夏休み中で生徒はほとんどいないだろうし、敷地《しきち》に入る許可証もない。せめてリアルネームくらいは事前に突き止めておかないと、情報収集もままならるまい。

焦《あせ》る気持ちを抑《おさ》えようと、ハルユキは視線を窓の外に向けた。すると、進行方向の左側に、緩《ゆる》やかな曲面を描《えが》く白樺《しらかば》の森《もり》学園の校舎が見えた。

——僕はここまで来たよ。必ず君に会いに行くから……もう少しだけ待ってて。

あの学校に通っているのであろうサーベラスに向けてそう呼びかけ、背中をシートに戻《もど》す。

フロントガラスには、走行予定ルートが表示されている。何気なくそれを眺《なが》めたハルユキは、「あれ」と声を漏《も》らした。

目的地は杉並区《すぎなみく》高円寺《こうえんじ》の有田《アリタ》家《け》になっているが、ルートが少しおかしい。この先の交差点を右折して明治《めいじ》通《どお》りに向かうのが最短経路のはずなのに、直進、さらに左折して恵比寿《えびす》ガーデンプレイスの北側を経由するルートが引かれている。

明治通りが渋滞《じゅうたい》しているのだろうか、しかしその場合は渋滞迂回《じゅうたいうかい》ルートであるむねの表示が出るはず……と訝《いぶか》しんでいるうちに、車はあっという間に恵比寿郵便局前の交差点を左折し、新橋通《しんばしどお》りに入った。ガーデンプレイスはもう目と鼻の先だ。

まあ、遠回りって言ってもたぶん二、三分くらいしか変わらないし……と自分に言い聞かせ、ハルユキは肩《かた》の力を抜いた。

タクシーは二百メートル先で右折し、くすの木通《きどお》りに入る。立ち並ぶ街路樹の奥《おく》に、堂々たる姿のガーデンプレイスタワーが見えてくる。

ここはもう目黒《めぐろ》第一エリア、つまりグレート・ウォールの領土だ。タクシー乗車後にグローバル接続を切ったので乱入される恐《おそ》れはないが、少しばかり落ち着かない気分にさせられるのはハルユキがまだまだヒヨッコだからか、あるいはベテランでも他レギオンの領土では緊張《きんちょう》するのか。

そんなことを考えながら、レンガ色のお洒落《しゃれ》なショッピングモールをぼんやり眺《なが》めていると。

いきなりタクシーが左にウインカーを出しつつ減速したので、ハルユキは「あえ⁉」と声を上げてしまった。

予定ルートは杉並まで延びているのだから、ここがゴールのわけがない。しかしタクシーは滑《なめ》らかに路肩《ろかた》へ近づくと、LEDマーカーで区切られた乗降区画の一つにぴたりと停車した。同時に、アナウンス音声が流れる。

『ご同乗予定のお客様が乗車なさいます。右シートへお移り下さいませ』

「はぁ⁉」

慌《あわ》てて両手を持ち上げるが、このタクシーの目的地その他を設定したのは恵《メグミ》なので、それをキャンセルするにはややこしい操作が必要になる。いざとなったら運転席側のドアを強制開扉《かいひ》して逃げるしかないと考えながら、腰《こし》を浮《う》かせて右シートに移動する。

ロックの解除音に続いて、助手席側のドアが開いた。

真夏の熱気と喧噪《けんそう》を連れて、車内にするりと滑《すべ》り込んできたのは――。

ネイビーの生地《きじ》に白いピンストライプが入ったワンピースを着て、黒い折りたたみの日傘《ひがさ》を持った、髪《かみ》の長い女性だった。

シートに腰《こし》を下ろすと、日傘《ひがさ》のシャフトを縮めながら、

「悪いな恵《メグミ》、わざわざ送ってもら……」

そこで声がぷつりと途切《とぎ》れる。

黒水晶《くろずいしょう》のような瞳《ひとみ》をいっぱいに見開き、たっぷり三秒ほども絶句してから、女性──梅郷中《うめさとちゅう》生徒会副会長にしてネガ・ネビュラスの頭首、《絶対切断《ワールド・エンド》》ブラック・ロータスこと黒雪姫《クロユキヒメ》は、ちょっと記憶《きおく》にないほど動転した声で叫《さけ》んだ。

「は、は、ハルユキ君⁉ どうしてここにいるんだ⁉」

ハルユキが何かを答える前に、タクシーの合成音声が響《ひび》いた。

『発車いたします。シートベルトをお締《し》め下さい』

唖然《あぜん》と見つめ合ったまま、半ば自動的にベルトを装着する。ドアがロックされ、ウインカーが点《つ》き、車が走り始める。

加速が終わったタイミングで、ハルユキはようやく口を動かした。

「え、えと……僕は、若宮先輩《ワカミヤせんぱい》に、このタクシーで高円寺《こうえんじ》まで帰れって言われて……。先輩《せんぱい》はどうして……？」

「……私も恵に、ここで待っていればタクシーで送っていくからと……」

それを聞いて、やっと事態の真相を悟《さと》る。若宮恵は──恐《おそ》らく越賀苕《コシカツボミ》も共犯だろうが──、

どこかのタイミングで黒雪姫《クロユキヒメ》が恵比寿《えびす》の近くにいることを知り、ハルユキを乗せたタクシーが途中《とちゅう》で黒雪姫を拾うにように仕組んだのだ。

恵《メグミ》と萏《ツボミ》は「黒雪姫とちゃんと話せ」と再三言っていたが、よもやこんな策略を巡《めぐ》らせるとは。いや、そもそも、黒雪姫はどうしてこんな場所に──。

そこまで考えて、ハルユキは遅《おそ》まきながら悟《さと》った。黒雪姫が恵比寿にいたのは、買い物でも行楽でもない。先週の領土戦でネガ・ネビュラスがオシラトリ・ユニヴァースから奪《うば》い取《と》った港区《みなとく》第三エリアを防衛するためだ。恵比寿ガーデンプレイスは港区ではないが、領土戦タイムが終わってから移動したのだろう。

「……あの、先輩《せんぱい》ご自身が防衛チームに……？」

前置きをごっそり省いたハルユキの問いに、黒雪姫はかすかな苦笑《くしょう》を浮《う》かべると、浮《う》かせていた背中をシートバックにもたれかからせた。

「まあ、ちょっと待ってくれ」

左肩《ひだりかた》に掛《か》けたままだったショルダーバッグを下ろし、中から小ぶりな保冷ボトルを出すと、キャップを外して口につける。だがほとんど残っていなかったらしく、顔をしかめる黒雪姫に、ハルユキは急いで言った。

「あの、これどうぞ！」

ボディバッグから引っ張り出した保冷ボトルを渡《わた》そうとして、一瞬《いっしゅん》躊躇《ためら》う。

「あ……僕が口つけちゃいましたけど……」

「構わないさ、ありがとう」

黒雪姫《クロユキヒメ》はボトルを受け取ると、細い喉《のど》を鳴らしてスポーツドリンクを三口飲んだ。

「ふう……生き返ったよ。ごちそうさま」

「今日も暑かったですもんね」

と応じた途端《とたん》、ハルユキも喉《のど》の渇《かわ》きを自覚したが、返したもらったボトルから直接飲むのはいかがなものかと思って我慢《がまん》する。ルナ女でアイスティーを二杯《にはい》もご馳走《ちそう》になったので、この口渇感《こうかつかん》は精神的なものだ。

「本当に、毎日暑くてかなわないな……」

黒雪姫はそう呟《つぶや》くと、瞳《ひとみ》をフロントガラスに向けた。

タクシーは自衛隊目黒《めぐろ》駐屯地《ちゅうとんち》の南を抜け、目黒川を渡《わた》る。次の交差点で山手通《やまてどお》りに入れるが、土曜日の夕方だし、行楽帰りの車で混んでるかもな……と思った時、再びアナウンス音声が流れた。

『ただいまの時間、都道317号山手通りではレベル6同調運転を実施中《じっしちゅう》です。交差点で停止しないことがありますのでご注意下さい』

その言葉どおり、前方の交差点では信号が全て《同調運転車両のみ進入可能》を示す紫色《むらさきいろ》に点灯し、タクシーの前を走る車は山手通りを時速六十キロで流れる車列にノーブレーキで突入《とつにゅう》していく。それでも事故が起きないのは、バイクを含《ふく》む全ての車を単一の交通管理システム《TCS》が操作しているからだ。

フロントガラスに、タクシーの制御《せいぎょ》を車両の自動運転システムからTCSに委譲《いじょう》したむねの通知が浮《う》かんだ。スポーツカーは速度を微調整し、山手《やまて》通《どお》りを右から左にびゅんびゅん流れる車列のわずかな隙間《すきま》に滑《すべ》り込む。

同調運転は子供の頃《ころ》から何回も経験しているが、この瞬間《しゅんかん》だけはつい体を硬《かた》くしてしまう。しかしもちろんタクシーは危なげなく内回りの車列を横切り、滑《なめ》らかに右折して外回り車列に合流した。

「うーむ、何度経験しても慣れないな……」

黒雪姫《クロユキヒメ》の呟《つぶや》き声《ごえ》に、ハルユキはこくこく頷《うなず》いた。

「いままでシステム由来の事故はないって聞きますけど、いつかとんでもないのが起きそうな気がしますよね……」

「加速世界を管理しているのがAIだと聞くと、なおさらそう思ってしまうな」

少し悪戯《いたずら》っぽい口調でそう言うと、黒雪姫は声音《こわね》を改めて続けた。

「さっきの話だが……防衛チームへの参加は、私が強く望んだんだ。もちろん謡《ウタイ》やフーコには止められたが、ひっくり返って駄々《だだ》をこねたら許してくれたよ」

後半は冗談《じょうだん》にしても、謡たちが止めたのは事実だろう。もしその場にいればハルユキだって止めた。領土戦ではバーストポイントは移動しないので、レベル9サドンデス・ルールも適用されないはずだと黒雪姫は主張しているが、不確定情報である以上、レギオンマスターを全損退場の危険に晒《さら》してまで領土を防衛したいと思うメンバーがいるはずもない。

そこまで考えたハルユキは、あれ、と首を傾《かし》げた。

「でも先輩《せんぱい》、確か防衛側は、境界が連続してる領土内ならどこのエリアの防衛にも参加できるんですよね？　わざわざ港区《みなとく》まで行かなくても、杉並《すぎなみ》から港区第三エリアを防衛できたんじゃ……？」

「確かにな。しかし今回は不可能だ。なぜならネガ・ネビュラスは、グレート・ウォールから割譲《かつじょう》された渋谷《しぶや》第一、第二エリアを放棄《ほうき》したからな」

「えっ⁉」

と叫《さけ》んでしまったが、そうなるかもしれないことはハルユキも承知していた。一瞬《いっしゅん》浮かせた背中をまたシートに戻《もど》し、呟《つぶや》く。

「そう……ですか。まあ、杉並の三エリアに加えて渋谷まで防衛するのは大変すぎますよね……。――放棄《ほうき》した渋一《シブイチ》と渋二《シブニ》はどうなったんですか？」

「まだ確認《かくにん》していないが、事前に知らせておいたから、グレウォが再占領《さいせんりょう》したはずだ。元々は連中の領土だったわけだしな」

「でも、その前は第一期ネガ・ネビュラスの領土だったんですよね。それに、割譲《かつじょう》もタダじゃなくて、ポイントを支払《しはら》ったのに……」

「支払《しはら》ったのは私じゃなくてグラフの奴《やつ》さ」

澄《す》まし顔《がお》でそう言い切り、黒雪姫《クロユキヒメ》はひらりと脚《あし》を組んだ。２シーターの大型スポーツカーはレッグルームが広々としていて、脚《あし》の長い黒雪姫がそうしても膝周《ひざまわ》りには余裕《よゆう》がある。

タクシーは、山手《やまて》通《どお》りをスムーズに北進していく。大きな交差点ではすぐ目の前を別の車がすごい速さで横切るのでどうしてもビクッとしてしまうが、これだけ交通量が多くてもまるでスピードが落ちないのは同調運転の恩恵《おんけい》だ。実施《じっし》されているのは山手通りを含《ふく》むわずかな幹線道路だけだが、数千台にも及《およ》ぶであろう車両を一糸乱れぬ統制で走行させられるシステムとは、いったいどんなものなのか――。

脇道《わきみち》に逸《そ》れかけた思考を、ハルユキは強く瞬《まばた》きして引《ひ》き戻《もど》した。

「……あの、ちなみに、港三《ミナサン》の防衛って先輩《せんぱい》の他にどなたが登録してたんですか？」

何気なく訊《たず》ねてから、しまったこれはネガ・ネビュラスの機密情報かも……と内心で慌《あわ》てたが、黒雪姫はまるで気にする様子もなく、両手の指を折りながら答えた。

「えーと、フーコ、謡《ウタイ》、あきら、ショコ、聖実《サトミ》、結芽《ユメ》、累《ルイ》、綸《リン》、瀬利《セリ》、ウータン、オリーブ……だな。チユリ君とタクム君、それにニコとパドも絶対に参加すると言い張ったが、杉並《すぎなみ》と練馬《ねりま》の防衛に残ってもらった」

「えっ、綸さんも来てたんですか」

「おい、真っ先に反応するのが彼女か？」

じろりと睨《にら》まれ、ハルユキはひえっと首を縮めた。

「いっ、いえ、その……綸さん、じゃなくてアッシュさんとウータンさんとオリーブさんは、加速研究会との戦いが決着するまでの時限移籍《いせき》だったはずだから、グレウォに戻《もど》るのかなって思ってたので……」

「まだ決着にはほど遠いぞ」

と言われればまったくそのとおりだ。ブラック・バイスの正体がアイボリー・タワーであり、加速研究会は白のレギオンと表裏一体《ひょうりいったい》の組織であることを暴きはしたが、彼らはまだまだ策動を止めていない。郷土歴史館《きょうどれきしかん》にアイボリー・タワーが現れたのがその証拠《しょうこ》だ。

「……ですよね、すみません」

ぺこりと頭を下げてから、ハルユキは改めて防衛チームの陣容《じんよう》を脳裏《のうり》に思《おも》い描《えが》いた。途端《とたん》、背中にじわりと冷《ひ》や汗《あせ》が滲《にじ》む。

「ていうか……ほとんど最大戦力じゃないですか。もし……」

そこでハルユキは言葉を途切《とぎ》れさせた。

もしもオシラトリ・ユニヴァースが攻撃《こうげき》を決行していたら、《四元素《エレメンツ》》と《七連矮星《セブン・ドワーフス》》が激突《げきとつ》する一大決戦にハルユキも参加することになっていたわけだが、声を出せなくなったのはそれが理由ではない。

もしもうちが攻撃《こうげき》していたら。危《あや》うくそう言いかけてしまったからだ。

オシラトリ・ユニヴァースに移籍《いせき》したのは事実だし、レギオンメンバーとしてするべきことはする覚悟《かくご》だが、心まで明《あ》け渡《わた》すつもりはない。そう思っていたのに、たった数時間リアルで話をして、ケーキをご馳走《ちそう》になっただけで、あっさり絆《ほだ》されてしまったのか。僕はそんなにも芯《しん》がない人間だったのか——。

シートの上で全身を縮こまらせ、小刻みに震《ふる》えるハルユキの肩《かた》を。

左から伸ばされた手が、ぽんと優《やさ》しく叩《たた》いた。

「ほら、ゆっくり息をしろ。スポドリも飲め」

「…………はい」

こくりと頷《うなず》き、わななく喉《のど》で懸命《けんめい》に空気を吸い込んでから、ハルユキはずっと抱《かか》えたままだった保冷ボトルの蓋《ふた》を開けた。まだかろうじて冷たい液体を貪《むさぼ》るように呑《の》み下《くだ》し、長々と息を吐《は》く。

「……あの、すみませんでした、急に」

「気にするな。理由も話さなくていい」

穏《おだ》やかな声を聞いた途端《とたん》、ハルユキの両目がじわりと熱くなった。

——三日も連絡《れんらく》しなかったのに。毎日無茶な対戦ばかりして心配かけたのに。怒《おこ》る権利も、詰《なじ》る権利も……それどころか、僕を《断罪》する権利だってあるのに。

――あなたは、どうしてそんなに優《やさ》しくできるんですか。

空になったボトルの蓋《ふた》を閉め、右手でごしごし目許《めもと》を拭《ぬぐ》うと、ハルユキは言った。

「…………僕、今日、スノー・フェアリーさんに呼ばれて……若宮先輩《ワカミヤせんぱい》と、越賀《コシカ》さんと一緒《いっしょ》に、エテルナ女子学院に行ってたんです」

「ン……恵《メグミ》から聞いたわけじゃないが、そうなのかなと思っていたよ」

「白の王はいなかったんですが、フェアリーさんと、グレイシャー・ビヒモスさんと、サイプレス・リーパーさんと……プラチナム・キャバリアーさんがいて、生徒会室でお茶を飲んで、チーズケーキを食べて……そのあと、キャバリアーさんには殺されそうになったんですけど、でもみんな、僕と同じ普通《ふつう》の……そりゃ加速世界じゃとんでもなく強いですけど、やっぱり普《ふ》通《つう》の子供で、僕……僕は……」

再び目が熱くなり、今度は堪《こら》えることができず、ハルユキはぼたぼたと涙《なみだ》をこぼした。

いままでずっと、加速世界で起きたありとあらゆる惨劇《さんげき》や悲劇の元凶《げんきょう》は、白の王ホワイト・コスモスだと信じてきた。彼女と加速研究会、そしてオシラトリ・ユニヴァースは純粋《じゅんすい》な悪であり、加速世界から消し去らなくてはならないと思い定めてきた。

でも、初めてリアルで会った七々子《ナナコ》や理生《リオウ》、あいり、そして智周《トモチカ》さえも、憎《にく》むべき相手には思えなかった。みんなハルユキと同じだ。耐《た》えがたい心の傷を抱《かか》えてバーストリンカーになり、加速世界に居場所を見いだして、それを懸命《けんめい》に守ろうとしている。そんな七々子たちが信頼《しんらい》し、心から忠誠を誓《ちか》っているなら……絶対悪であるはずの白の王でさえも、もしかしたら——。

「……そうだな」

落ち着いた声で、黒雪姫《クロユキヒメ》が囁《ささや》いた。

「立ち位置や主義主張が違《ちが》っていても、つまるところみんな同じバーストリンカーだ。だから私はキミのことを心配していなかったよ。ハルユキ君なら、白のレギオンに移籍《いせき》しても立派にやっていける……キミのままでいてくれると……」

だがそこで、アナウンス音声が黒雪姫の声を掻《か》き消《け》した。

『間もなく、都道5号青梅街道《おうめかいどう》を左折します。その後、レベル6同調運転を解除します』

宣言どおり、タクシーは左車線に入ると、中野《なかの》坂上《さかうえ》の交差点を左折した。

数十メートル走ったところで、制御権《せいぎょけん》がTCSから車両のAIに返還《へんかん》される。ごくわずかな速度変動があったが、車は力強く加速して巡航《じゅんこう》態勢に入る。

「……もうすぐ杉並《すぎなみ》だな」

黒雪姫の呟《つぶや》き声《ごえ》に、ハルユキもそっと頷《うなず》いた。

「ええ……あ、僕は環七《かんなな》を越《こ》えたとこで降ろして下さい」

「そこからキミの家までは一キロ近くあるだろう。遠慮《えんりょ》するな、どうせ恵《メグミ》の奢《おご》りだ」

「えと、実は、フェアリーさんの奢《おご》りなんです」

ハルユキがそう言うと、黒雪姫はぱちくりと瞬《まばた》きしてから軽く笑った。

「はは、そうか。だったらなおのこと遠慮《えんりょ》はいらないだろう。いっそ、このまま高尾山《たかおさん》あたりまで行ってもいいかもな」

「いいですね、それ」

他愛《たわい》ない言葉を交《か》わすあいだも、タクシーはスムーズに走り続ける。ハルユキのマンションまで、あとたった五分。

もっと話したいのに……まだまだ聞いてもらいたいことがたくさんあるのに。

そんな抑《おさ》えがたい気持ちが、ハルユキの口を動かした。

「あの……先輩《せんぱい》！」

「ン、何だ？」

「えと……お忙《いそが》しいかもですが、良かったらちょっとだけ、うちに寄っていきませんか」

10

自宅マンションの前でタクシーを降りると、ハルユキと黒雪姫《クロユキヒメ》は併設《へいせつ》ショッピングモールで飲み物を買い、エレベーターで二十三階に移動した。

ホウの世話をするために家を出てから八時間しか経《た》っていないのに、何日も留守にしていたように思える。まあ、朝の時点じゃ、こんなに色々ある一日になるなんて思わなかったもんな……と考えながらドアロックを解錠《かいじょう》し、ハンドルを引いた瞬間《しゅんかん》、ハルユキは「あっ」と小さく声を漏《も》らした。

「ン……どうした？」

眉《まゆ》を寄せる黒雪姫に、急いで説明する。

「いえ、別に大したことじゃないんですが……僕、毎日午前十時あたりと午後三時あたりならだいたいマッチング・リストにいるって宣言したのに、今日は午後の部をすっぽかしちゃったなって……」

途端《とたん》、黒雪姫の表情が《怪訝《けげん》》から《懸念《けねん》》に変化した。

「その話か……。謡《ウタイ》からも聞いたが、キミ、毎日何十回も対戦しているそうだな。対戦するのが悪いとは言わないが……」

「あ、あの、ここじゃなんですから、ひとまず中にどうぞ！」

どうにか割り込みをかけると、ハルユキは黒雪姫の背中を押した。

買い物中にマンションのローカルネット経由でエアコンを点《つ》けておいたので、リビングルームの暑気は一掃《いっそう》されていた。

家を出た時はまだベッドにいた母親はすでに出社していて、今日も帰宅は深夜になるだろう。ハルユキが夏休みに入っても相変わらずすれ違《ちが》いの生活だが、以前のように見放されていると感じることは、最近はあまりない。それに、母親の帰りが遅《おそ》いから仲間たちを家に呼べるのも事実なわけで――。

「しかし、キミの家はいつ来ても掃除《そうじ》が行き届いているな。お母様が綺麗《きれいず》好きなのか？」

ショルダーバッグを下ろした黒雪姫にそう訊《き》かれ、ハルユキはリビングルームを見回しながら答えた。

「はい、母さんが綺麗《きれいず》好きなのは確かですけど、掃除《そうじ》は僕もしてますよ」

「ほう、それは感心だな。自分の部屋もか？」

「えーと……ま、まあ、それなりに……」

しまったベッドの上にTシャツを脱《ぬ》ぎっぱなしだった、と慌《あわ》てたが見られることもあるまい。

そそくさとキッチンに移動して手を洗い、氷入りのグラスを二つ用意する。買ってきたライムフレーバーの炭酸水を注ぎ、チタン製のストローを挿《さ》す。

リビングに戻《もど》ると、黒雪姫《クロユキヒメ》はベランダに面した窓の前に移動し、暮れ始めた空を眺《なが》めていた。隣《となり》に立ち、グラスを載《の》せたトレイを差し出す。

「先輩《せんぱい》、どうぞ」

「ああ……ありがとう」

片方のグラスを取り、ストローに口をつける黒雪姫の横顔に、ハルユキはしばし見とれた。部屋の明かりを点《つ》けていないので、窓から差し込む金色の西日が、絹のような黒髪《くろかみ》とピアノブラックのニューロリンカーを淡《あわ》く輝《かがや》かせている。もう七月も終わりかけているのに、半袖《はんそで》のワンピースから覗《のぞ》く腕《うで》には日焼けの気配もない。

──僕は、三日間も何をくよくよしていたんだろう。

両手でトレイを抱《かか》えたまま、ハルユキは頭の中で呟《つぶや》いた。

もっと早く……それこそテスカトリポカ攻略《こうりゃく》作戦が行われた日の夜に、黒雪姫に連絡《れんらく》すればよかった。敬愛すべき師であり《親》である黒雪姫を信じて、自分の気持ちを余すところなく打ち明ければそれでよかったのだ。

いや、いまからでも遅《おそ》くない。恵《メグミ》と蕾《ツボミ》が作ってくれたこの機会に、言うべきことを言わなくては。

そう考えたハルユキが、口を開こうとした時。

「そう言えば、キミへの伝言を預かっている」

ストローから口を離《はな》した黒雪姫が、思い出したようにそう言った。

「え……だ、誰《だれ》からですか？」

「グラフの奴《やつ》とリード君だ。えーと、まずグラフは……『テスポカ戦では役に立てず悪かった。リードと一緒《いっしょ》に修業《しゅぎょう》し直してくる』だそうだ」

「しゅ、修業《しゅぎょう》!?」

「うむ。リード君からは、『必ず強くなって戻《もど》ります。頑張《がんば》って下さい、クロウさん』という言葉を預かった」

「…………」

しばし唖然《あぜん》と口を開けてから、ハルユキは最初に気になったことを訊《き》いた。

「修業《しゅぎょう》って、どこで……？」

「無制限中立フィールドの富士山《ふじさん》だそうだ。グラフは昔から根無し草だったからな……。あいつを帝城《ていじょう》から解放したのは失敗だったかもしれん」

「ふ、富士山……ですか」

思わず窓から西の空を見てしまう。二十三階のこの部屋からは、冬の晴れた日なら富士山が見えるが、夏は空気が霞《かす》んでいるせいか奥多摩《おくたま》の山々までが限界だ。

「……無制限中立フィールドの富士山って、何か特別な場所なんですか？　メタトロンも傷を治すために富士山《ふじさん》に行ってたみたいですし、セントリー師範《しはん》はお酒を無限に汲《く》める泉があるとか言ってましたし……」

「特別な場所であることは間違《まちが》いないな」

あっさり肯定《こうてい》すると、黒雪姫《クロユキヒメ》は右手に持ったグラスで窓の外を示した。

「東京の名のあるランドマークは、無制限中立フィールドでもたいていダンジョンや固定エネミーが設置されているだろう？　富士山は日本で最も有名なランドマークだ。何かないほうがおかしいというものさ」

「確かにそうですね……」

ハルユキが今日初めて名前を知った港区《みなとく》立郷《りっきょう》土歴史館《れきしかん》にさえ、巨獣級《ビーストきゅう》エネミーのクロコシータスが棲《す》んでいたのだ。富士山ともなれば、神獣級《レジェンドきゅう》かそれ以上のエネミーが棲息《せいそく》していてもおかしくない。

一度行ってみたいような、絶対近寄りたくないような……と思いながら、ハルユキは自分のグラスを持ち上げ、ストローを含《ふく》んだ。勢いよく吸い上げると、炭酸の刺激《しげき》とライムの香りが頭のてっぺんまで突き抜けて、複雑に折り重なった思考の断片《だんぺん》を洗い流していく。

これから自分が——シルバー・クロウがどうなるのかは解《わか》らない。港区第三エリアの領土戦は延期されただけなので、来週こそ攻撃《こうげき》チームの一員としてネガ・ネビュラスの防衛チームと戦うことになるかもしれないし、プラチナム・キャバリアーがまた罠《わな》を仕《し》掛《か》けてくる可能性もある。だからと言って、ニューロリンカーを首から引き抜いて閉じこもるわけにはいかない。

結局、ハルユキにできること、すべきことはたった一つだ。

強くなる。全ての問題を解決し、黒雪姫と一緒《いっしょ》に目指すところへ——ブレイン・バーストのエンディングへ行けるくらい、強く。

「あの……先輩《せんぱい》」

視線を夕焼け空に向けたまま、ハルユキは先刻言えなかったことを改めて黒雪姫に伝えようとした。

「勝手な判断でオシラトリ・ユニヴァースに移籍《いせき》して……そのあともぜんぜん連絡《れんらく》できなくてすみませんでした。でも、僕は……」

「言うな!!」

突然《とつぜん》の叫《さけ》び声《ごえ》に、びくっと体を跳《は》ねさせてしまい、グラスから炭酸水が少しだけこぼれた。

見開いた両目を右に向けると、いつの間にか黒雪姫は深く俯《うつむ》いていた。肩口《かたぐち》から流れた髪《かみ》が横顔をほとんど隠《かく》してしまい、表情は読み取れない。

立《た》ち尽《つ》くすハルユキの耳に、掠《かす》れ切った声が届いた。

「……大声を出してすまない……」

グラスを抱《かか》える黒雪姫の両手が、小刻みに震《ふる》えていることにハルユキは気付いた。

自分のグラスを左手のトレイに戻《もど》し、横に二歩移動して、黒雪姫のグラスをそっと受け取る。

それらをダイニングテーブルに置いてから、急いで引き返す。

まだ俯《うつむ》いたままの黒雪姫《クロユキヒメ》の背中に手を当て、ソファーまで誘導《ゆうどう》して腰掛《こしか》けさせると、自分もその隣《となり》に座《すわ》る。しかしここからどうすればいいのか解《わか》らない。謝《あやま》りたくとも、先ほどの言葉のどこに黒雪姫が反応したのかすらも——

「キミに……」

不意に黒雪姫が呟《つぶや》くように言ったので、ハルユキは懸命《けんめい》に耳をそばだてた。

「キミに移籍《いせき》の件を謝《あやま》られたら、全てが既成《きせい》事実になってしまう気がするんだ……。車の中で私は、キミなら白のレギオンに移籍《いせき》しても立派にやっていけると言った。それは嘘《うそ》ではないが、本当にそうなってしまうのは、とても……とても恐《おそ》ろしい。バーストリンカーになって以来、失うことをこんなにも恐《おそ》れたのは初めてだよ……」

「そんな……失うなんて言わないで下さい！」

黒雪姫のほうへ身を乗り出しながら、ハルユキは懸命《けんめい》に言《い》い募《つの》った。

「先輩《せんぱい》は、何も失ったりしません！　僕はいままでも、これからもずっと先輩《せんぱい》の《子》です。確かに、いつかネガ・ネビュラスと戦う時が来るかもしれませんけど、僕と先輩《せんぱい》を繋《つな》ぐものはそんなことで切れたりしません。だって……加速したならば対戦あるのみ、そう教えてくれたのは黒雪姫先輩《せんぱい》じゃないですか！」

ハルユキの言葉が途切《とぎ》れても、黒雪姫は口を閉ざし続けていた。

やがて、音になるやならずの声がかすかに響《ひび》いた。

「……そうだな。私はキミの《親》で、キミは私の《子》……我々がバーストリンカーでいる限り、それは決して変わらない。しかし……その関係性こそが、私とキミのあいだに不可視の壁《かべ》を作り出している……」

「え……壁《かべ》、ですか？　そんなもの、どこに……」

「ここだ」

そう言うと、黒雪姫はずっと俯《うつむ》けていた顔を上げた。

長い睫毛《まつげ》に宿った雫《しずく》を指先で拭《ぬぐ》い、その手をハルユキの顔に近づける。しかし唇《くちびる》の十センチ手前で止め、仄《ほの》かな笑《え》みを浮《う》かべる。

黒雪姫の言わんとするところを、ハルユキはようやく理解した。壁《かべ》とは、精神的な境界線のことだ。《親子》はすなわち《家族》、その意識がハルユキの心にある種のリミッターを設けている。

六日前の日曜日、ハルユキは黒雪姫の家で一緒《いっしょ》に入浴した。当然、二人とも一糸まとわぬ姿だったわけだが、黒雪姫の裸身《らしん》を見ても綺麗《きれい》だと思いこそすれ、肉体的な欲求を感じることはついぞなかった。

死ぬほど緊張《きんちょう》していた上に、黒雪姫が人工子宮から生まれたマシンチャイルドであり、本来の魂《たましい》に来歴未詳《みしょう》の魂《たましい》を上書きされた実験体であるという、驚《おどろ》くべき話を打ち明けられたせいもある。

しかし理由はもう一つあったのだ。いままで自覚することはなかったが、ハルユキの中には自分は黒雪姫《クロユキヒメ》の《子》であるという意識が厳然として存在し、それが不可視の壁《かべ》を作っている。

黒雪姫は九ヶ月前、自動車に撥《は》ねられかけたハルユキを助けるために《フィジカル・フル・バースト》コマンドを使った。あの時、青く凍《こお》った二人きりの世界で「私はキミが好きだ」と正面から伝えてくれたのに、ハルユキはその告白を真剣《しんけん》に受け止めようとしてこなかった。どうしてこれほどまでに《親子》関係に固執《こしつ》してきたのか。

その理由も、本当は解《わか》っている。

自分を信じることができないからだ。嫌《いや》なことがあるたび走って逃げ、いじめに立ち向かう勇気も持てず、大切な幼《おさな》馴染《じみ》さえ繰《く》り返《かえ》し傷つけた、そんな自分が嫌《きら》いで嫌《きら》いで嫌《きら》いで嫌《きら》いで仕方ないからだ。だから、ブレイン・バーストのシステムに規定された、居心地《いごこち》のいい《親子》という関係に甘《あま》え続けてきた。

でも。

いまこそ。いまこの瞬間《しゅんかん》こそ、自分で自分を閉じ込めている硬《かた》くて分厚い殻《から》を破る時だ。加速世界と現実世界で少しずつ積み重ねてきた勇気の全てを振《ふ》り絞《しぼ》って、ハルユキは両手を持ち上げた。

九ヶ月前、バーストリンカーになったばかりの頃《ころ》に、黒雪姫に投げかけられた言葉が甦《よみがえ》る。

――このたかが仮想の二メートルが、君にはそんなに遠いのか？

あの時は、無限に思えるほど遠かった。いまだってそう感じる。でも、それは自分の心が作り出している距離《きょり》だ。

ハルユキは、震《ふる》える両手を伸ばし、黒雪姫が辛抱強《しんぼうづよ》く差し出し続けている右手を包み込んだ。ひんやりした手を引き寄せ、指先に宿る涙《なみだ》の雫《しずく》を、唇《くちびる》で受け止める。

「……先輩《せんぱい》」

ありったけの気持ちを込めて、ハルユキは言った。

「黒雪姫先輩《せんぱい》。僕は、あなたが好きです。バーストリンカーとしてじゃなく、有田春雪《アリタハルユキ》として、あなたが……黒羽早雪《クロバサユキ》さんのことが、大好きです」

目の前にある黒水晶《くろずいしょう》の瞳《ひとみ》が、いっぱいに見開かれた。

再び、涙《なみだ》の雫《しずく》が盛り上がる。窓越《まどご》しの空から届く茜色《あかねいろ》の残照を吸い込み、小さな星となって輝《かがや》く。

二つの星が、きらきらと尾《お》を引いて流れた。艶《つや》やかな唇《くちびる》がかすかに震《ふる》え、あえかな、しかし確かな笑《え》みを形作った。

黒雪姫は、ソファーに突いていた左手を持ち上げてハルユキの手に重ねると、絹糸を爪弾《つまび》くような声で囁《ささや》いた。

「私もだ。私も、キミが好きだよ」

握《にぎ》り合わせた手を支えにして、二人はゆっくり顔を近づけた。黒雪姫《クロユキヒメ》の髪《かみ》がぱらりと流れ、甘《あま》い香りが漂《ただよ》う。小さな銀河を宿す漆黒《しっこく》の瞳《ひとみ》が、音もなく閉じられる。

一瞬《いっしゅん》遅《おく》れて、ハルユキも瞼《まぶた》を閉じた。見えない力に引き寄せられるように、唇《くちびる》と唇《くちびる》が触《ふ》れた。

温かさ、柔《やわ》らかさ、滑《なめ》らかさといった物理的感覚だけでなく、あたかも精神が感応しているかの如《ごと》く、膨大《ぼうだい》な情報が伝わってくる。

黒雪姫がずっと抱《かか》えてきた悲しみや苦しみや寂《さび》しさ……そして、いまこの瞬間《しゅんかん》に感じている愛《いと》おしさ。

同じだけの、いやもっと大きな気持ちを伝えたい。そう強く願うあまり、ハルユキは体を前に傾《かたむ》けすぎてしまった。四つの手だけで支えていた体勢が崩《くず》れ、黒雪姫が下、ハルユキが上になってソファーに倒《たお》れ込む。

だが、二人とも唇《くちびる》を離《はな》そうとはしなかった。それどころか、解けた手で相手の体を引き寄せ、より強く、深く繋《つな》がろうとする。互《たが》いを隔《へだ》てる境界が薄《うす》れ、砕《くだ》け散《ち》って、肉体と精神が一つに融《と》けていく。

もっと。もっと感じたい。

ハルユキは、黒雪姫《クロユキヒメ》の華奢《きゃしゃ》な体に回した両腕《りょううで》に、限界まで力を込めた。

いつしか開いていた口の中で、舌先と舌先が触《ふ》れ合《あ》う。有り得ないほど甘美《かんび》な感覚が全身を貫《つらぬ》き、火花となって神経系を発火させる。

瞼《まぶた》の裏の暗闇《くらやみ》に、虹色《にじいろ》の光が生まれる。それは揺《ゆ》れ動《うご》く放射光となって広がり、全てを覆《おお》い尽《つ》くして——。

バシイイイィイッ！　という乾《かわ》いた衝撃音《しょうげきおん》の中で、ハルユキの意識は無数の断片《だんぺん》となって飛散した。


「うわっ……な、なんだ⁉」

黒雪姫の叫《さけ》び声《ごえ》が聞こえた時にはもう、ハルユキも飛び起きていた。

ぱちっと両目を開け、周囲を見回す。

暗い。天井《てんじょう》も壁《かべ》も見えないほどの暗闇《くらやみ》。まさか、いつの間にか夜中になっていたのだろうか。だとしても、窓からは高円寺《こうえんじ》の街明かりが差し込んでくるはず……。

「おい……おい、ハルユキ君」

真後ろから呼びかけられ、ハルユキは急いで振り向いた。

そこに立っていたのは黒雪姫——なのだが、長い髪《かみ》もしなやかな腕《うで》も一糸まとわぬ痩身《そうしん》も、全てが白い光の粒子《りゅうし》で形作られている。慌《あわ》てて見下ろすと、ハルユキの体も同様。そして遥《はる》か下方には、広大な銀河が静かに煌《きら》めく。

「え……ここ、ハイエスト・レベル……？」

ハルユキが呟《つぶや》くと、黒雪姫も肩《かた》をすくめつつ肯定《こうてい》した。

「どうやらそのようだな……。しかし、なぜいきなりシフトしたんだ？」

「えーと……」

ハルユキは改めて前後左右を確認《かくにん》した。しかし、無限に広がる暗闇《くらやみ》には、二人の他には誰《だれ》もいない。メタトロンや他のビーイングに強制シフトさせられた、というわけではないようだ。

となると——。

「……もしかしたら、僕が先輩《せんぱい》を連れてきちゃったのかも……」

「は……？　しかしハルユキ君、我々は加速も直結もしていなかったんだぞ」

「で、ですよね。でも、あの感じはそうとしか……」

「…………」

しばし絶句してから、黒雪姫はゆっくり首を左右に振った。

「なんともはや……。ということは、これから私はキミとキスすると毎回この場所に飛ばされるのか？」

「き、きす……」

——そうだ、僕、先輩《せんぱい》とキスしちゃったんだ。

改めてその事実を認識《にんしき》したハルユキは、どう反応していいのか解《わか》らずフリーズしてしまった。

途端《とたん》、黒雪姫《クロユキヒメ》が右手を伸ばし、ハルユキの左肩《ひだりかた》を小突《こづ》くふりをする。

「おい、キミからしてきたくせにいまさら照れるなよ。私まで恥《は》ずかしくなるじゃないか」

「え、ぼ、僕からでしたっけ」

「そうだろう、どう考えても」

つんと顔を逸《そ》らすと、黒雪姫は眼下に広がる星海を見下ろし、語気を緩《ゆる》めて続けた。

「ま……私はここが好きだから、連れてきたこと自体に文句はないがな。しかし……前の時は二人ともデュエルアバターだったのに、今回は生身の姿、しかも素《す》っ裸《ぱだか》とはいったいどういう仕組みなんだ？」

「さあ……僕も、この格好でシフトしたのは初めてで……」

遅《おそ》まきながら体の前を隠《かく》しつつ答えたハルユキは、いや、と脳内で否定した。確か、最初にハイエスト・レベルでメタトロンとリンクした時、デュエルアバターが殻《から》のように剝《は》がれて、生身の姿へと変化したはずだ。そのへんにヒントがあるのかもしれないが、いまメタトロンの名前を出すのは色々な意味で危険な気がする。

「……と、ともかく、そろそろ戻《もど》りましょうか」

思わず小声になりながらそう促《うなが》したが、黒雪姫は一歩前に出て言った。

「意図せぬシフトにせよ、せっかくバーストポイントを使わずに来られたんだから、もう少し楽しもうじゃないか。この高さから東京をゆっくり眺《なが》める機会など、現実世界では有り得ないからな」

「……ハイ」

こくりと頷《うなず》き、ハルユキも視線を落とした。

このところ頻繁《ひんぱん》にハイエスト・レベルを訪《おとず》れているせいで少し慣れてしまったが、本来ならどれほど強く望んでも到達《とうたつ》できない、奇跡《きせき》のような場所なのだ……と考えた瞬間《しゅんかん》、頭の片隅《かたすみ》に引っかかっていた疑問の答えに思い至る。

スノー・フェアリーが口にした、「クロウはおまけしてだけどレベル3の《到達者《とうたつしゃ》》だよ」という言葉。あれは、《ハイエスト・レベルに到達《とうたつ》できた者》という意味だったに違《ちが》いない。恐《おそ》らくだが、レベル1はビーイングに導いてもらった者。レベル2は、ビーイングと遠隔《えんかく》感応してシフトできる者。そしてレベル3は、自力でシフトできる者――。

暴発的にシフトしてしまった今回を除けば、ハルユキが自力で移動できたのはたった三回。一回目は無制限中立《ミーン》フィールド《レベル》で仮想の鋼球《こうきゅう》を何千回も斬《き》り続けたあげくのシフトだったし、二回目は謡《ウタイ》の亡《な》き兄、ミラー・マスカーに助けられてのシフトだった。そして三回目は、覚醒《かくせい》したテスカトリポカに目の前で仲間たちが蹂躙《じゅうりん》されているという極限状況《じょうきょう》でのシフト。だから、フェアリーが「おまけして」と注釈《ちゅうしゃく》したのも当然だ。

　四回目があるという保証はないし、黒雪姫《クロユキヒメ》が言うとおり、この機会を無駄《むだ》にするのは惜《お》しい。そう思い直したハルユキは、星屑《ほしくず》の海に目を凝《こ》らした。

　探したものは、即座《そくざ》に見つかった。全てを呑《の》み込むかのような漆黒《しっこく》の渦《うず》──しかし。

「……あ、あれ？」

　ハルユキの呟《つぶや》きに、黒雪姫が反応した。

「ン、どうした？」

「いえ……あそこに、テスカトリポカのマーカーが見えますよね」

「もちろん。私も見ていたところだ……上野《うえの》公園《こうえん》のあたりだな」

　黒雪姫が頷《うなず》くと、ハルユキは伸ばした右手を少しだけ左にずらした。

「テスカから一キロくらい離《はな》れたところに、小さいマーカーがいくつか固まってるの、解《わか》りますか……？」

「ム……ああ、本当だな。あれはバーストリンカーか？」

「ソーシャルカメラの白マーカーと色が少し違《ちが》うんでエネミーかバーストリンカーですけど、エネミーが集団を作ることってほとんどないですから、バーストリンカーでしょうね。テスカトリポカにあんなに近づいて、何してるんだろ……」

　半ば独り言のように呟《つぶや》く。テスカトリポカの基本索敵範囲《さくてきはんい》は約一キロメートル。つまりあと少し近づけば、彼らは終わりの神にターゲットされ、《七連矮星《セブン・ドワーフス》》級《きゅう》の手練《てだれ》でもない限り瞬殺《しゅんさつ》されてしまう。

「あれがどこの誰《だれ》なのか、キミでも解《わか》らないのか？」

黒雪姫に問われ、ハルユキは首を横に振った。

「よく知ってるバーストリンカーなら、色合いとか雰囲気《ふんいき》で判別できる可能性もありますけど……」

「オシラトリの連中でもないんだな？」

「少なくとも《七連矮星《セブン・ドワーフス》》じゃないですね」

「ふむ。……怖《こわ》い物見たさの野次馬か、それとも……」

黒雪姫が指先をおとがいに当てた、その時。

「あれは、《エクセルキトゥス》の偵察隊《ていさつたい》よ」

頭上から何者かの声が降ってきて、ハルユキは弾《はじ》かれたように顔を仰向《あおむ》けた。

星ひとつない天穹《てんきゅう》から、燐光《りんこう》に包まれたシルエットが音もなく舞《ま》い降《お》りてくる。

しなやかな腕《うで》を少しだけ広げ、長い髪《かみ》を緩《ゆる》やかになびかせるその姿は、生身の女性に見える。

一瞬《いっしゅん》ビーイングかと思ったが、ハルユキたちと同じく衣服も装飾品《そうしょくひん》も身につけていないようだ。

「…………まさか」

黒雪姫《クロユキヒメ》が掠《かす》れ声《ごえ》を漏《も》らしたのと、ほぼ同時に。

「えっ……もしかして……」

ハルユキも大きく息を呑《の》んだ。万物《ばんぶつ》をひれ伏《ふ》させるが如《ごと》き、超然《ちょうぜん》としたオーラ。この気配、この存在感は——。

「……白の王……？」

その名を口にした一秒後、華奢《きやしや》な爪先《つまさき》が不可視の地面に触《ふ》れた。羽のように広がっていた髪《かみ》が、滑《なめ》らかにまとまる。わずかに前傾《ぜんけい》した華奢《きやしや》な体が、ふわりと直立する。

露《あら》わになった顔を、ハルユキは呆然《ぼうぜん》と見詰《みつ》めた。

無彩色《むさいしょく》の世界でもまったく損《そこ》なわれない、人間離《にんげんばな》れした美貌《びぼう》。わずかな既視感《きしかん》がなければ、やはりビーイングなのかと思ってしまったかもしれない。顔立ちはどこか黒雪姫に似ているが、黒雪姫の一点の曇《くも》りもなく研《と》ぎ上げられた霜刃《そうじん》のような凛烈《りんれつ》さはなく、代わりにフローレス・ダイヤモンドの如《ごと》き絶対的な清らかさを湛《たた》えている。

頭の中が痺《しび》れきって、何も考えられないハルユキの隣《となり》で、黒雪姫が落ち着いた、しかし極限まで張《は》り詰《つ》めた声を響《ひび》かせた。

「久しいな、コスモス——いや、エンジュ」

呼びかけられた白の王は、慈愛《じあい》に満ちた笑《え》みを浮《う》かべ、答えた。

「本当ね。元気そうでよかったわ、早雪《サユキ》ちゃん」

そのやり取りを聞き、ようやく思考速度を半分ほど取《と》り戻《もど》したハルユキは、エンジュという名前について訊《き》こうとした。だがそれを察したかのように、白の王がハルユキに視線を向け、再び微笑《ほほえ》んだ。

「そういえばまだリアルネームを名乗っていなかったわね。黒羽《クロバ》苑珠《エンジュ》よ。よろしく、有田《アリタ》春雪《ハルユキ》くん」

「よ……よろしくお願いします」

反射的に頭を下げてしまってから、ハルユキは懸命《けんめい》に思考を回転させた。

現実世界で会ったことがない白の王が、ハルユキのリアルネームを知っている理由などいまはどうでもいい。問題は、なぜこの場所に現れたのかということだ。

かつて、同じような現れ方をしたスノー・フェアリーは、ハルユキとメタトロンのリンクを切断しようとしたり、ハルユキを擬似的《ぎじてき》な窒息《ちっそく》状態に陥《おとしい》れたりした。フェアリーにできることが、白の王にできないはずがない。黒雪姫《クロユキヒメ》と二人同時にあの窒息攻撃《ちっそくこうげき》を喰《く》らってしまったら、有田家には他に誰《だれ》もいないし時限切断セーフティも設定していないのだから、静止した世界で無限に等しい時間苦しみ続けることになる。

いますぐ黒雪姫と一緒《いっしょ》にバーストアウトするべきか。しかしそうすれば、先刻の《エクセルキトゥス》なる言葉の意味は解《わか》らないままだ。

ハルユキの逡巡《しゅんじゅん》を、余すところなく見抜いているかのように。

「そんなに怖《こわ》がらないで？　あなたたちは私の可愛《かわい》い《子》と《孫》なんだから、わけもなく痛めつけたりしないわよ」

甘《あま》く優《やさ》しい声でそう告げると、白の王——黒羽苑珠はふわりと体を反転させ、ハルユキたちに背中を向けた。

体の後ろで手を組み、一歩、二歩と前に進んで、白い銀河の一角で渦巻《うずま》くブラックホールを見下ろす。

「……あの、コスモスさん」

お預け状態に耐《た》えきれなくなり、ハルユキは意を決して呼びかけた。

「さっきの、《エクセルキトゥス》って……」

「《軍隊》を意味するラテン語だ」

と答えたのは黒雪姫だった。

白の王は振り向くことなく頷《うなず》き、解説を加えた。

「もう少し注釈《ちゅうしゃく》すると、古代ローマ軍に於《お》ける軍団《レギオー》の上位概念《がいねん》ね。大隊《コホルス》が集まって軍団《レギオー》を作り、軍団《レギオー》が集まって軍隊《エクセルキトゥス》を作っていた。それを踏《ふ》まえているのだとしたら、なかなか勇ましいネーミングよね」

「……つまり、加速世界で、レギオンの連合軍みたいなのができたってことですか……？」

「そういうこと。正式に発足《ほっそく》したのは今日のお昼ごろらしいから、あなたたちが知らなくても無理はないわ」

いったん言葉を切ってから、思い出したように付け加える。

「ああ、連合軍といってもいわゆる王のレギオンは関わってないわよ。中心になっているのは《ナイトアウルズ》、《オーヴェスト》、《コールドブリュー》あたりの有力な中堅《ちゅうけん》レギオンで、小規模レギオンとソロリンカーも山ほど参加してるわ」

「山ほどとは？」

黒雪姫《クロユキヒメ》の問いに、白の王は軽く首を傾《かし》げた。

「私も完全には把握《はあく》してないけど、メンバーの総数は五百人を超《こ》えてるみたい」

「ごひゃく⁉」

驚《おどろ》きのあまり、ハルユキは大声で叫《さけ》んでしまった。

東京在住のバーストリンカーは約千人といわれている。五百というのは、実にその半分だ。七大レギオンのメンバーを全て足した人数よりも、明らかに多い。

「な……なんでいきなり、そんな大集団が……」

「いきなりっていうわけでもないわ。王のレギオンに対抗《たいこう》するべく連合を作ろうという動きは、かなり昔からあったのよ。でも機運が盛り上がるたびに、災禍《さいか》の鎧《よろい》が暴れたりＩＳＳキットが出回ったりして、出鼻をくじかれてきたの」

「……裏で糸を引いていたのはお前だろう、コスモス」

黒雪姫が、冷たく凍《こお》った声で指摘《してき》した。

当然だ。ハルユキが六代目クロム・ディザスターになったり、タクムや綸《りん》がISSキットに寄生されたりという危難の原因を作っただけでなく、白の王は初代赤の王レッド・ライダーを《反魂《はんごん》》能力で支配するために、黒雪姫を使嗾《しそう》して不意打ちで全損させたのだ。

しかし白の王は、自らの行いをまったく罪とも思っていないかのように、平然と頷《うなず》いた。

「そうよ。そして今回も、テスカトリポカという厄災《やくさい》が現れた。あれが《ザ・ルミナリー》の制御下《せいぎょか》にあるままなら、中堅《ちゅうけん》レギオンの子たちもターゲットにされるのを恐《おそ》れて、連合計画を中止した可能性が高い。でも支配から解き放たれたテスカトリポカは、とんでもなく強いけど行動パターンはシンプルだから、むしろ連合を作る動きを加速させてしまったのね」

その言葉を数秒かけて咀嚼《そしゃく》してから、ハルユキは小声で問いかけた。

「なんだか……あなたは、バーストリンカーたちが一つにまとまるのを、望んでいないように聞こえるんですが……」

機嫌《きげん》を損《そこ》ねることを覚悟《かくご》した上での質問だったが、白の王は「ふふ」と楽しそうな笑い声を漏《も》らした。

「有《あ》り体《てい》に言えばそのとおりね。まとめるほうはグランデがやってるから、私はまとまらないよう頑張《がんば》ってるの」

グランデとは、グレート・ウォール頭首、緑の王グリーン・グランデのことだ。確かに彼は、エネミー狩《が》りで稼《かせ》いだバーストポイントを下位レギオンにそれとなく分配するという手法で、加速世界の抗争《こうそう》が激化し、退場者が増えるのを防いでいる。

ハルユキにはとても真似《まね》できないが、緑の王のその努力がなければ、バーストリンカーの数はいまよりもかなり減っていただろう。ブレイン・バーストそのものがとっくに終焉《しゅうえん》を迎《むか》えていた可能性すらある。白の王だってそれは望んでいないだろうに、なぜ――。

そこまで考えた時、脳裏《のうり》にかつて白の王が口にしたフレーズがこだました。無意識のうちに、それを言葉に換《か》える。

「アクセル・アサルト2038は過剰《かじょう》な闘争《とうそう》に、そしてコスモス・コラプト2040は過剰《かじょう》な融和《ゆうわ》に満たされていた。だから滅《ほろ》んだ……」

「そのとおりよ」

「じゃあ、あなたがしてきたことは全て、このブレイン・バースト2039に《過剰《かじょう》な融和《ゆうわ》》を生まないためだと……そういうことなんですか⁉」

ハルユキが、半ば叫《さけ》ぶように問《と》い質《ただ》すと。

白の王は、人形のように華奢《きゃしゃ》な肩《かた》を軽くすくめた。

「否定はしないけど、決してそれだけじゃないわ。前にあなたたちの学校でその話をした時、早雪《サユキ》ちゃんに怒《おこ》られちゃったし、ね。私がしてきたことを、ふざけた言い草で正当化しようとするなーって」

くすくす笑う白の王の背中から、ハルユキは隣《となり》の黒雪姫《クロユキヒメ》へと視線を移した。

だが意外にも、黒の王の横顔は落ち着いていた。唇《くちびる》が動き、静かな声を響《ひび》かせる。

「コスモス……苑珠《エンジュ》、ここでお前の目的を糺《ただ》しても意味はない。何を語ろうと、それが真実である保証などないのだからな……。しかし、一つだけ言っておくぞ」

姉の後ろ姿を見据《みす》える瞳《ひとみ》に凄絶《せいぜつ》な光を宿らせ、黒雪姫は宣言した。

「私は必ず、お前と加速研究会をこの世界から消し去る。たとえその結果、《過剰《かじょう》な融和《ゆうわ》》とやらが原因でブレイン・バーストが崩壊《ほうかい》しようともだ」

「…………」

妹にして《子》の苛烈《かれつ》な言葉を聞いても、白の王の背中は微動《びどう》だにしなかった。

不意に、黒雪姫より少しだけ長い髪《かみ》を翻《ひるがえ》してくるりと振り向く。無垢《むく》な美貌《びぼう》に、聖女の如《ごと》き微笑《ほほえ》みを浮《う》かべ――。

「できるかしら？　私とあなたが対峙《たいじ》する未来が訪《おとず》れたとして、その時ハルユキくんが立っているのは、あなたではなく私の隣《となり》かもしれないのよ？」

「…………!!」

ハルユキは鋭《するど》く息を吸い込んだ。

否定したい。そんなわけない、と叫《さけ》びたい。

　しかし、いまやハルユキは白の王に剣を捧《ささ》げた、オシラトリ・ユニヴァースのメンバーだ。そうしろと命じられたら、白の王を守って黒雪姫《クロユキヒメ》と戦わなくてはならない。《断罪の一撃《ジャッジメント・ブロー》》が怖《こわ》いからではない。己《おのれ》の剣を偽《いつわ》りの色に染めたくないなら、そうするしかないのだ。

　顔を伏《ふ》せて立《た》ち尽《つ》くすハルユキの右手を。

　黒雪姫が、ぎゅっと力強く握《にぎ》った。

「だとしてもだよ、苑珠《エンジュ》。だとしてもだ」

　凛《りん》としたその言葉を聞いた白の王は、どこか愛《いと》おしそうにすら見える眼差《まなざ》しを黒雪姫に向け、囁《ささや》いた。

「本当に強くなったわね、早雪《サユキ》ちゃん。前にも言ったけど、あなたが私の前に立《た》ち塞《ふさ》がる時を楽しみにしてるわ」

　ふわりと一歩後ろに下がり――。

「それじゃ、私はそろそろ行くわね。ああ、そうだ……二人とも、仲良くするのはいいけど、学生らしい節度は保つのよ」

「なっ……お、大きなお世話だ！」

　いきり立つ黒雪姫を見て、あははと楽しそうに笑うと、白の王は優美な動作で体を沈《しず》めた。不可視の地面を蹴《け》って飛び立つ、その寸前。

「あ……そ、そうだ、待って下さい！」

ハルユキに呼び止められ、白の王は軽く跳躍《ちょうやく》しただけで再び同一平面に戻《もど》った。

「なあに？　エクセルキトゥスのことなら、知ってることは全部教えたわよ？」

「いいえ、そうじゃなくて、テスカトリポカのことです。苑珠さん、メタトロンにあれの観察を指示したんですよね？　その報告ってもう受けました？」

そう訊《たず》ねると、白の王は再び肩《かた》をすくめた。

「いいえ、まだよ。……えー、あの子、マスターの私を飛ばしてあなたに報告してるわけ？」

八千年も生きている最上位ビーイングに対して《あの子》とは……と戦慄《せんりつ》しつつ、ハルユキは小刻みにかぶりを振った。

「い、いえ、そうじゃなくて、たまたま会ったんで……」

──その原因を作ったのはおたくのキャバリアーさんですけどね！

という文句は呑《の》み込んでおいて、ハルユキは続けた。

「えーと、メタトロンはテスカトリポカの観察を、アマテラスや、あとバリ様……じゃなくて《巫祖公主《ふそこうしゅ》バリ》っていうビーイングと協力してやってるんですけど、そのバリ様がおかしなことを言ってたんです」

「バリ……」

白の王は一瞬睫毛《いっしゅんまつげ》を伏《ふ》せて呟《つぶや》いたが、すぐに顔を上げた。

「おかしなことって？」

「テスカトリポカはビーイングじゃない、って……」

「「は？」」

という声が、白の王と黒雪姫《クロユキヒメ》の口から同時にこぼれた。

「それはどういう意味だ、ハルユキ君？　ビーイングとはエネミーのことだろう？　あれほどエネミーと呼ぶに相応《ふさわ》しいヤツもいないと思うが」

「はい……僕も同じことを思ったんですが、バリ様は、テスカトリポカの内側にはポータルがある、それがあいつの本質だ、って……」

「ポータルだと……？」

黒雪姫が怪訝《けげん》そうに眉《まゆ》を寄せた、その時。

「………どういうこと？」

かすかな囁《ささや》き声《ごえ》が聞こえ、ハルユキは顔を左に向けた。

白の王は、左手を右肘《みぎひじ》に、右手を口許《くちもと》に当てた格好で、顔を深く俯《うつむ》けていた。

「前のテスカトリポカは、中にポータルなんか入ってなかった。確かめたわけじゃないけど……世界が閉じる瞬間《しゅんかん》も、そんなもの現れなかった……」

言葉の意味を理解できず、ハルユキはぽかんと口を開けた。

いや――以前にも、白の王は似たようなことを言っていた気がする。

あれは確か、テスカトリポカがザ・ルミナリーの支配から解き放たれて暴走した時だった。

白の王は、全バーストリンカーの中で私だけはあいつをもう一度停止させられるかもしれない、と言ったのだ。その理由は、ずっと昔あいつに喰《く》われたからだ、と。

白の王はかつて、《前のテスカトリポカ》に喰《く》い殺《ころ》されたことがあるのだろうか？　ならば、加速世界にテスカトリポカが出現するのは、今回が初めてではない？　だがそれほどの大事件があったら、古参リンカーなら絶対に知っているはずだ。

無数の疑問に翻弄《ほんろう》され、声も出せずにいると。

白の王は突然《とつぜん》顔を上げ、正面からハルユキを見た。

「シルバー・クロウ、あなたの主《あるじ》として命じます。できるだけ早く他の最上位ビーイングともコンタクトし、可能なら契約《リンク》して下さい」

口調と雰囲気《ふんいき》が一変した白の王を呆然《ぼうぜん》と見詰《みつ》めながら、ハルユキはどうにか喉《のど》から声を押し出した。

「は、はい……。でも、僕、いままでに会った三人以外のビーイングは居場所さえ知らないんです」

「その三人とは、大天使メタトロン、大日霊《おおひるめ》アマテラス、巫祖公主《ふそこうしゅ》バリですね？」

「そ……そうです」

「ならば、残るは四体……暁光姫《ぎょうこうき》ウシャス、太霊后《たいれいこう》シーワンムー、暴風王《ぼうふうおう》ルドラ、そして夜の女神《めがみ》ニュクス。ウシャスは新宿《しんじゅく》都庁《とちょう》地下《か》迷宮《めいきゅう》、シーワンムーは東京《とうきょう》ドーム地下《ちか》迷宮《めいきゅう》、ルドラは東京《とうきょう》ビッグサイト地下迷宮《ちかめいきゅう》、ニュクスは代々木公園地下大迷宮《よよぎこうえんちかだいめいきゅう》を居城としていますが、代々木は現在封印《ふういん》されているので後回しで構いません」

「はい……いや、でも、都庁地下《とちょうちか》とかドーム地下って、つまり四大ダンジョンじゃないですか！　そこを僕一人で突破《とっぱ》するんですか⁉　絶対途中《とちゅう》で死にますよ⁉」

両腕《りょううで》を胸の前で交差させながらハルユキが必死に抗弁《こうべん》すると、白の王はひらりと右手を横に振った。

「フェアリーに言っておきますから、ドワーフスを含《ふく》むオシラトリのメンバーから必要なだけ選んで攻略《こうりゃく》部隊を編成しなさい。連絡《れんらく》の必要がある時もフェアリー経由で。頼《たの》みましたよ」

これまでの倍近いスピードでまくし立てると、白の王は再びジャンプしようとした。そこに、今度は黒雪姫《クロユキヒメ》が呼びかける。

「苑珠《エンジュ》、ちょっと待て！　確かにハルユキ君は現在お前の部下だが、そんな大作戦を命令するなら、せめて目的も説明したらどうなんだ！」

「説明できるならしています。いまは勘《かん》としか言えないわ……早雪《サユキ》、ハルユキ君が心配なら、あなたも手伝ってくれていいのよ。じゃあね！」

今度こそ勢いよく地面を蹴《け》ると、白の王はもの凄《すご》いスピードで上昇《じょうしょう》していき、たちまち無限の暗闇《くらやみ》に紛《まぎ》れて見えなくなった。

ハルユキはなおも呆然《ぼうぜん》と見上げていたが、黒雪姫の呟《つぶや》き声《ごえ》にハッと我に返った。

「なんなんだ、まったく……」

「本当に、なんなんでしょうね……」

顔を見合わせ、同時に深々とため息をつく。

ひとまず窒息攻撃《ちっそくこうげき》はされずに済んだが、代わりに大変な任務を命じられてしまった。

四大ダンジョン二つを含《ふく》む三箇所《さんかしょ》の地下迷宮《ちかめいきゅう》を攻略《こうりゃく》し、ラスボスである最上位ビーイングの第一形態を撃破《げきは》して、本体を出現させる。とことん気難しいであろう彼らと友好関係を築き、リンクを結ぶ。いくらスノー・フェアリーたちが手伝ってくれるといっても、準備を含《ふく》めれば何日かかるのか予想もできない。

「……できるだけ早くって、どれくらい早くなんでしょう……」

ハルユキがぽつりと呟《つぶや》くと、黒雪姫がもう一度ため息をついてから答えた。

「苑珠……いや、コスモスができるだけと言ったら、それは一分一秒でも早くということだ。だが今回は、部隊を編成しろと言っていたからな……。四大ダンジョンに挑《いど》むなら少なくとも三パーティー十八人は欲《ほ》しいところだし、その人数の戦力バランスを検討してスケジュールを組むのに普通《ふつう》なら一晩はかかる。キミの指揮力と調整力の見せ所だな」

「な、ないですよそんなもの……」

小刻みにかぶりを振るハルユキの肩《かた》を、黒雪姫はぽんと叩《たた》いて言った。

「ま、フェアリーやビヒモスに頼《たよ》れるところは頼《たよ》ればいいさ。いままで苦労させられた仕返しに、せいぜいこき使ってやれ」

「……ハ、ハイ」

「では、我々も戻《もど》ろう。……というか、どうすれば戻《もど》れるんだったかな?」

「基本的にはイメージで、こう、パチッと……」

口で説明するのは無理と判断し、ハルユキは右手を差し出した。黒雪姫《クロユキヒメ》がその手を掴《つか》むと、頭の中で念じる。

——バースト・アウト。

11

現実世界《ロウエスト・レベル》に戻《もど》ったハルユキは、自分が置かれている状況《じょうきょう》を咄嗟《とっさ》に把握《はあく》できず、目を閉じたままフリーズしてしまった。

神経系に流れ込んでくる大量の情報——甘《あま》い香り、温かさ、しなやかさ、そして唇《くちびる》に触《ふ》れる柔《やわ》らかさ。それらをどうにか処理した結果、ようやく自分が黒雪姫とキスしていた、というかいままさにキスしているところなのだと思い出す。

フルパワーで飛び退《との》きそうになり、この体勢でそれをしたら黒雪姫に全体重を掛《か》けてしまうと危《あや》ういところで気付く。鈍重《どんじゅう》な現実身体《げんじつしんたい》を懸命《けんめい》に制御《せいぎょ》しつつ、ゆっくり、ゆっくりと上体を起こし——。

三十センチほど体を持ち上げたところでようやく瞼《まぶた》を開けると、黒雪姫はすでに大きな瞳《ひとみ》でじっとハルユキを見詰《みつ》めていた。

しばしの沈黙《ちんもく》を経て、桜色の唇《くちびる》が仄《ほの》かに綻《ほころ》んだ。

「うーむ……。さしもの私も、生身でのファーストキスの最中にハイエスト・レベルに飛ばされるとは予想できなかったな……」

「あ、あの、なんか、すみません……」

「謝《あやま》ることはない。これなら一生忘れることはないだろうしな」

そう囁《ささや》くと、黒雪姫《クロユキヒメ》は体を少しだけ後ろに滑《すべ》らせた。ハルユキが差し出した手を摑《つか》み、起き上がる。

九十度回転してソファーの座面から両足を下ろすと、少し乱れた髪《かみ》とワンピースの裾《すそ》を整え、ふう……とひと息。その所作にぼんやり見入ってしまってから、ハルユキは急いで言った。

「あの、飲み物持ってきます！　お茶でいいですか？」

新しいグラスに氷を入れ、冷たい緑茶を注いでリビングに戻《もど》ると、黒雪姫はソファーに深く腰《こし》掛《か》け、少し体を揺《ゆ》らしながら何やら考え込んでいた。

思考の邪魔《じゃま》をするまいと、ローテーブルにそっとトレイを載《の》せ、セラミックのコースターとお茶のグラスを重ねて黒雪姫の前に置く。

数秒後に気付いた黒雪姫は、「ありがとう、頂きます」と囁《ささや》いてグラスを取り、一口含《ふく》んでから言った。

「……テスカトリポカの中のポータル……いったい、どこに繫《つな》がっているんだろうな……」

「はい……」

黒雪姫の隣《となり》に座《すわ》りながら、ハルユキもずっと考えていたことを言葉にした。

「ゲームのセオリーにのっとれば、テスカトリポカを倒《たお》すと中にあるポータルを使えるようになるってことなんでしょうけど……四神より強いエネミーに挑《いど》むリスクに見合う場所なんて、加速世界にあるのかどうか……」

するとと黒雪姫は、何かに気付いたように「ン……」と小さな声を漏《も》らした。

「その考えでいくと、ポータルの出口は帝城《ていじょう》の中ということになるんじゃないか？　テスカトリポカを倒《たお》すことで、四神をスルーしていつでも帝城《ていじょう》内部に入れるようになる、とか？」

「あ……ああ、そうですね……。確かにそれなら、リスクとメリットがぎりぎり釣《つ》り合《あ》うかも……」

互《たが》いに顔を見交《みか》わしてから、同時にため息をつく。

「……ま、現状では夢物語だがな。あれを倒《たお》せるイメージなど欠片《かけら》も湧《わ》いてこないよ」

黒雪姫の言葉に、ハルユキもこくりと頷《うなず》いた。

「僕もです……。――でも、ちょっと気になるのが……さっき苑珠《エンジュ》さん、じゃなくて白の王が言ってたエ……エクセル……」

「《エクセルキトゥス》」

「そ、それです。そのエクセルキトゥスですけど、テスカトリポカに偵察隊《ていさつたい》を貼《は》り付《つ》かせてるってことは、もしかしてあれの攻略《こうりゃく》を計画してるんでしょうか……？」

「まさか、と言いたいがどうだろうな。本当にメンバーが五百人もいるのなら、無制限フィールドに入れるレベル4以上もその半分を超《こ》えるだろうし、計画くらいは立てても不思議はないかもしれん」

そう言うと、黒雪姫《クロユキヒメ》は再び冷茶を口に含《ふく》んだ。

ハルユキも喉《のど》の渇《かわ》きを覚え、自分のグラスからごくごくと勢いよく飲む。口に転がり込んできた氷もがりがり噛《か》み砕《くだ》いてから、ふうっと大きく息を吐《は》く。

「……基本的には、好ましいことだと思うよ」

不意に黒雪姫がそう言ったので、ハルユキは左を見た。

「え、何がですか？」

「エクセルキトゥスさ。加速世界は長いあいだ、六大レギオンの支配のもとに停滞《ていたい》してきた。私が去年の秋にネガ・ネビュラスを復活させた時は、その状況《じょうきょう》をひっくり返してやろうと意気込んでいたものだが、純色の王の首を獲《と》るどころか、六大レギオン体制を七大レギオン体制に変えただけだったからな……」

「それは仕方ないですよ、今年の一月には五代目クロム・ディザスター事件があったし、四月からはずーっと加速研究会と戦ってきたんですから」

「まあ、な。ともかく……その停滞状況《ていたいじょうきょう》を作っている七大レギオンを打倒《だとう》するために、中小のレギオンが大連合を組んだなら、ここからまた加速世界は大きく動き出すだろう。それこそ、苑珠《エンジュ》の奴《やつ》にもコントロールできないほどの激流が、我々を押し流そうと襲《おそ》いかかってくるはずだ。私はそれが、少し楽しみでもあるんだよ……」

最後は半ば独りごちるように呟《つぶや》くと、黒雪姫はグラスを目の高さまで持ち上げ、カランと氷を鳴らした。

自分に挑《いど》まんとする者たちを祝福するかのようなその仕草を見詰《みつ》めながら、ハルユキはまたしても胸の痛みを感じていた。

もしもエクセルキトゥス傘下《さんか》のレギオンが杉並《すぎなみ》エリアを攻撃《こうげき》してきたとしても、ハルユキは黒雪姫やチユリ、タクムたちと一緒《いっしょ》に立ち向かうことはできないのだ。それどころか、来週の土曜には今度こそ、港区第三《みなとくだいさん》エリアをネガ・ネビュラスから奪還《だっかん》するための攻撃《こうげき》チームに加わることになる。

いっそ、エクセルキトゥスが杉並区や港区に攻《せ》め込んできて、オシラトリ・ユニヴァースとネガ・ネビュラスの抗争《こうそう》が有耶無耶《うやむや》になってくれれば……と考えてしまってから、ハルユキは大きく頭を振ってその思考を振《ふ》り払《はら》った。

「どうした、ハルユキ君？」

優《やさ》しい声でそう問われ、もう一度かぶりを振る。

「いえ、何でもないんです……。それより、ええと、苑珠さんって珍《めずら》しい名前ですね」

我ながらわざとらしすぎる話題転換《てんかん》だと思ったが、黒雪姫は微笑《ほほえ》みつつ頷《うなず》いた。

「確かに。私の早雪《サユキ》という名前がありがちなぶん、なおさらそう感じるだろう」

「そ、そんなことないです！　先輩《せんぱい》のお名前、僕は大好きです！」

「ふふ、ありがとう。いまは私も気に入っているよ、キミの名前と一文字共通しているしな」

にこりと笑うと、黒雪姫《クロユキヒメ》は瞳《ひとみ》に淡《あわ》い光を揺蕩《たゆた》わせながら続けた。

「――実は、姉と私の名前には由来があるんだ。私の母が、カムラ社創業家の出身であることは前に言ったよな」

「ええ……」

「神邑家《カムラけ》には昔から、奇妙《きみょう》なしきたりがある。神邑の本家に生まれた女子には木本《もくほん》植物に由来する名をつけ、分家に生まれた女子には草本《そうほん》植物に由来する名をつける、という風習だ。母は神邑本家の出だが、分家の黒羽家《クロバけ》に嫁《とつ》いだので、生まれた子供が女なら草本植物由来の名前を与《あた》えられることになる。私の早雪《サユキ》という名前は、《アーリースノー》というヘメロカリスの一品種からつけられたんだ」

「ヘメロカリス……」

ハルユキが呟《つぶや》くと、黒雪姫は空中に指を走らせ、ファイルをハルユキの仮想デスクトップに送ってきた。開くとそれは、雪のように白い花弁を広げる、可憐《かれん》な草花の写真だった。しばし見入ってから、ハルユキはおずおずと言った。

「……すごく綺麗《きれい》で、可愛《かわい》らしい花ですね。その……先輩《せんぱい》によく似合ってます」

「ふふ、ありがとう。そしてこっちが、姉の名前の由来となった植物だ」

再び送られてきた画像ファイルを開く。映っているのは、今度も雪のように白い花――だが、それを咲《さ》かせているのは、大きく広がる枝葉を持つ立派な木だ。

「あれ……これ、草じゃなくて木ですよ」

「うん、それがエンジュの木だよ。漢字では、木偏《きへん》に鬼《おに》と書いて槐《えんじゅ》。育つと二十メートルにもなる、立派な木本《もくほん》植物だ」

「で、でも……どうしてお姉さんだけ……」

「さあな……。私も神邑家のしきたりを知った時、自分が草の名前なのに姉が木の名前であることを不思議に思ったが、これだけはなぜか姉にも母にも訊《き》けなかった……」

遠い目でそう呟《つぶや》く黒雪姫に、ハルユキは何か言葉を掛《か》けようとしたが、どう言えばいいのか解《わか》らなかった。代わりに左手を伸ばし、何度か躊躇《ちゅうちょ》してから黒雪姫の背中に触《ふ》れさせる。

するると黒雪姫はふわりと体を傾《かたむ》け、ハルユキの肩《かた》に寄りかかった。少しして、穏《おだ》やかな声が響《ひび》く。

「……強くなったな、ハルユキ君」

「え……じ、自分ではぜんぜん、そんなふうに思えないですけど……」

「もっと自信を持て。私の彼氏になったんだろう?」

「…………」

いやいやそんな滅相《めっそう》もない！　と叫《さけ》びそうになり、かろうじて堪《こら》える。好きですと告白し、キスまでしたのなら、社会通念に照らせばそれはすなわち付き合う――彼氏彼女の関係になるということに他ならない。

「あの……よ、よろしくお願いします」

どうにかそんな言葉を口にすると、黒雪姫《クロユキヒメ》は「ふふ」と笑い声を漏《も》らしてから、咳払《せきばら》いして付け加えた。

「いや、済まない。こちらこそよろしく。だが、私と付き合うのなら、一つクリアしなくてはならないミッションがあるぞ」

「へっ⁉ か、加速世界でですか？」

「いや、現実世界でだ」

黒雪姫はハルユキの左肩《ひだりかた》に預けていた体を起こし、正面から軽く睨《にら》むような視線を照射してきた。

「あのな、ハルユキ君。私が見たところ、綸《りん》、ニコ、チユリ君の三人は自覚的にキミのことが好きだぞ。そして本人は自覚していないだろうが、フーコ、謡《ウタイ》、ショコあたりも非常に怪《あや》しい。ああ、それとメタトロンもだな……リード君はどうかな……」

「へあ⁉」

今度こそ耐《た》えきれずに素《す》っ頓狂《とんきょう》な声で叫《さけ》ぶと、ハルユキは冷茶のグラスをコースターの上に戻《もど》してから、両手をわたわたと振り動かした。

「た、確かに綸《りん》さんにはその、告白的な言葉を頂きましたけど、ニコは相変わらずだしチユは

最近口もきいてくれないし、フーコ師匠《ししょう》や四埜宮《シノミヤ》さんやショコはぜんぜんそんな気配ないし、メタトロンはビーイングだし、リードはそもそも男だし……」

「男だろうとAIだろうと、キミに恋《こい》する権利はあるだろう。皆《みな》の気持ちにしっかり向き合い、それぞれに答えを伝えなくてはいけないぞ」

「えと…………ハイ…………」

黒雪姫《クロユキヒメ》の言うことはまったくの正論であり、ハルユキとしては頷《うなず》くほかなかった。少なくとも、言葉で気持ちを伝えてくれた日下部綸《クサカベリン》に対しては、きちんと返事をしなくてはならない。

「……解《わか》りました。日下部さんには、明日連絡《れんらく》してみます」

ハルユキがそう言うと、黒雪姫はグラスを左手に持《も》ち替《か》えてから、ハルユキの右肩《みぎかた》をぽんと叩《たた》いた。

「頑張《がんば》れよ。急《せ》かすようで悪いが、こういうことは後回しにすればするほど難しくなっていくからな」

「……ハイ」

再び頷《うなず》いたハルユキを元気づけるように微笑《ほほえ》むと、黒雪姫は立ち上がった。

「では、私はそろそろ失礼するよ。キミがフェアリーとあれこれ相談するのを聞いているわけにはいかないしな」

「そう……ですね」

寂《さび》しさを振《ふ》り払《はら》い、ハルユキもソファーから立った。

本当に長い一日だったが、すべきことはまだまだある。白の王に命じられた部隊編成もだが、ニコと謡《ウタイ》に連絡《れんらく》してホウの様子がどうだったか確認《かくにん》したいし、玲那《レイナ》と生徒会役員選挙の話もしなくてはならないし、夏休みの宿題も進めなくては。それに——エクセルキトゥスの動向も、どうにも気になる。

今日のぶんの宿題は加速して終わらせよう、と考えながら、ハルユキは黒雪姫《クロユキヒメ》を見送るために玄関《げんかん》へと向かった。

12

小規模レギオン《ギャラントホークス》に所属するレベル6バーストリンカー、ゼルコバ・バージャーは、はやる心を抑《おさ》え込もうと、胸の前でしっかりと腕《うで》を組んだ。

無制限中立フィールドの東池袋《ひがしいけぶくろ》エリアにそびえる超高層ビル、としまエコミューゼタウンの屋上は、同じように待機する百人以上のバーストリンカーたちで埋《う》め尽《つ》くされている。北東に約三百メートル離《はな》れたサンシャイン60や、近くの高層ビルの屋上も同様。

わずか一時間でこれほどの人数が集まったという事実が、発足《ほっそく》したばかりのレギオン連合軍、エクセルキトゥスへの期待の大きさを示している。ラテン語で《軍隊》を意味するというその名前を最初に聞いた時は「気取ってんなあ」と思わなくもなかったが、この場所に到着《とうちゃく》したらそんな反発も消えてしまった。

なぜならエクセルキトゥスの中核《ちゅうかく》メンバーたちは、いきなり途方《とほう》もない大規模作戦を決行し、しかもそれに成功しつつあるからだ。

高さ百八十九メートルのエコミューゼタウンから一望できる東池袋の街並みは、見渡《みわた》す限り真っ青な水に覆《おお》われている。水面から突き出しているのは、サンシャイン60やその近くに建つタワーマンションのような、高さ百メートルを超《こ》える高層ビルだけ。なぜなら七月二十七日午後七時現在、無制限中立フィールドの属性は《大海》ステージだからだ。

もちろん、レアな《大海》を見物するために、三百人以上ものバーストリンカーが集まったわけではない。

全員が固唾《かたず》を呑《の》んで見下ろす先では、水面が半径二百メートルにもわたって白々《しらじら》と凍《こお》り付《つ》き、その中央に恐《おそ》ろしいほど巨大《きょだい》な人型エネミーが拘束《こうそく》されている。

胸まで氷漬《こおりづ》けになった大巨人《だいきょじん》こそ、三日間にわたって加速世界を圧倒的《あっとうてき》な恐怖《きょうふ》に陥《おとしい》れてきた超級《ちょうきゅう》エネミー、終焉神《しゅうえんしん》テスカトリポカだ。

エクセルキトゥスはそもそもからして、七大レギオンに頼《たよ》ることなくテスカトリポカを倒《たお》すという目的のために結成された組織だが、実際にこの状況《じょうきょう》を作り出すまでに、中核《ちゅうかく》メンバーは大変な苦労をしたらしい。

少しでも間合いを計り損ねれば即死《そくし》確定な偵察《ていさつ》任務を、内部時間の累計《るいけい》で一年以上も続け。その傍《かたわ》ら、攻略法《こうりゃくほう》の検討をひたすら繰《く》り返《かえ》し。テスカトリポカが反応する百キロ圏《けん》の遥《はる》か外にある名古屋《なごや》市まで遠征《えんせい》部隊を派遣《はけん》して、作戦に必要なポイントを貯《た》め――。ゼルコバは当初、エクセルキトゥスの結成を呼びかけた《コールドブリュー》、《オーヴェスト》、《ゴウエン》、《ナイトアウルズ》あたりの中堅《ちゅうけん》レギオンに対して、単に自分たちがいまある七大レギオンに取って代わりたいだけではないのかという懐疑的《かいぎてき》な見方をしていたが、ここまで頑張《がんば》られたら認めざるを得ない。

彼らは、名古屋《なごや》でのエネミー狩《が》りで貯《た》めたポイントをほぼ全て消費して、まず《ショップ》で《雨乞い人形《レインメーカー》》というアイテムを大量に買い込み、それを使って水属性ステージの出現確率を引き上げ、直後の変遷《へんせん》で《大海》ステージを引き当てた。

次に、東池袋《ひがしいけぶくろ》のこの場所に何重もの仕掛《しか》けを施《ほどこ》してから、そこで小獣級《レッサーきゅう》エネミーを攻撃《こうげき》し、テスカトリポカをおびき寄せた。

ジェット噴射《ふんしゃ》で飛んできたテスカトリポカが、水深八十メートルの海に胸まで没《ぼっ》した瞬間《しゅんかん》、事前に沈《しず》めてあった無数の氷爆弾《こおりばくだん》を炸裂《さくれつ》させ、さらに二十人以上の凍結《とうけつ》能力持ちバーストリンカーが一斉攻撃《いっせいこうげき》することで大量の水を凍《こお》らせて、ついに巨人《きょじん》の拘束《こうそく》に成功したのだ。

分厚い氷の牢獄《ろうごく》に閉じ込められたテスカトリポカは、大岩の如《ごと》き頭を時々左右に動かすが、脱出《だっしゅつ》できる気配はない。こうしているいまも、巨人《きょじん》の側面と後方に配置された氷使いたちが、青白い光線や凍結弾《とうけつだん》、雪嵐《ゆきあらし》を絶え間なく浴びせかけて牢獄《ろうごく》を強化していく。

「……うまくいくかな……」

隣《となり》で戦況《せんきょう》を見守る小柄《こがら》なバーストリンカーが不安げに呟《つぶや》いたので、ゼルコバ・バージャーは敢《あ》えて軽い口調で答えた。

「大丈夫《だいじょうぶ》だって。ここまできたらもう勝《か》ち確《かく》だろ」

「うん……」

小さく頷《うなず》く女性型《F》の名は《トープ・ケープ《Taupe Cape》》。ゼルコバにブレイン・バースト・プログラムをくれた《親》だが、現実世界では同じ中学校の一年後輩《こうはい》だ。ゼルコバは普段《ふだん》、キャラ付けのためにですます調で喋《しゃべ》るようにしているが、トープ・ケープと話す時はどうしても素の口調に戻《もど》ってしまう。

ギャラントホークスの前リーダーだったトープ・ケープの《親》は、不運に不運が重なった無限EKで去年全損退場してしまった。以来、トープはずっと塞《ふさ》ぎがちで、ゼルコバは何とか元気づけようとしているのだがなかなかうまくいかない。今朝などは、渋《しぶ》るトープを無理やり誘《さそ》って隣《となり》の杉並《すぎなみ》エリアまで遠征《えんせい》し、テスカトリポカ事件を引き起こした《裏切り者《ビトレイヤー》》シルバー・クロウに勝つところを見てもらおうと思ったのだが、逆に一蹴《いっしゅう》されてしまった。

加速世界には、たまにあんな奴《やつ》が現れるのだ。幸運にもレアな色とアビリティを引き当て、まんまと大レギオンに潜《もぐ》り込んで、大した苦労もせずにのし上がっていく奴《やつ》が。大レギオンはポイントに余裕《よゆう》があるので若手メンバーを強化ショップや強化外装でお手軽に鍛《きた》えられるし、情報力にも長《た》けている。ゼルコバが最近習得したばかりの《コーニック・スマイター》の弱点――発動中は動けないことと、真上にジャンプされると自分が槍《やり》を喰《く》らってしまうこと――を逆手に取られたのは、シルバー・クロウが事前にゼルコバの情報を買ったり、ベテランの仲間に攻略法《こうりゃくほう》を教えてもらったりしたからに違《ちが》いない。

でも、今日で加速世界の状況《じょうきょう》は変わる。

近付きさえしなければほぼ無害だった太陽神インティに余計な手出しをして、中からテスカトリポカを引っ張り出してしまったのは七大レギオンだ。

そのテスカトリポカをエクセルキトゥスが撃破《げきは》すれば、いままで我《わ》が物顔《ものがお》でのさばってきた純色の王たちの権威《けんい》は地に墜《お》ちる。賠償金《ばいしょうきん》として莫大《ばくだい》なポイントを請求《せいきゅう》することも、それどころか全領土の放棄《ほうき》を要求することさえできるだろう。当然、七大レギオンは脱退者《だったいしゃ》が続出するはずだし、その連中を吸収していけば、ギャラントホークスが三鷹《みたか》から杉並《すぎなみ》、中野《なかの》あたりまで支配する巨大《きょだい》レギオンに成長することも夢ではない。リーダーを引《ひ》き継《つ》いだトープ・ケープも、また以前のようにやる気を出してくれるに違《ちが》いない。

ゼルコバは少し躊躇《ためら》ってから、名前のとおり灰紫《かいし》色《しょく》のケープ型装甲《がたそうこう》をまとっているトープの肩《かた》をぽんと叩《たた》いた。

「ほら、そろそろフェイズ2が始まるぜ。俺たちは遠隔攻撃組《えんかくこうげきぐみ》だから危険は少ないけど、そのぶん与《よ》ダメ量は近接組のほうが有利だからな。がんばってテスカのゲージ削《けず》って、ポイントを稼《かせ》がないと」

「うん」

ようやく力が戻《もど》ってきた声で応じると、トープも小さな拳《こぶし》でゼルコバの右脇腹《みぎわきばら》を軽く小突《こづ》いてきた。

「先輩《せんぱい》……じゃなくてゼルくんも、調子に乗って近づき過ぎちゃダメだよ」

「解《わか》ってるって」

ゼルコバが苦笑《くしょう》した時、立ち並ぶ高層ビルの谷間に、増幅《ぞうふく》された指揮音声が朗々とこだました。

『六十秒後にフェイズ2を開始する！　グループ2、グループ3、グループ4は配置についてカウントを待て！』

「よし、行こうぜ！」

トープ・ケープと頷《うなず》き合《あ》うと、ゼルコバ・バージャーは屋上から降下するために設置された無数のロープの一つに飛びついた。

握力《あくりょく》を調節し、百メートル下の凍《こお》った水面へと滑《すべ》り降《お》りていく。視線を少し東に動かすと、囚《とら》われたテスカトリポカはすでに後頭部まで真っ白い霜《しも》に覆《おお》われている。

待機時間中に聞いた話によれば、中核《ちゅうかく》メンバーたちにこの凍結《とうけつ》作戦のヒントを与《あた》えたのは、裏切り者のシルバー・クロウが所属する白の王のレギオン、オシラトリ・ユニヴァースらしい。

今日の午後、オシラトリは何をとち狂《ぐる》ったか港区《みなとく》エリアの中でエネミーにちょっかいを出し、即座《そくざ》に飛んできたテスカトリポカに追い回されるという醜態《しゅうたい》を演じた。連中は、逃げる途上《とじょう》でテスカを芝浦《しばうら》あたりの運河に誘導《ゆうどう》し、必殺技《ひっさつわざ》で海水を凍《こお》らせて足止めしたのだが、その様子をエクセルキトゥスの偵察隊《ていさつたい》がしっかり目撃《もくげき》していたのだ。

足首の上まで氷漬《こおりづ》けにしただけで移動を遅《おく》らせられるなら、首まで沈《しず》めたうえで完全に凍結《とうけつ》させれば攻撃《こうげき》能力をほぼ封《ふう》じられるのでは――というアイデアは誰《だれ》でも思いつけるとしても、それを実現するのは容易なことではない。中核《ちゅうかく》メンバーの中でもさらに中心的役割を果たしているのは、この池袋《いけぶくろ》を根城にするナイトアウルズらしいが、彼らの実力はもう七大レギオンに伍《ご》するレベルと見ていいだろう。

一つだけ気になるのは、板橋《いたばし》エリアを拠点《きよてん》とする中堅《ちゆうけん》レギオン《ヘリックス》が、この作戦にもエクセルキトゥスにも参加していないことだ。

メンバーの数はナイトアウルズやオーヴェストと大差ないはずだし、リーダーの《ベリリウム・コイル》はなかなかの実力者と聞いているので当然加わっているものと思っていたのに……と考えてから、ゼルコバ・バージャーは「ふん」と鼻を鳴らした。

所詮《しよせん》は、練馬《ねりま》エリアのプロミネンスに馴《な》れ合《あ》いじみた領土戦をふっかけては負け続けているエンジョイ勢だったということだろう。作戦に参加しても足手まといになっていたに決まっている。王のレギオンと一緒《いっしょ》に衰退《すいたい》する道を選びたいなら、好きにすればいい。

直後、両足が硬《かた》い氷に触《ふ》れた。

わずかに遅《おく》れて、隣《となり》のロープからトープ・ケープが滑《すべ》り降《お》りてくる。他のレギオンメンバーは能力の関係でサンシャイン60に配置されたが、彼らも同じタイミングで降下しているはずだ。

「どうする、ジムたちを探して合流するか？」

ゼルコバが小声で訊《き》くと、トープはさっとかぶりを振った。

「ううん、ジムくんたちは近接型だから合流してもすぐ分かれちゃうし、あたしたちは二人でがんばろ」

「だな。……っと、ぐずぐずしてたらいいポジションがなくなっちゃうな。行こうぜ」

「うん」

頷《うなず》き合《あ》い、同時に走り出す。

事前のブリーフィングでは、氷の足場は外周に近づくほど薄《うす》くなっているので乱暴に走ると割れる可能性があるという話だったが、伝わってくる感触《かんしょく》は想像より遥《はる》かにしっかりしている。グループ1の氷使いたちが、一生懸命《いっしょうけんめい》足場を強化してくれたのだろう。

テスカトリポカは、二本の大通りに挟《はさ》まれた、現実世界では学校のグラウンドになっている場所に拘束《こうそく》されている。もちろん道路も建物も《大海》ステージの水に沈《しず》み、いまは直径二百メートルもの純白のバトルグラウンドが広がるだけ。

右側で盛大《せいだい》な鬨《とき》の声《こえ》が轟《とどろ》き、ちらりとそちらを見ると、サンシャイン60から降下してきた百数十人が一団となって疾走《しっそう》してくるところだった。ゼルコバたちも、負けじと叫《さけ》ぶ。

「うおおおおおお――――ッ!!」

行く手では、必殺技《ひっさつわざ》ゲージを使い果たした氷使いの一団が、ゼルコバたちに手を振りながら声援《せいえん》を送ってくる。

「頼《たの》んだぞ――ッ！」

「カマしてやれ――ッ！」

すれ違《ちが》いざま、「任せなさい！」と叫《さけ》び返《かえ》し、さらに走る。

テスカトリポカまでは、もう三十メートルもない。氷面から突き出した肩《かた》と頭部は、まるで小山のような巨大《きょだい》さだ。

『カウント二十……十九……十八……』

再び、指揮音声が響《ひび》き渡《わた》る。ゼルコバとトープは氷をザアーッと鳴らしてブレーキを掛《か》け、テスカトリポカの真後ろ二十メートルのベストポジションに陣取《じんど》ると、攻撃《こうげき》開始の合図を待った。

巨人《きょじん》の攻撃力《こうげきりょく》は凄《すさ》まじいが、パターンは単純だ。蹴《け》る、殴《なぐ》るの物理攻撃《こうげき》を除けば、右手から放たれる重力攻撃《こうげき》と左手から放たれる火球攻撃《こうげき》、そして口から放射されるブラストウェーブの三つだけ。

右手と左手は氷で完全に封《ふう》じられているので、注意すべきはブラストウェーブだが、これも偵察隊《ていさつたい》の努力で効果範囲《はんい》が明らかになっている。顔の前方には百メートルもの射程があるが、左右は三十メートル、後方は二十メートルしか届かない。つまり、テスカトリポカが顔の向きを変えない限り、ゼルコバとトープがいる場所は安全地帯だということになる。左右に並ぶバーストリンカーたちも、ブラストウェーブの射程にぎりぎりで入らない、滑《なめ》らかな二次曲線を描《えが》いている。

『十二……十一……十……』

カウントダウンを聞きながら、ゼルコバはその場にしゃがみ込み、右手を氷に押し当てた。必殺技《ひっさつわざ》ゲージはもちろん事前にフルチャージしてある。まずは《コーニック・スマイター》を十発全部命中させて、エコミューゼタウンから戦況《せんきょう》を見守っているリーダーたちに存在感を示す。

『九……八……七……』

「……ゼルくん」

突然《とつぜん》、トープ・ケープが囁《ささや》いた。

攻撃《こうげき》開始まであと六秒なのに何を……と思いながらゼルコバは隣《となり》を見やり、次いでトープの視線を辿《たど》って足許《あしもと》の氷を見下ろした。

暗く、赤い――光。分厚い氷の奥底《おくそこ》が、血のような深紅《しんく》に輝《かがや》いている。

突然《とつぜん》、すぐ後方で、ボシュウッ！　というような音が響《ひび》いた。右でも、左でも、立て続けに同じ音が生まれる。

顔を上げたゼルコバ・バージャーが見たのは、氷に開いた大きな穴から噴《ふ》き出す、真っ白い蒸気だった。

カウントダウンは続いているが、周囲から途惑《とまど》いの声が上がる。氷の足場がぐらぐらと揺《ゆ》れ、縦横に無数のひび割れが走る。

深紅《しんく》の輝《かがや》きが、急激に近づいてくる。あれは……ただの光ではない。超高温の炎《ほのお》だ。

「先輩《せんぱい》！」

トープが悲鳴のような声で叫《さけ》んだ。

ゼルコバは氷から引《ひ》き剝《は》がした右手を伸ばし、無我夢中《むがむちゅう》でトープの左手を握《にぎ》った。

直後、視界が真っ赤な光で満たされた。

13

「ほら、早く早く早く早く！」

そんな声とともに背中をぐいぐい押され、ハルユキは小走りに廊下《ろうか》を進みながら叫《さけ》んだ。

「解《わか》った、解《わか》ったから押すなって！」

「は〜〜や〜〜く〜〜!!」

とまったく聞く耳持たないのは、幼馴染《おさななじみ》の倉嶋千百合《クラシマチユリ》だ。

三日ぶりに連絡《れんらく》があったのは、午後八時少し前。ノルマ分の宿題を、結局バーストリンクに頼《たよ》らずに終わらせ、謡《ウタイ》、玲那《レイナ》、ニコ、佳央《カオ》とのダイブチャットでホウの様子を教えてもらって、いよいよスノー・フェアリーに連絡《れんらく》するか……と思ったところで、チユリからメールが届いたのだ。

文面は、「ゴハン持ってく」の一行のみ。これは怒《おこ》っているのか、そうでもないのかと悩《なや》んでいると早速《さっそく》チャイムが鳴ったので、恐《おそ》る恐《おそ》る玄関《げんかん》ドアを開けた途端《とたん》、「早く」しか言わないチユリが飛び込んできたというわけだ。

背中を押されながらリビングに戻《もど》ったハルユキは、ダッシュでチユリを引《ひ》き離《はな》してから振り向き、叫《さけ》んだ。

「早く早くって、何を早くなんだよ！」

「これ！」

　とチユリがキュロットスカートのポケットから引っ張り出したのは、二本のXSBケーブルだった。

「え……ち、直結するの？」

「ちーがーう！　ハルもさっさとそこ座《すわ》って、ニューロリンカーをホームサーバーに繋《つな》いで！　切断時間は……三十秒でいいや」

　それを聞いてようやく、一緒《いっしょ》に無制限中立フィールドにダイブするつもりなのだと理解する。しかし目的はまだ不明だし、それより何より——。

「え……ゴハンは？」

　チユリが左手に提《さ》げている、頼《たの》もしく膨《ふく》らんだトートバッグを指差しながら訊《き》いたが、答えは明快だった。

「ダイブの後！　もう、時間がないんだってば！」

「わ……解《わか》ったよ」

　どうやらただ事ではなさそうだと思ったハルユキは、チユリが差し出すケーブルを受け取り、ソファーに座《すわ》った。片方のプラグを自分のニューロリンカーに、片方をローテーブルの側面に埋《う》め込まれているホームサーバー接続用のポートに繋《つな》ぐ。自動切断タイマーを三十秒に設定し、ちらりと隣《となり》を見る。

チユリにも、言わなくてはならないことがたくさんある。白のレギオンへ移籍《いせき》してしまったこと、その件でメールを貰《もら》ったのに返事ができなかったこと、そして黒雪姫《クロユキヒメ》と付き合うことになった件も。

しかし、いまはチユリの用事が先だ。

「カウント行くぞ。2、1……」

ハルユキのカウントダウンで、二人は叫《さけ》んだ。

「「アンリミテッド・バースト!!」」

今日二回目の無制限中立フィールドは、乾《かわ》いた風が吹《ふ》き渡《わた》る《荒野《こうや》》ステージだった。

建物は全て中身が詰《つ》まった岩に変化してしまうので、二人が出現したのは現実世界のタワーマンションとほぼ同じ形、同じ高さの巨岩《きょがん》のてっぺんだった。

「……で、何をあんなに急いでたんだよ?」

ハルユキが改めてそう訊《たず》ねると、チユリ――《時計の魔女《ウオツチ・ウイツチ》》ライム・ベルは、鮮《あざ》やかな緑色のとんがり帽子《ぼうし》を傾《かたむ》け、答えた。

「えっとね……。あたし、西東京《にしとうきょう》の《オーヴェスト》に友達がいるんだけど……」

「えっ、そうなの!?」

「そんなに驚《おどろ》くことないでしょ」

と言われればそのとおりだ。チユリがタクムの《子》としてバーストリンカーになってから、早くも三ヶ月以上が経過する。それだけの時間があれば、ハルユキの知らない人間関係を構築していてもまったく不思議はない。

「そ、そっすね。ちなみになんてヒト……？」

「《コットン・マーテン》《Cotton Marten》って女の子。その子から今日の六時半頃にメールがきたんだけど、なんだか要領を得ないっていうか……。これから無制限中立フィールドの池袋《いけぶくろ》で秘密の作戦があって、行きたくないけど行かなきゃいけないから、八時になっても連絡《れんらく》がなかったら探しに来て、って内容でさ」

「作戦……？　ってどんな？」

ハルユキの質問に、チユリはつぶらなアイレンズを瞬《また》かせた。

「あたしもそう思ったからすぐ返信したんだけど、そこからずっと連絡《れんらく》なしなの。どうしようって迷ってるうちに八時になっちゃって、でも一人で行くのはまずいかなって思ったから……ごめんね、巻き込んじゃって」

「いや、オレと一緒《いっしょ》に来て正解だよ。もしかしたらそれ、エクセルキトゥス絡《がら》みの話かも」

「エクセル……？　ってなに？」

「あとで説明する。とりあえず、必殺技《ひっさつわざ》ゲージ溜《た》めないと」

「うん」

こくりと頷《うなず》き交《か》わすと、二人は手近な岩を片《かた》っ端《ぱし》から砕《くだ》き始めた。

その作業をするあいだも、ハルユキは懸命《けんめい》に思考を回転させた。

ハイエスト・レベルで遭遇《そうぐう》した白の王は、今日発足《ほっそく》したエクセルキトゥスの中核《ちゅうかく》レギオンとして、確かにオーヴェストの名前も挙げていたはずだ。そしてエクセルキトゥスは、テスカトリポカに偵察隊《ていさつたい》を貼《は》り付《つ》かせていた。それらの事実と、コットン・マーテンのメールにあったという《秘密の作戦》という言葉を足し合わせると、思《おも》い浮《う》かぶ答えは一つ。

もしかすると、エクセルキトゥスは発足《ほっそく》したその日の夜に、早くもテスカトリポカの攻略《こうりゃく》に挑《いど》んだのではないだろうか。攻略《こうりゃく》作戦が成功すれば、コットン・マーテンからチユリに連絡《れんらく》がきたはずだ。それがこないということは――。

作戦開始が七時だったとしても、いまはもう八時。現実世界での一時間は、無制限中立フィールドでは一千時間、すなわち四十一日と十六時間にもなる。

不安を押し殺しながら十何個目の岩を蹴《け》り砕《くだ》くと、必殺技《ひっさつわざ》ゲージが満タンになった。急いでチユリのところまで走り、呼びかける。

「こっちはOKだ！　そっちは？」

「これで……満タン！」

左腕《ひだりうで》の強化外装《クワイアー・チャイム》で巨大《きょだい》な岩を粉々に粉砕《ふんさい》すると、チユリはさっと振り向き、ハルユキに向けてジャンプした。

「っと……」

慌《あわ》てて横抱《よこだ》きに受け止め、背中の翼《つばさ》を展開する。少し考え、薄黄《うすき》色《いろ》の空を見上げて音声コマンドを唱える。

「着装、メタトロン・ウイング」

空から純白の光が降り注ぎ、シルバー・クロウの背中に凝集《ぎょうしゅう》して、新たな翼《つばさ》を生み出した。大天使メタトロンから与《あた》えられたこの翼《つばさ》があれば、飛行速度と飛行時間が大幅《おおはば》にアップする。普段《ふだん》はなるべく使わないようにしているが、この状況《じょうきょう》なら許されるだろう。

「行くぞ」

「よろしく！」

チユリの返事を聞くや否《いな》や、ハルユキは地面を蹴《け》って離陸《りりく》した。自宅マンションから池袋《いけぶくろ》までは、東北東に約六キロメートルの距離《きょり》だ。半年前に起きた五代目クロム・ディザスター事件の折も、ハルユキは同じコースで池袋まで飛行した。あの時は右腕《みぎうで》に黒雪姫《クロユキヒメ》、左腕《ひだりうで》にニコを抱《かか》え、両足にタクムをぶら下げていたせいもあるが、確か十分以上かかったはずだ。

でも、いまなら。

自分の翼《つばさ》とメタトロン・ウイングを、五十パーセントほどのパワーで振動《しんどう》させる。それでもアバターは大砲《たいほう》から撃《う》ち出されたかの如《ごと》く加速し、ほんの数十秒で中野区《なかのく》を横断して豊島区《としまく》に入る。

《荒野《こうや》》ステージでも巨大《きょだい》な峡谷《きょうこく》として再現されている山手通《やまてどお》りと、細長い岩山に変化したJRの高架線《こうかせん》を越《こ》えると、行く手に凄《すさ》まじく高い二つの岩山が見えてくる。

左がサンシャイン60、右がとしまエコミューゼタウン。そしてそのあいだで、ゆっくりと蠢《うごめ》く巨大《きょだい》な影《かげ》――。

「ハルっ……！」

腕《うで》に抱《だ》いたチユリが、悲鳴のような声を漏《も》らしたのとほぼ同時に。

ゴアアアアアッ！　という、以前にも聞いた地鳴りのような怒声《どせい》が轟《とどろ》き渡《わた》った。

まだ一キロ以上も離《はな》れているのに、大気中を伝播《でんぱ》してきた衝撃波《しょうげきは》がハルユキの体を揺《ゆ》らした。

減速しつつ右にターンし、エコミューゼタウンをあいだに挟《はさ》むコースで南から慎重《しんちょう》に接近していく。

「……降りるぞ！」

囁《ささや》くと、ハルユキは翼《つばさ》の推力をカットし、滑空《かっくう》でエコミューゼタウンの屋上へと舞《ま》い降《お》りた。

最後に少しだけ逆進を掛《か》け、ふわりと着地する。チユリを立たせ、アイコンタクトしてから、身を屈《かが》めて屋上の端《はし》を目指す。

岩山に変化していても、端《はし》にはパラペット状の壁《かべ》が立ち上がっていた。その内側にいったん身を隠《かく》してから、慎重《しんちょう》に頭を出し、地上を見下ろす。

高さ二百メートル近いエコミューゼタウンの上から見ても、それは途轍《とてつ》もなく巨大《きょだい》だった。のっぺりとした赤黒い体軀《たいく》。異様に長い両腕《りょううで》。無貌《むぼう》の頭。

終わりの神、テスカトリポカ。

ハルユキたちが声もなく見守る先で、巨人《きょじん》は右足を高々と持ち上げ、赤茶けた大地に突き下ろした。

ズズーン……と地震《じしん》めいた衝撃《しょうげき》が広がり、エコミューゼタウンをびりびりと震《ふる》わせる。

そして、ハルユキは見た。巨人《きょじん》の足許《あしもと》で、色とりどりの閃光《せんこう》がいくつも立て続けに瞬《また》き、消えるのを。

「……あれは……」

と呟《つぶや》いた直後、耳にかすかな音、いや声が届く。絶望に満ちた――悲鳴。

あの光は、デュエルアバターの死亡エフェクトだ。

「ハル……あれ……」

チユリが震《ふる》え声で囁《ささや》いた。同時に、ハルユキも気付いた。

高層ビル群の影《かげ》に沈《しず》むテスカトリポカの足許《あしもと》に、無数の光が弱々しく揺《ゆ》れている。その数、実に百以上。

「あれ、全部……死亡マーカー……？」

チユリの声に頷《うなず》こうとして、ハルユキは全身を戦慄《おのの》かせた。

百というのも恐《おそ》るべき数だ。しかし、白の王は言っていた。エクセルキトゥスには、五百人ものバーストリンカーが参加していると。

ならば、テスカトリポカ攻略《こうりゃく》作戦に招集されたのが、たった百人であるはずがない。レベル4以上のメンバー全員、多ければ三百人前後が参加していたのではないか。

それだけの大軍勢をもってしても、終わりの神には勝てなかった。恐《おそ》らくは一瞬《いっしゅん》で全滅《ぜんめつ》し、三百人全てが死亡マーカーに変わり。

そして、一千時間ものあいだ蘇生《そせい》と死亡を繰《く》り返《かえ》したのだ。加速世界でも過去に類を見ないであろう、圧倒的《あっとうてき》規模の無限ＥＫ。

ことによると、あの場所で、百人から二百人にも及《およ》ぶバーストリンカーが全損退場した可能性がある。

「………なんで………！」

両拳《りょうこぶし》を限界まで握《にぎ》り締《し》めながら、ハルユキはひび割れた声を漏《も》らした。

ずっと偵察《ていさつ》していたなら、テスカトリポカがどうにもならない相手であることは解《わか》っていたはずだ。それなのに、なぜ。

眼下で、しばし静止していた巨人《きょじん》が再び動き出す。左手を伸ばし、死亡マーカーが密集している場所へと向ける。

巨大《きょだい》な掌《てのひら》に、白く光る同心円が浮《う》き出す。七つ、八つ、九つと重なった瞬間《しゅんかん》、同心円が深紅《しんく》に輝《かがや》く。

直後、二十人以上のバーストリンカーが一気に蘇生《そせい》した。

同時に、テスカトリポカの手から巨大《きょだい》な火球が発射された。殲滅攻撃《せんめつこうげき》、《第九の月《ミカイルイトントリ》》。

地面に命中した火球は、渦巻《うずま》きながら膨《ふく》れ上がり、ハルユキがこれまで加速世界で見た中で間違《まちが》いなく最大の爆発《ばくはつ》を引き起こした。炎《ほのお》はエコミューゼタウンの中腹にまで到達《とうたつ》し、轟音《ごうおん》とともに岩山を激しく揺《ゆ》り動《うご》かす。

蘇生《そせい》したバーストリンカーたちは全員、炎《ほのお》の中でひとたまりもなく即死《そくし》し。そのうち二人が、死亡マーカーではなく、無数のリボンへと分解し、空へと上っていった。まさにいま、全てのバーストポイントを失って加速世界から退場したのだ。

「……やだ……やだよ……！」

チユリがか細い泣き声を漏《も》らした。ハルユキは握《にぎ》っていた左手を広げ、チユリの右手を強く摑《つか》んだ。

まだ全損していない百人を、なんとか助けたい。しかしどれほど考えてもその方法がない。ハルユキもチユリも、岩山から降りてテスカトリポカに近づけば何らかの攻撃《こうげき》に巻き込まれて即死《そくし》し、死亡マーカーの群れに加わってしまう。

いったんバーストアウトして、集められる限りの人数を集めることも考えたが、仮に十分で準備できたとしてもこちら側では百六十時間以上が経過する。恐《おそ》らくそのあいだに残る百人のほとんどが全損してしまうだろうし、救助隊も同じ運命を辿《たど》る可能性が高い。

バーストリンカーが何百人集まっても、どれだけ知恵《ちえ》と勇気を振《ふ》り絞《しぼ》ってもどうにもならない、まさしく終わりの神。そして、それをこの世界に解き放ったのはハルユキなのだ。

――ごめんなさい。

――ごめんなさい。

――ごめんなさい。

アイレンズに涙《なみだ》を滲《にじ》ませ、心の中でひたすらにそう繰《く》り返《かえ》しながら見守る先で、またしても巨人《きょじん》が動いた。

洞窟《どうくつ》のような口しかない顔を、ゆっくりと空に向ける。そこから、地響《じひび》きにも似た声を長く、深く轟《とどろ》かせる。

ゴ　オ　オ　オ　オ――――ン………。

その声は、しかし、これまでのような殺戮《さつりく》への欲望を帯びてはいなかった。それどころか、満ち足りた高唱のようにすら聞こえた。

突然《とつぜん》。

テスカトリポカの全身に、無数のひび割れが走った。

動きを止めた巨人《きょじん》の体が、赤黒い色彩《しきさい》を失っていく。艶《つや》のない漆黒《しっこく》の岩石と化した部分から次々と崩壊《ほうかい》し、地面に落下する。

「え……ど、どうしたの……？」

チユリの囁《ささや》き声《ごえ》に、ハルユキは小さくかぶりを振ることしかできない。

本当に満足したのか？　百人か二百人のバーストリンカーを全損させただけで役目を終え、消滅《しょうめつ》するのか？

そんな都合のいいことが起きるとは思えないが、テスカトリポカの崩壊《ほうかい》は止まらない。もう頭部は完全に失われ、破壊《はかい》が肩《かた》にまで及《およ》ぶと、二つの腕《うで》が切《き》り離《はな》されて落下する。あれほどの破壊《はかい》をもたらした右手と左手が、地面に激突《げきとつ》してあっけなく砕《くだ》け散《ち》る。

胴体《どうたい》の崩壊《ほうかい》も首から胸へと進行する。巨人《きょじん》の足許《あしもと》では、このあいだに蘇生《そせい》した数人のバーストリンカーたちが、降り注ぐ岩塊《がんかい》を避《さ》けようともせず呆然《ぼうぜん》と見上げている。

やがて崩壊《ほうかい》が胸から腹に及《およ》んだ、その時。

破壊面《はかいめん》に走る無数の亀裂《きれつ》の奥《おく》から、真っ赤な光が迸《ほとばし》った。

岩塊《がんかい》が落ちていくにつれ、光の正体が少しずつ露《あら》わになっていく。エネミーでも、アイテムでもない。赤い光がゆっくりと渦巻《うずま》く、実体なき楕円形《だえんけい》のオブジェクト。

「……ポータル……？」

チユリが呟《つぶや》く。ハルユキの目にもそうとしか見えないが、しかし無制限中立フィールドの各所に設置されたポータルは、例外なく青かったはずだ。

テスカトリポカの崩壊《ほうかい》は、腹部の中央――ポータルの下端《かたん》まで達したところで止まった。

直後、さらなる未知の現象が発生した。

《荒野《こうや》》ステージの薄黄色《うすきいろ》の空を、謎《なぞ》のポータルと同じ色の、巨大《きょだい》な六角形が埋《う》め尽《つ》くしていく。その全てには、飾《かざ》り気《け》のない書体で【WARNING】の七文字が刻まれている。

北の地平線から南の水平線までが深紅《しんく》のヘキサゴナルパターンで塗《ぬ》り潰《つぶ》されるのに、わずか五、六秒しかかからなかった。

これで終わりのはずがない。次に起きることが、この現象のクライマックスだ。

そう確信したハルユキは、真っ赤に染まった空から、半分になってしまったテスカトリポカの上で光るポータルへと視線を戻《もど》した。

渦巻《うずま》く光の中から、ず……と何かが現れた。

足だ。ついで腕《うで》。そして体。

ハルユキたちとほとんど変わらないサイズの何者かが、ポータルの向こう側からこの世界に出現しようとしている。

瞬間《しゅんかん》、ハルユキは悟《さと》った。

巫祖公主《ふそこうしゅ》バリがその存在を予告した、テスカトリポカの中のポータル。それは、帝城《ていじょう》や他の場所にハルユキたちを導く入り口ではなかった。

その逆だ。未知の世界から加速世界へと、誰《だれ》かを運ぶための出口。

何者かが完全にポータルの外に出ると、すぐに新たな人影《ひとかげ》が現れた。

三人目。四人目。出現は続く。

全員が、明らかにデュエルアバターではない。特徴的《とくちょうてき》な半透過《はんとうか》装甲《そうこう》も、フェイスマスクも、アイレンズも持っていない。

最初に出てきた一人目は、ほとんど生身の人間に見える。男のようだが長い髪《かみ》をなびかせ、さほど大きくないが逞《たくま》しい体を、ぴったりとした赤いスーツに包んでいる。

二人目は打って変わって巨体《きょたい》だ。しかも、全身をロボットめいた金属装甲《そうこう》に包み、顔面には三つのレンズが青白く光る。

三人目は女性。驚《おどろ》くほど細い体を黒いドレスに包み、頭には魔女《まじょ》のような三角帽子《さんかくぼうし》を被《かぶ》り、右手にねじくれた長い杖《つえ》を携《たずさ》えている。

四人目も、五人目も、外見にまったく統一感がない。それぞれが異なる世界からやってきたかのように、何もかもがバラバラ——。

いや、違《ちが》う。一人目の左右に次々と並んでいく彼らは、デザイン上の共通点は皆無《かいむ》なのに、同一のコンセプトに基《もと》づいていることがありありと感じられる。このコンセプトは——

ヒーロー。

いわゆる、スーパーヒーローだ。

八人目、九人目、そして十人目でようやくポータルからの湧出《ゆうしゅつ》は止まった。

崩《くず》れ落《お》ちたテスカトリポカの腹の上、六角形に引《ひ》き裂《さ》かれた空の下で、ヒーローたちは横一列にずらりと並んだ。

列の右側に陣取《じんど》る、顔全体を隠《かく》す真っ青なマスクをつけた小柄《こがら》な一人が、地上から声もなく見上げるバーストリンカーたちを睥睨《へいげい》し、よく通る声で言った。

「八年も踏《ふ》ん張《ば》ってただけあって、中々の面構《つらがま》え……って言いてーけど、ツラが見えねーじゃねーのさ」

「あなた、ヒトのこと言えないわよ」

と突っ込んだのは、三角帽子《さんかくぼうし》の魔女《まじょ》だ。よく見ると、足が少しだけ浮《う》いている。

そちらをちらりと見た青マスクは、芝居《しばい》がかった仕草で肩《かた》をすくめた。

「しゃーねーでしょ、ヒーローの王道はマスクマンだからな。つーわけで……おまえら、よく聞け！」

五十メートル近い高さを恐《おそ》れる様子もなく、へりから大きく上体を乗り出した青マスクは、エクセルキトゥスの生存者たちに向けて高らかに宣言した。

「トライアル・ナンバーツーは、今日でサービス終了《しゅうりょう》だ！　消えたいヤツは消えればいいし、しがみつくヤツにはオレたちが引導を渡《わた》してやる……このゲームの正式バージョン、その名も

《ドレッド・ドライブ２０４７》がな!!」

（続く）

あとがき

アクセル・ワールド第26巻、『裂天《れってん》の征服者《せいふくしゃ》』をお読み下さってありがとうございます。

ここのところ毎巻あとがきが謝罪で始まっている気がしますが、今巻は過去最大級に刊行が遅れてしまい、ギガ申し訳ありませんでした！　もうちょっと早くお届けできる予定だったんですが、二〇二一年の八月から九月にかけて体調を崩《くず》しまして、その後もなかなか執筆《しっぴつ》作業の感覚を取り戻せず、スケジュールが遅延《ちえん》してしまいました。これを書いている二〇二二年一月現在はもうほぼ本復《ほんぷく》していますので、今年はバリバリ頑張《がんば》ります！

（以下、本編の内容に深く触《ふ》れておりますので未読の方はご注意下さい！）

前巻のあとがきで、《白のレギオン編》は25巻でひとまず終了《しゅうりょう》、26巻からは《第七の神器編》が開始される予定……と書きましたが、なんだか内容的にはむしろこの巻からが白レギ編なんじゃないの!?　という感じになりましたね。第七の神器ことTFLちゃんも名前しか出てきてないし。でも、現実世界の《七連矮星《セブン・ドワーフス》》たちは書いていて実に楽しかったです。残念ながらホワイト・コスモスこと黒羽《クロバ》苑珠《エンジュ》さんはリアルでの登場ならずでしたが、ハルユキがもう一度エテルナ女子学院中等科の生徒会室を訪《おとず》れることがあればその時は……という予感がします。

ここでちょっと注釈《ちゅうしゃく》しておきますと、ルナ女中等科生徒会はサイプレス・リーパーこと鷺洲《サギス》あいりが副会長、ローズ・ミレディーこと越賀《コシカ》莟《ツボミ》が会計、スノー・フェアリーことユーホルト七々子《ナナコ》が書記を務めておりまして、そうなるといかにもコスモスが会長っぽいんですが彼女は高等科の一年生なので、中等科の生徒会長職は別の人物が担《にな》っております。次巻ではその人も登場する予定ですのでお楽しみに！

今巻では、白の王の本名だけでなく、妹である黒の王こと黒雪姫《クロユキヒメ》の本名が《黒羽早雪《サユキ》》であることも明かされましたね。といってもハルユキは1巻のラストで聞いていますし、黒雪姫を「サッちゃん」と呼ぶ楓子《フウコ》や「サッちん」と呼ぶ謡《ウタイ》、「サッチ」と呼ぶあきらもすでに知っているわけですが……。黒雪姫は早雪という名前を「気に入っている」と発言していましたが、にもかかわらずＳＳＳオーダーを使ってまで認証《にんしょう》ネームタグを書き換えている理由は、母親の生《せい》家《か》である神邑家《カムラけ》と関係しています。そのあたりのことも、次巻以降でもっと詳しく語れればと思っています。

あとは……やはり、今巻ラストで加速世界に登場、というか侵攻《しんこう》してきた人たちにも触《ふ》れておかないとですね。前巻で、ハルユキがスノー・フェアリーの窒息攻撃《ちつそくこうげき》から脱出しようとした時に、《とても小さいがとても活動的な新しい世界》の存在を知覚《ちかく》したことを憶《おぼ》えておられる方もいらっしゃると思いますが、そのＡＡ２０３８、ＢＢ２０３９、ＣＣ２０４０に続く第四の世界こそが《ドレッド《Ｄ》・ドライブ《Ｄ》２０４７》です。Ｄｒｅａｄは「恐るべき」、Ｄｒｉｖｅは「進撃《しんげき》」という意味ですが、そのゲーム名が指し示すのはハルユキたちのＢＢ世界なのか、それとも……というあたりも楽しみにして頂ければと思います。

と書いたところで、いつものあとがきの見開き2ページぶんを超過してしまったので、ここで三つ改め四つのゲームの開始年と黒雪姫《クロユキヒメ》たちの年齢《ねんれい》を整理《せいり》しておきます。

■2031年9月　ニューロリンカー市販《しはん》開始
■2031年12月　黒羽《クロバ》苑珠《エンジュ》誕生
■2032年9月　黒羽早雪《サユキ》誕生
■2033年4月　有田《アリタ》春雪《ハルユキ》誕生
■2038年4月　アクセル・アサルト2038のプログラム配布
配布対象《オリジネーター》は同月に入学した小学一年生百名（2031年4月〜2032年3月生まれ）
■2039年4月　ブレイン・バースト2039のプログラム配布
配布対象は同月に入学した小学一年生百名（2032年4月〜2033年3月生まれ）
■2040年4月　コスモス・コラプト2040のプログラム配布
配布対象は同月に入学した小学一年生百名（2033年4月〜2034年3月生まれ）
■2047年?月　ドレッド・ドライブ2047のプログラム配布
配布対象不明

……という感じなのですが、今巻以降このへんの時間軸《じかんじく》がちょこっと重要になってきますので、頭の片隅《かたすみ》に置いておいて頂けるとお話をスムーズにご理解頂けるのではないかな、と思います。そして皆様《みなさま》の記憶が薄れてしまう前に27巻をお届けできるよう頑張《がんば》ります！

時間軸の話に関連して、一つお詫びしなくてはならない件がありました。

二〇一六年に劇場公開されたＯＶＡ『アクセル・ワールド　ＩＮＦＩＮＩＴＥ∞ＢＵＲＳＴ』（以下ＩＢ）のプロットを作成した時、いずれ原作を合流させるつもりでタイムスケジュールを組んだのですが、今巻でとうとうＩＢの作中時間に追いついてしまいました。具体的には、ＩＢのヒロインである月折《ツキオリ》リサが大会中の事故で昏睡《こんすい》状態に陥ったのが七月二十一日（この出来事は22巻『絶焔《ぜつえん》の太陽神《たいようしん》』で触れています）で、加速世界に《ダーククラウド》が発生したのが一週間後の二十七日だったのですが、その日までにテスカトリポカ関係が片付かず……。リサの再登場を期待して下さっている方々には申し訳ないのですが、原作の時間軸はＩＢから一週間ほど（たぶん）ずれることになりそうです。まあ、あれやこれやの状況はＯＶＡ本編や特典小説（『無限《むげん》への跳躍《ちょうやく》』『永遠《えいえん》への帰還《きかん》』）と原作ですでにかなり乖離《かいり》してきているので、いまさらな話ではあるんですが、どうあれリサとニュクスはちゃんと物語のクライマックスに合流してくる予定ですのでいましばしお待ちください！

……なんと、またしても見開きが終わってしまったのであと二ページ書きます。

電撃《でんげき》文庫で『アクセル・ワールド』の刊行が始まってから今年で十三年目になるわけですが（ネットで連載していた『超絶加速《ちょうぜつかそく》バースト・リンカー』から数えると十五年目）、社会構造の変化や科学技術の進歩に関する予想は大して当たらないような気がしてきましたね（笑）。そんな中、今年（二〇二二年）の四月に成人年齢が二十歳から十八歳に引き下げられることになりまして、その理由として《若者の積極的な社会参加を促すこと》が挙げられているのには色々と考えさせられました。

それって平たく言えば納税者を増やしたいということなんだと思いますが、二〇一〇年に刊行された6巻に「二〇四〇年代の日本は、際限《さいげん》なき少子《しょうし》高齢化《こうれいか》によって、社会保障システムが崩壊《ほうかい》の瀬戸際《せとぎわ》に立たされている。そこで、運転免許に代表される各種資格の取得年齢を引き下げることで、働ける若者の数を増やそうという意図が政府にはあるようだ」という文章がありまして、これを書いた時は「実際にはそんなことにはならんだろう」と思っていたんですが、どうもこのまま行くとそんなことになりそうな気配《けはい》が漂《ただよ》って参りましたね。私は、学生時代もその後もアニメ観てマンガ読んでゲームしてばっかりの超級《ちょうきゅう》モラトリアム人間で、そのおかげでいまライトノベル作家をしていられるようなものですから、若い人に早くから労働を求める社会になってしまうのは残念というか、大人の一員として忸怩《じくじ》たるものがあります。せめて、読者の皆様《みなさま》が学生のあいだも、社会人になっても変わらず楽しめる物語をお届けできるよう、これからも頑張っていく所存です。

といったところで、恒例《こうれい》の近況コーナーですが……。二〇二〇年七月に書かれた前巻のあとがきで、「生活が完全にコロナ前に戻ることは当分、へたをすると永遠《えいえん》にないんじゃないかと思う」と述べていますが、これを書いている二〇二二年一月現在もコロナ禍《か》の出口はまったく見えていない状況ですね。当然、私もファミレス作業スタイルには復帰できず、自宅《じたく》や仕事場《しごとば》でどうにかこうにか原稿を書いています。前巻の頃よりはいくらか環境《かんきょう》に慣れてきて、作業《さぎょう》のギアも頑張《がんば》れば五速まで入るようになってきたんですが、ドリンクバーがないのと、ノルマ分を書いたご褒美のデザートを注文できないのが実になんとも味気《あじけ》ないですね！　皆様《みなさま》も色々な困難《こんなん》に直面《ちょくめん》しておられることと思いますが、それを乗り越えていくためのエネルギーをこの本から補給して頂ければ幸いでございます。

最後に、リスケジュールの連続でご迷惑をおかけしてしまったイラストのＨＩＭＡさんと、担当の三木《みき》さんと安達《あだち》さんに心からの感謝を。次巻でまたお会いしましょう。

二〇二二年一月某日《ぼうじつ》　川原《かわはら》　礫《れき》

◉川原　礫著作リスト

「アクセル・ワールド1〜26」（電撃文庫）
「ソードアート・オンライン1〜26」（同）
「ソードアート・オンライン　プログレッシブ1〜8」（同）
「絶対ナル孤独者《アイソレータ》1〜5」（同）

本書に対するご意見、ご感想をお寄せください。

ファンレターあて先
〒102-8177　東京都千代田区富士見2-13-3
電撃文庫編集部
「川原 礫先生」係
「HIMA先生」係

本書は書き下ろしです。

電撃文庫

アクセル・ワールド26
—裂天《れってん》の征服者《せいふくしゃ》—

川原《かわはら》 礫《れき》

◇◇◇

2022年3月10日　初版発行

発行者　青柳昌行
発行　株式会社KADOKAWA
〒102-8177　東京都千代田区富士見2-13-3
0570-002-301（ナビダイヤル）
装丁者　荻窪裕司（META＋MANIERA）
印刷　株式会社暁印刷
製本　株式会社暁印刷

●お問い合わせ
https://www.kadokawa.co.jp/（「お問い合わせ」へお進みください）
※内容によっては、お答えできない場合があります。
※サポートは日本国内のみとさせていただきます。
※ Japanese text only

※定価はカバーに表示してあります。

ISBN978-4-04-914133-7　C0193　Printed in Japan

電撃文庫　https://dengekibunko.jp/

電撃文庫創刊に際して

文庫は、我が国にとどまらず、世界の書籍の流れのなかで〝小さな巨人〟としての地位を築いてきた。古今東西の名著を、廉価で手に入りやすい形で提供してきたからこそ、人は文庫を自分の師として、また青春の想い出として、語りついできたのである。

その源を、文化的にはドイツのレクラム文庫に求めるにせよ、規模の上でイギリスのペンギンブックスに求めるにせよ、いま文庫は知識人の層の多様化に従って、ますますその意義を大きくしていると言ってよい。

文庫出版の意味するものは、激動の現代のみならず将来にわたって、大きくなることはあっても、小さくなることはないだろう。

「電撃文庫」は、そのように多様化した対象に応え、歴史に耐えうる作品を収録するのはもちろん、新しい世紀を迎えるにあたって、既成の枠をこえる新鮮で強烈なアイ・オープナーたりたい。

その特異さ故に、この存在は、かつて文庫がはじめて出版世界に登場したときと、同じ戸惑いを読書人に与えるかもしれない。

しかし、〈Changing Times,Changing Publishing〉時代は変わって、出版も変わる。時を重ねるなかで、精神の糧として、心の一隅を占めるものとして、次なる文化の担い手の若者たちに確かな評価を得られると信じて、ここに「電撃文庫」を出版する。

1993年6月10日
角川歴彦

SWORD ART ONLINE
ソードアートオンライン
川原 礫
イラスト／abec
「これは、ゲームであっても遊びではない」
《黒の剣士》キリトの活躍を描く
究極のヒロイック・サーガ！
電撃文庫

暴虐の魔王と恐れられながらも、闘争の日々に飽き転生したアノス。しかし二千年後、蘇った彼は魔王となる適性が無い"不適合者"の烙印を押されてしまう!?
「小説家になろう」にて連載開始直後から話題の作品が登場!

電撃文庫

七つの魔剣が支配する

宇野朴人

illustration ミユキルリア

運命の魔剣を巡る、
学園ファンタジー開幕！

春——。名門キンバリー魔法学校に、今年も新入生がやってくる。黒いローブを身に纏い、腰に白杖と杖剣を一振りずつ。胸には誇りと使命を秘めて。魔法使いの卵たちを迎えるのは、満開の桜と魔法生物のパレード。喧噪の中、周囲の新入生たちと交誼を結ぶオリバーは、一人に少女に目を留める。腰に日本刀を提げたサムライ少女、ナナオ。二人の、魔剣を巡る物語が、今始まる——。

電撃文庫

豚になった俺が、異世界で美少女といちゃラブ(!?)するファンタジー
逆井卓馬
Author: TAKUMA SAKAI
[イラスト]遠坂あさぎ
illustrator: ASAGI TOHSAKA
豚のレバーは加熱しろ
Heat the pig liver
the story of a man turned into a pig.
純真な美少女にお世話される生活。う〜ん豚でいるのも悪くないな。だがどうやら彼女は常に命を狙われる危険な宿命を負っているらしい。
よろしい、魔法もスキルもないけれど、俺がジェスを救ってやる。運命を共にする俺たちのブヒブヒな大冒険が始まる!
電撃文庫